捨不得不見妳

女兒與母親，世上最長的分手距離

鍾文音

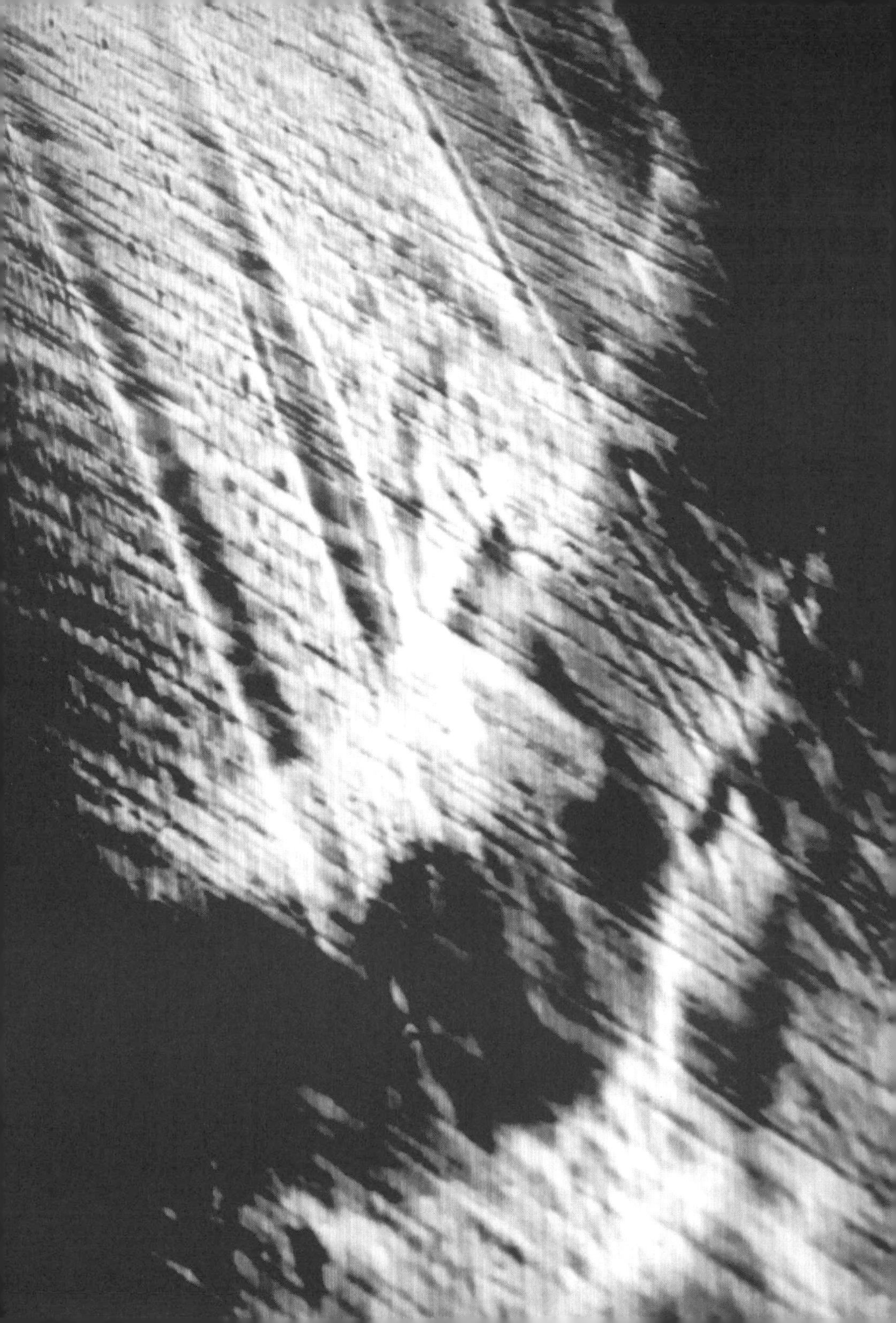

母親，是抵達的一切

在這充滿病愛與救贖的母親新病房，我的新
書房，削骨為筆，以血為墨。
我在補考「人生」這門最深的功課，這功課
龐大如小宇宙：因明學、執著學、病理學、
心理學、關係學、家族學、生死學……。
這是抵達之謎，也是倖存者之謎。

【序幕】

母親的守夜人

——啓動一場漫長的告別

三月驚蟄，母親分娩女兒的春日，野貓奔走，雷雨交加，晝夜潮濕，如體內住了座海，魚不斷洄游命運的迴圈。雨漫過河，漫過家門，穿行母親的夢境，然後女嬰漂浮，來到了恥骨下方，即將和她面世。

人世第一個見面的臉孔，是滿頭大汗的母親，剛剛結束撕裂疼痛的臉孔。

她說，這個女嬰差點要了我的命。

她說，這個女嬰命很硬。

女兒讓母親哭泣，但母親也曾讓女兒哭傷了每個夜與夜。

母親是女兒生命的第一尾魚，掙扎、擱淺、焦懼……母親的女兒，安靜啞寂，一刀刀都是疼痛的書寫，伴隨對整個人世的哀歡。

比如前一刻流淚，下一刻欣喜。

母親長年是天未亮起床，而我是天未亮前入睡。我們像兩輛列車交錯而過，她的清晨銜接我的夜夢，我的月亮隨著她的太陽下沉。如此就過了大半輩子。

直到母親突然倒下。

她最怕的事情發生了，突如其來的毫無防備。這是一個多麼奇異的詞彙：中風，極其殘酷的詩意之詞，奪取人自由意志與能力的詞。

風神雨師，捲起風浪颳起颶風，風吹得人面目全非，只能倒下臣服的風，如此狂烈，將母親的一生吹得落花流水，摧枯拉朽折枝斷葉。

唯根猶在。

無常，第一個功課。

她還要教我很多功課，所以不走了。在加護病房，我體會到這一點。能和死神拔河，撐過危險的生命，定然有其後續的意義。而我是母親最主要的懸念，我開始學習錯過的人生功課：生死大事無常迅速。

從沒想過可以再次回到十八歲前，和母親生活在同一個屋簷下的時光。

年輕時恐懼的時光，是恐懼母親的嚴厲語言與突如其來的暴怒。

現在和母親同住的恐懼依然，卻是害怕母親的靜默。

角色互換，不再是遊戲。

自此，明亮的母親屬於黑夜，黑暗的我屬於太陽。

自此，話多的母親泰半靜默，話少的我負責解碼。

被疾病禁錮的舌頭不再言說成話，我的名字是母親最後喃喃的舌音，她曾把每個人都叫成我的名，母親才是我的鋼粉。

我浪費大半生的時間在他人身上，而「時間」是最難換算成等值的虛幻東西，那些離去者遺忘了感情的付出不是能用數字換算的。只有和母親生活的時間才點滴入心，沒有虛妄，沒有算計，沒有是非。我時刻都在觀察她的狀況，但我自己也清楚知道，任何和時間在拔河的感情，都是具有十足的分量。

這回飛蛾不撲火了，飛蛾成了標本。

我回到以往只是我一個人所屬的洞穴，現在的洞穴人，包括把我帶到世界上的這個人。洞穴蝸居不再有溫暖的羊水，母親轉成釘在我骨上的肉，骨肉沾黏，稍一撕扯就痛徹心扉。

我們在命運交織的房間，呼喊愛。母親臥床，臥成一隻貓。母親失語，失成一只蠶。

母親是老小孩，女兒是小孩老。母親變女兒，輪迴就在眼前，不用等下一世。

愛，不必然天荒地老，但失去卻刻骨銘心。

妳躺在太陽照不到的地方，我奔忙在太陽下的色身領地。

為妳，我流浪了很多以前我不會流浪的地方，學了很多不曾學過的東西，買了從未買過的用品，走進不曾走進的商家。那些醫療器材店琳瑯滿目，從沒想過服務一座色身的帝國需要如此繁複的工序世界。方便圈住被照顧者移位用的帶子，有著奇異的名稱：好神帶。好神好神，好神是否入滅？否則怎能讓人間如此苦痛？有意思的是人在幸福時又會遺忘神，在苦痛時才想要召喚神。

沿著醫院外的商街走著，就像走在生死輪迴之路。幫寶適的隔壁往往是包大人，健身運動器材前坐落的是無言的成排輪椅，亞培安素旁是嬰兒奶粉……兩個顧客彼此挑選，透現不同的喜憂神情。

器材行經常懸掛著廣告標語：「兼顧照顧者與被照顧者，感到幸福的新輔具」，但經常買了新輔具而沒用，原因是被照顧者不願意用，或者是照顧者覺得不實用。閒置的輔具，就像廢棄的玩具。

從玩具到輔具，一個小孩變成報廢的老人。

生活是如此真切，務實（要勤儉持家）又務虛（心須放空才不會陷溺傷懷），如此就過了一年半載了，母親多了一個紀念日，她失能失語的那一天，必須銘刻那一天，提醒時間難以捕捉，提醒無常之迅速。

日日進出收容病體的空間，流浪在此領地是如此地苦痛。十多年前我在一本長篇小說寫過一段感情：太陽照不到的地方，我屬於你。母親躺下的地方也不屬於太陽了。

我成了母親的守夜人。

眼睛盯著起伏的胸膛，觀察那微小的呼氣通道，這使我常常一夜起身多回，躡手躡腳潛進母親的夢境，甚至偷偷在她的耳際說著話。或者我會唸著神佛的聖號，期盼母親將懸念的人替換成菩薩。

我是和月亮共進退的文字夜行者，輕易就成了母親的守夜人。

即使清晨無法早起，也都會先起來一下，讓早起的母親看一眼，讓她知道我在，這樣她會有安全感。她最怕不知身在何處，每回見到親人，總是緊握著手。但再如何地守著，也無法時時刻刻守著。因而母親泰半如懸浮物般的度過她晚年的日與夜，她和一個異鄉陌生人同處一室，藺居靜默如虛空。但虛空尚有雷電交加的轟然大響、尚有群鳥高歌拜訪，母親卻只有濃稠呼吸聲閃過她的平原。她從大山變成平原，從1變成一，從一躺成低於海平面。

我遊蕩無數的旅途，轉換無數比景片要快的風景，但在這生命轉運站的時光渡口、感情分離的碼頭上，不管多久終會鳴起的拔錨聲響，我將陪母親走這條陌路。她抱怨我過往的天涯海角不曾帶她上路（她不知道她一點都不是個好旅者，因為她牽掛又牽掛，心室因而不斷肥大，阻塞通道。疾病的隱喻，莫過於此）。現在她明白原來我是一個好旅者，好的結伴者，好的同行者，好的擺渡人。女兒值得母親信賴，值得她把最後的一哩路交給我，這讓我在藺居時光的淚水中，有了奇異的小小安慰，因而我開始流淌墨水，將其滲透至生命記事簿，徜徉在病愛與思索的心海。這樣的人生，這樣的晚景，或許有些啟示錄。

母親是抵達的一切

以前母親常掛在嘴巴說的話是有一天我早晚會被妳氣死。

沒想到，母親晚年卻是最常被我從死神手中救起。

長途跋涉，只為救妳。

自此我不再逃逸。

但我也看著自己的心越發地執著起來，甚至在照顧母親之後，變得神經質。夜晚起床好幾次去看母親是否有呼吸，常下意識翻棉被檢查母親尿床是否有濕疹，離開家裡就心神不寧地一直看手機，早晨第一通電話響起通常都會滾下床去接電話（應該算是被嚇醒的），母親一有風吹草動就覺得自己沒有照顧好的自責疚愧……

執著的心是怎麼被滋養而壯大的？捨不得是如何噬咬著心？替眼睛乾涸的母親流淚，替無法吃東西的母親吃飯，替無法看電影的母親看電影，替無法行走的母親前進她無法再履及之地。

我願以我的雙眼，繼續幫滯留人世的母親討得一點生活的歡愉，但討好她已經很難很難，近乎是不可能的任務，母親無法享有人世間任何一丁點快樂了，禁語禁足，囚在一方天地。在那段嘗試讓母親復健的醫院流浪時光，目睹醫院裡有丈夫殺病妻的人倫悲劇，目睹久病厭世而自裁的倖存者發生在病體空間的四周，目睹看護與被看護者的諸多八點檔劇情，目睹母親的苦痛……作為人子，我們該如何替無法做抉擇的親人按下選擇鍵？無效醫療文章與長照資源的訊息日日在手機裡轉載，不斷地跳出視框。但看別人清楚，到了自己是家屬時，決定就萬分困難。因為感情的連結深淺非旁人可以理解。我也曾經歷在母親加護病房時希望她不受折磨能夠快速好走，但隨著她的意識清醒，隨著相處的時間日增，心願轉換成希望她滯留人世的時間再長一點。時間也會滋長了執著，這提醒了我：「捨不得」只是一個階段，之後仍要練習「當捨則捨」。

從母親角度再到女兒角度，心情不斷來回切換，最終是母親決定了自己的命運，她還沒有要走，她還有許多功課要讓我學習。

雖知悉生老病死隨時虎視眈眈著，但人總有逃避之心，因此其實我從來沒有正視過身體病老之景，母親的示現，是我今生最大的一門功課，生死學、看護學、心理學、穴脈學、用藥學、溝通學……我學得好多好多，這些都遠遠比我的文學還要廣大而深遠。聯副請我寫：今天不談文學，擱淺許久（然我擱淺的又豈只是書寫呢，我的心擱淺擱礁），雖可以談的東西很多，但有心情寫下的卻極少。因為這段時光的學習，是用母親的重病所換來的眼淚學分。

書寫無須援引「想像」，當「現實」層層疊疊都來不及挪用時，想像力再也飛翔不起來。

在縫隙時間的碎光裡喘息

這是我一個人看電影最多的時期了。什麼電影都看，甚至有過在電影院裡竟只有我一個人看電影的紀錄。如果一週兩三場，一年就可以看上百場。但我卻不記得我看了哪些片子，彷彿我是童年的母親，她帶我進電影院常常是一進入黑洞就開始打盹，她只是進去休息。而我也是進去休息，腦子放空。

這種逃逸就像是在被封存的洞穴中，突然見到時光的裂縫，僅僅是一絲裂縫就足以餵養氧氣。以往的天涯海角，轉變成滯留在黑箱裡，從背後投來的一束光，或者吃咬爆米花的微碎聲響，都讓我想走上銀幕，化為影中人，成為怎麼樣都殺不死的人。

電影院賣票櫃台問，幾張票？

一張票。

中間位置嗎？

最後一排，最邊邊即可（沒說出口的是最爛的位置就行了）。

除了大學時代曾經好幾年狂看電影與勤跑金馬獎國際影展之外，就數這一年是我最密集看電影的時光，且近乎什麼電影都看（除了驚悚鬼片之外，生活已夠驚嚇了）。我一個人在電影院裡看著銀幕的人生，眼睛在銀幕上，心卻在母親身上。看著電影的人生，心裡滲著苦水。躲進其他人的人生，並沒有辦法換取自己的人生。回到家裡，只要一推開門，聽見一口痰咳不出，看到一滴淚流不開，耳聞喉間努力的擦撞音彈上來……母親病房的空氣就足以讓我的心霎時縮緊，淚水奪眶奔流。

如陷雨中泥淖，如處迷霧森林的行走者，如日落前在山巔眺望灰濛人間的孤單者，這大概是這一兩年我身影所能描繪的形象。

當摯愛陷落漫長的黑洞苦痛時，作為一個生命的同盟者，一個旁觀的介入者，一個介入的抽離者，除了陪伴、除了祈願、除了拜懺……所幸我是個書寫者，點燃一絲微火在母親的床岸前。

以文字挖開囚住母親的疾病領地，這是這段繭居時光的淚水與墨水。

血緣的繼承者，傷心的守夜人，靜默的失語者……前世滲透今世，過去疊印現在，啟動一場漫長的告別。

不管漫長有多久，當告別來臨前，我一直讓母親知道——我愛妳。

我捨不得不見妳。

直到不得不分離。

世上最長的分手距離——女兒和母親。

為了我，妳變成一只繭，微縮在一張床。
為了妳，我變成鋼鐵蝶，飛越風雨苦海。
成了獨霸整座森林，美麗而孤獨的巨木。
妳以箴言式的苦痛詩篇，喚回我的眼淚，
我是妳晚年的目擊證人，生命的實習生。

CHAPTER 1

繼承者

父女同種

我很快就會走到父親離去的年紀了。

在很多很多年前，我們以為我們誰都不愛，也以為往後都會以這樣的冷漠走下去。父親停在原地，他的時光被環氧樹脂硬化封存，等著我們前進，與他會合。母親超越父親很多年了，如果繼續超越下去，母親早就可以生出父親。在時間差裡，他們或許早已重逢。之後我將超越他，父親停格，如我當年為他在暗房洗的肖像。父親走時，我每天都發瘋似的出去野蕩。那時剛學攝影，在暗房沖洗父親的照片，洗著洗著，父親在我手中復活了。他在顯影液裡顯影，他的肖像有一顆水滴，那是我在暗房洗照片時滴在顯影液的淚，像是一小圈暈開的月亮，爬上了父親的臉。那燒在磁磚上的黑白肖像，隨著時光移往，逐漸龜裂，彷彿肖像有了自己的時間意志。每一回上山看他，他的肖像總在變化中，但無論怎麼變化，總是不老。

他離世後，我很快就跑到外面的世界嬉戲，把傷慟像煙花般的迅速揮發於一瞬，把母親一個人留在原地。

所以我其實不曾處理至親亡逝的傷慟，它被我沉湮在心海，像古老沉船裡面的一滴藍眼淚。但我的小說處理過，寫過一場又一場的離宴，自以為文字抵達了愛的核心，自以為已然洗滌過心的塵埃。

其實一點也沒有。

文字所抵達的恰好是我想遮掩的，文字所揭露的都只捕捉到形體，我的心仍脆弱得一塌糊塗。

母親留在原地，那個原地有父親生活的痕跡。她獨自將自己浸泡在那裡，那間老舊公寓最後離開的人是母親。她守著父親三魂七魄，日日以香帛祭父親牌位，也等著自己的色身浸泡在時間裡逐漸腐朽。

在母親漫長的空巢期中，她整理父親遺物，她是在那間老舊的公寓處理她的傷心人生與失望愛情的，而我毫無所知。有一天她說，我要離開這裡，然後她就離開了，她搬到哥哥的新公寓，直到我的哥哥也遇到了感情的海嘯。

那一回換哥哥不要那間新公寓了，因為那間房子充滿了感情的傷害記憶。哥哥賣了房子，在台北南區一帶買了靠河新大樓，大樓旁邊有個新建案，建案名稱井上靖，而我手邊當時正讀著井上靖的小說，覺得甚好。母親住到那間新房子的時間卻不長，只有哥哥主持國科會計畫到美國做研究的那一年，那一年哥哥交代我要陪母親一起過夜，因此在那間新房子，我們母女最常做的事就是打開電腦和哥哥視訊，但我總因為晚睡晚起，所以常常還在天剛亮起的時刻，聽見房門打開的聲音，母親探頭說，妳再睡吧，我要返轉了。她一個人又搭公車回到了父親過世的那間老舊公寓，直到哥哥回國後，她就更是常住那間老公寓了，她似乎準備和父親一樣等著從那間房子被送出去。等待被死神接走的日子很漫長，漫長到連母親自己都感到驚訝。雖然母親常感傷心，但也就逐漸在那間老房子度著她的餘生。

母親天生憂愁，雖然表現得很強悍，尤其是她的語言，她的字詞是火性的，水性的語詞才能和她交鋒，否則就要閉嘴。

父親離宴人世值當壯年，想起他最後的人生，畫面是他窩在廚房角落飲盡杯中酒，聲音卻是母親。

他不斷被母親催促去工作或者罵他無路用的聲音總迴盪在那間老房子。老房子的走道十分長（母親曾說她真傻，再也不買長形屋了，說像棺材）。不知為何當年的老公寓都要蓋得如此悠長，要穿過所有的房間，穿過所有的陰暗才會抵達最後面的廚房與廁所。到房子末端時，總會見到杵在餐桌旁的父親，默默飲酒的他的巨大沉默相較於母親的扯嗓叫嚷，形成兩股對撞的氣流。因為父親沉默如鐵的樣子，總使我從童年起就非常同情父親，明白他是生錯時代的文人性格。也因為母親老是罵我和父親「父女同種」，因此我一直以為我像父親，當然母親嘴巴罵的「同種」絕對是負面的字詞，「同種」在她的意思是指我繼承著父親那差勁的個性，兩人同症狀：沉默不打拚且活在自我世界。這種個性如果是一個人過活那就算了，如果這個人卻是個父親就完了，全家都喝西北風了，他哪裡有做父親的樣子。由於這句話從我的童年聽到少女時代，太多年了，因此母親說的：「這種個性如果是一個人過活那就算了」，深深地埋在我成長的青春樹裡，我彷彿明白了父親與我的任性及孤僻個性。有一種樹必須種一棵母株後，得要在旁邊種一棵公株，我知道我不是那種樹，注定孤單，聽多了母親的話，也就這麼以為了。

但我總心裡可惜著該像父親的地方應該是要外表才好啊，父系都長得好看，兩個姑姑是村裡的大美人，父親顏面深邃好看，而我的身形繼承父親竟是瘦削嬌小，這讓年少時的我有點挫敗感，對於沒有父親那高挺的鼻子更是遺憾不已。小時候還會拿衣夾夾鼻子，母親見狀總笑說誰說高鼻子才好看，妳的鼻子配妳的小臉剛剛好啊，太高挺很怪。媽媽原來品味也是有自己的美學觀，她對女生的美和別人不太一樣，她不喜歡胸部大，不喜歡高挺鼻，不喜歡骨瘦，不喜歡多層次打扮，不喜歡頭髮太長（最喜歡齊肩）……可能因為她的不喜歡，使我一直逆悖於她，除了大胸部我也不喜之外，其餘我和她喜歡的樣子一直背道而馳。加上母親又不斷罵說著父女同種，使得我走到這間老房子的終點時，彷彿已經吸飽了整個穿廊的黑暗與母親語言的毒辣。那時父親沉默喝酒的閒逸背影，想來是深深地刺痛著勞累異常的母親。

母親對未來要過的生活一直有著一種理想性，那種理想性和我的感性不同，她的理想性是看得見的，是一種具象的，她要過有錢有尊嚴的生活也是鐵打般確立的，問題是有錢未必能有尊嚴，有尊嚴未必能有錢。她從年輕打拚開始，為了攢下一點一點的錢，常是尊嚴蕩失。我花很多年的時間才理解她個性那種一分一毫計算的煎熬，因為她是在市場這種武市打拚存活的人。而父親對生活的理想性是什麼？他從沒表達過，我只是從童年看見他只要脫離母親的視線就是一副閒雲野鶴的樣子，他會去一座小宮廟前靜靜坐著，旁邊野蕩著一兩隻狗，他常常望著落日餘暉，靜靜地抽菸，因為太常去那間農地旁的小廟了，因此乾脆就被委任廟的看管者，有時候晚上也睡在那裡。睡覺的地方是一座破藤椅沙發，一盞廟的小燈，一點小酒、一碟小菜、一包菸、一輛破卡車，他的生活所需就是這些了。因為這個形象太強烈，因此在我的眼裡，我忘了他是父親，忘了他是得去張羅食物與讓我們遮風避雨的人，他不是羅漢腳，他不能只想著天涯海角；他不是廟公，不能只陪著王爺菩薩。但我以前不懂愛裡面要融進「責任」，我是好多年才認得這個詞。我像父親一樣任性，我是老么獨生女，這讓我愈來愈像父親，也是一個喜歡閒散過日的人。

每當母親厲聲戾氣地叫我去田地旁邊小廟喚回母親嘴裡的短命夭壽丈夫時，我當時總是心疼父親，總覺得他好可憐，認為他每天受氣，所以只能躲到菩薩旁邊吸口新鮮的空氣。因為無限同情父親，以至於我常不忍心叫喚他回家吃飯，有時候也跟著坐在廟前看著夕陽落在樹林之外。如果田園有牧歌，那必然是屬於我和父親的。直到狗吠聲大響，我們父女倆同時轉頭時就知道要遭殃了，母親拿藤條來了，她漲紅著臉，帶著近乎血管隨時會崩裂的喘息聲走向我們時，我知道我要挨打了，而她也要和父親爭吵拚命了。

我那時候完全看不懂母親，我只覺得為什麼她要那麼生氣，生氣到幾乎用言語把沉默的父親生呑活剝了。

我不懂，因為我對語言很敏感，母親那些暴力的語言非常刺痛我的耳膜、我的心。但我也非常同情母親，我覺得她不該嫁給父親這樣只想著自己過小日子的男人，她應該嫁給努力耕耘的實業家，嫁給生意人，嫁給王永慶，嫁給銀行家，甚至嫁給水電工都好，至少有一技之長。但父親沒有，父親沒有一絲一毫的野心，是不想要工作的人，他只喜歡冥想，喜歡野遊，喜歡飲酒。他喜歡廟裡的狗都勝過於我們，但他和強悍務實的母親結婚，這導致了整樁悲劇。他必須工作，且不太能休息，他一休息就挨母親的罵，因為母親太勤勞太能幹了，母親無法忍受他的無能與無用，而他非常怕母親那種厲聲的罵法，所以也只好起身去工作，扛菜、扛農藥噴霧器，常常扛超過他瘦弱體型所能負擔的重擔。母親再強悍也不能沒有他，因為光靠母親是做不完田裡的所有工作，母親需要他去除草除蟲，需要他幫忙提水撒種耕耘。但沒幾年，父親就爆肝了。爆肝的原因，除了菸酒與過勞外，最主要原因是農藥害了他，他除草除蟲，也除掉了自己，吸了太多年的化學農藥，肝肺都是黑的，父親是無知於農藥之毒的受害者。

父親生病住院後，母親只好一個人採摘已成熟的蔬菜，好交給已經訂貨的小盤商們，因此她白天仍極為忙碌，常獨留我一人看顧父親。我常把醫院想成廟前廣場，如果父親可以起床喝酒抽菸看夕陽，我絕對不會反對的。

父親住院前是先去附近的醫院打針，回來後仍很不舒服，母親要我一起幫忙攙扶著他下樓，原來樓下的仁后宮乩童和桌頭已經來了，只等著幫父親問神。

那是我人生想寫小說的第一個奇幻時刻。靦腆的父親站在神壇前，母親跪拜著，然後母親喃喃自語，向神明稟告狀況，接著是乩童起乩，俗稱「桌頭」的人抓著椅子在壇前寫字。一盞燈泡下，媽祖的金裝閃閃熠熠。煙塵繚繞，抓著桌腳的乩童在鋪滿煙粉的桌上以桌腳寫字的瞬間，解天語的人，讓我進入另一個次元空間。

神祕的解字之後，父親再次讓我和母親攙扶上樓。隔天父親就按著指示，到長庚住院了。迅速進入醫療系統後，家屬很無知也很無助，父親生病的日子，時間快速轉換，急診檢查住房開刀……母親如果不在病房，我可以想像她到處求神問卜，尋求祕方（就像我現在，只要聽聞可以救母的方法，我都願意一試）。

常常母親黃昏前來到父親的病房時，她有時神色緊張，有時神色歡悅，像是得到祕密法寶，有時她會偷偷背著護理人員迅速點火燒求得須化掉的符。她點燃符之後，在瞬間的火光裡，她的神色虔誠，嘴巴唸唸有詞。急急如律令，吉星高照沐恩光，如意保安康。我在父親病床的另一邊看著窗前的母親祕密「施法」時，我當時覺得母親是愛父親的，但他們卻吵了一輩子。或者該說母親是疼惜父親，愛情她不懂，但她懂得生命要離去前的痛苦與哀傷。

母親在父親住院期間，四處南北求治療肝癌的祕法。因我時間最自由（這回母親生病也是我時間最多），因此她要我常待在病房照看父親情況。我清楚記得在最初的清晨時光，穿白衣的護士走進病房，她對睡眼惺忪的我說妳要幫妳爸爸導尿喔。我揉揉眼睛，一副不知怎麼做的模樣。她說，來，我教妳怎麼做。說著她就拉下了父親的褲子，好像打開蛋糕盒子那般的輕易，接著她就開始教我如何導尿，如何抽拉，如何綁。我第一次看見男人的生殖器，關於父親的私處。那個地方如廢棄之地，父親乍醒過來，一直開口要我別管伊！那病重的父親忽然清醒地拉著褲子的鬆緊帶說邁睬伊，隨它去。父親要護士別幫他換導尿管了，一個父親突然清醒地意識到竟是他自己的小女兒要來幫他拉下褲管，由小女兒幫他解開繫在生殖器上的管線時，他忽然扯開嗓門說不要管這個了，別弄了。他有著一個父親的難堪，面對君父邦城的瓦解，他覺得這男性肉身的殘敗，不該讓這個小女兒來做這件工作。

我很想掉淚，但忍住了。

母親在我進行到快結束時，出現在病房門口了，她露出很安慰的神情，眼神讚許我做了一件了不起的事似的，這本是她或者哥哥該做的事，交給小女兒來做，她感到安慰，一種小女兒非常懂事的安慰吧。

她的出現也瞬間解開父親在女兒面前的窘境，父親說，唉，受罪受罪。母親接手後，我走出醫院，在院外大街上一直掉淚，不知走了多久的路，車水馬龍如水滑過，沒有人感到一個年輕女孩在人行道上一直走一直掉淚是奇特之景。

我想是因為眼淚在醫院如此尋常，總是輕易漫流如河水。

此情此景猶是真切如昨，護士教著我如何清理換洗父親，我忘了我怎麼做到了那些護理工作（多年多年後，我再度幫母親護理私處，看見自己肉身的吐出處）。當年只有少數人才會請外籍看護這件事，照護多是病人家屬的事，不假他人。我印象很深刻是父親非常抗拒我為他做這件事情，但連陌生的女護士都可以為自己的父親做這件私密事，身為女兒為何不可以，於是我就開始為父親換洗更替管子。就在更換完畢的當下，母親就急急忙忙地趕來了，她好像意會到我剛剛為父親做的事，她臉上出現一種很安慰的微笑，她很少出現的那種溫柔的笑意。她如此讚許著我，然後要我去吃早餐，還說想吃什麼就吃什麼（為救父親，母親變得大方，一如多年後，她為了孩子的福報，常以孩子的名義捐款蓋廟）。

直到此刻，當我在書寫這段往事時，我猶然可以立刻回憶起母親的笑臉，她的手裡還拿著很多去拜拜祈福來的供品。

此刻，我在我的新書房，也就是母親的新病房寫著她的丈夫、我的父親。如果當年先走的人是母親，我的心情會如何？我會藉著成天跑出去野遊而藉此遺忘傷心嗎？如果母親先走，我會不會因為失去管教而變成一個太妹，我會不會變成一個無主之魂，我會不會自此成了一個虛無者？

畢竟母親總是亦步亦趨地盯著我的腳程，即使我到天涯海角，她都能找到我。在最古老的年代，用最傳統的電話線，在我還沒裝電話時，不知為何她能找到紐約的台灣朋友，且問到了朋友的電話，輾轉找到我。因為那樣地麻煩著朋友，也迫使我去裝了電話，當然電話號碼我會讓母親第一個知道，這樣會使她感到安慰。維持關係要常釋放善意，讓對方覺得自己的重要性。讓母親第一個擁有我的電話號碼，可以讓她獲致良久的心安，而我就可以有一陣子的逃亡。

就像我長期住在外頭，母親雖然老是見不到我，但我是最常在關鍵時刻出現的人。比如當年病危的父親是由時間最多的我在醫院看顧陪伴，比如她搬離哥哥的住處回到老公寓時，她的整間衣物是我用拖車徒步走幾條街，再扛上二樓的，她常說那天如果沒有我從白天搬到傍晚，一定無法完成如此辛勞的事。或許這給她一個很重要的訊息，那就是她知道，我縱使跑得很遠，但該出現時我會出現。這在她的生命長河裡每一次都應驗這個訊息的準確，因此每回我告訴母親，我要出國了，她雖然嘴巴總是會叨唸又要飛走了，又要花錢了，但接著問的一定是跟誰去，去多久，安全嗎？每回都騙她去工作，所以會有當地人接應，好讓她放心。

父親過世後，我漂泊多年，雲遊超過二十年的旅程，每一回都沒有漏過重要的事情，舅舅往生、阿嬤往生、外公過世、哥哥結婚（除了姊姊過世之外）……即使母親這一回突然倒下的時間點也都是在我滯留島上的日子。在她倒下不久前，我還在遙遠的美國愛荷華參與國際寫作計畫三個月，三個月我安心在外。但其實心裡總是有點毛毛的（結果走的人是最親的表姊），常怕電話響又期待電話響。從年輕到現在，我和母親經歷太多次的美國時間，我的夜成了她的白日，但她太早起，天未亮的四、五點，泰半是我正忙的美國白日，往往要抓到時間才找得到她，買skype電話才省錢，只是網路收訊未必佳，要揚起聲嗓才能呼喚一聲媽，而她總是急急忙忙掛電話，唯恐我花太多錢。好像只要聽到我的聲音就可以了，她要的是我的安全。

（三個月，等我回來，她才倒下。彷彿為了我的歸來，她苦苦地撐著。）

我花了很多年的時間想著母親這句「父女同種」究指何意，是何依據讓母親如此信誓旦旦地認為我繼承了父親而不是她？因而讓我檢視著和父親的相同處，想著父親是什麼樣的人，如果我像他的話，他就是我的自畫像，因此我必須好好地觀察他一下。他有著深邃的眼睛、高挺的鼻子、瘦削的骨架、被母親譏笑鳥仔腳的腿、沉默寡言、靦腆溫吞、抽菸喝悶酒……連續十幾年歷任導師在我的成績單的評語：「沉默寡言　品學兼優」，沉默寡言如我父親。但我品學兼優啊，為何母親將不愛勞動的父親和我劃為等號？從以前她即把目光緊盯在我和父親身上，常指著我們倆說著：「餓水頭田，餓單身漢。」原來母親嘴裡的同種是同病症，是罵人的。

母親應是把我看透了，知道品學兼優是假象，因她發現我開始趴趴走，或者常陷入發呆狀態，這和父親在廟前抽菸看落日的神情大概神似。我大學畢業後，更是覆轍了父親，這倒真應驗了母親的話。父女同種，都不想好好上班。喜歡蝸居，但又嚮往世界，矛盾的個體。父親一生沒去過任何旅遊地，他如果離開家裡都是為了出外工作，比如山林、田裡、宮廟。他喜歡蝸居，帶著冥想似的在一個地方遙想遠方。偶爾去遠方，只是因為同住的對象造成心裡的苦悶或者干擾。我幾乎覆轍了這個情況，且我是父親的巨大加強版。很多人誤解我的流浪，其實我真的喜歡蝸居，只是蝸居的對象把我推向遠方，久而久之，只要遇到擱淺的人事地物，我就選擇逃離，逃逸他方，父親當年的小小移動就像是我的微縮版，我擴大了君父的城邦，但卻一無所得，甚且更為空虛。所有的旅程都像是列車往前的退後風景，難以捕捉，毫無前景。抵達是謎，出發更是謎。交織在我命運的版圖，猶如餐廳訂位表上的彩色圖釘，毫無向上攀升的路徑意義。直到母親倒下，我才明白，過去把我們推離家門的是母親，但把我們拉回家門的也是母親。我才發現母親是抵達的一切，她提早完成我的移動版圖，因為日後我將被她的感情十字架釘在原地了。我在窗前回憶，能啟動回憶，是因為過去的豐饒足以撐起回憶的力量。

父死路途遠。

父親過世後，回家的路途確實遠了，只要想到母親的厲聲厲語，我就會在家門躊躇徘徊，以前還有父親會在家裡平衡我心裡那股我們父女同病相憐的奇異感覺，父親走了，只剩我一人獨自挨母親的罵。失去了父親在世的恐怖平衡後，家變成母親的代名詞，因此「家」籠罩在母后的巨大陰影下，家使我害怕，我怕一個人獨自和母后相處，君父的城邦傾頹，母后的勢力卻越發強大，就在父歿之後，我的腳程先是住到家之外，接著是住到台北之外，接著是住到島之外，接著是住到離島千里萬里之外。

哥哥們結婚或工作繁忙，在外有理。而沒有結婚又是獨生女的我，在外沒理，因此狂找理由，要讀書，要留學，要寫作，要畫畫，要看世界……沒有臣子的母后，空有虛名，頓失王國。

我把母親一個人留在原地，傷心的原地，因而她的暗夜哭聲從沒傳入我的耳膜，我佯裝我可以遺忘她，我且輕忽天蠍座的執著愛恨。我往天涯行去，很遠的天涯，跨過國際換日線，飛越海洋，橫渡沙漠草原荒地，降臨許多陌生的城市，在每個陌生的旅館醒來，聞著陌生的空氣，想起的人卻常常是母親，童年和她做生意，我們曾經一同移往島嶼各地，之後我卻把她留在原地。

靜止的原地，她無法離開的原地。

即使我其實是一個渴望蝸居的人，但當年對我來說，蝸居一地已然幻滅，因為母親能輕易摧毀我的每一天，就像當年父親獨飲的時空總是幾句話就被她撕裂。我怕被她找到，因而我必須往海去，往天飛，往世界的盡頭走。

天知道，我想她。

海明白，我愛她。

偶爾在異地旅館總是到處詢問才弄明白打電話的方式與費率，以及得在異地抓準時間差，把握母親尚未出門或尚未入睡的時間，常常好不容易撥通了電話回家，遠端卻是模糊的聲線，永遠是她那帶著過往在武市奔忙的中性聲嗓，電話線聽見她那喂的一聲時，我常常在離家幾百哩的遠方鬆下一口氣，母后安然，我解除了放下她自己跑去遠方的罪惡之感，因而可以繼續某種變形的生命認真與放逸。

然即使飛到天涯海角，我卻永遠都不是羅得，因為我太常回頭了。如果我是逆女，那或許她會徹底灰心，我也不會有糾葛拉扯之感。如果母親真的不愛我，我也可以名正言順地逃離。但我看穿她的語言只是裝狠的表面工具，而她也看出了我的另一面是脆弱而感傷的。因此她握有我縱使飛離，但終有一日還是如回力球般的彈到她的身邊。由於我的不徹底個性，使很多的感情面都在藤樹的纏繞狀態，近乎費去了大半生的時光，才清除多餘藤蔓，呼吸流動起來。繞了半個地球，我才理解，表面我和父親父女同種，其實我和母親才是同一掛的人種。我真正像的人是母親，只是外表像父親，無所事事喜歡閒蕩，但我真正的內裡是母親的結構。任性與韌性，父與母，我的外表與內裡。

我當時完全站在父親這一邊，甚至非常同情他的處境。因此對母親也越發疏離，而母親對待我的方式也和父親差異不遠，她也是用罵的，犀利的語言往往砍傷我無數回，使得我離家愈來愈遠。因為我們太像，所以容易傷害彼此而不自覺。

我表面是流動的旅者，但如果沒有際遇的推動，或者感情的興風作浪，我只想定點生活。在父親的任性與母親的韌性兩端，我繼承了他們的無所事事與通宵達旦勞動，繼承了他們的凡事不上心與事事入心，在這樣的兩個極端裡，矛盾拉扯著我多年的心緒。如果畫畫，我要把自己一分為二，日與夜的我。父親的黑夜，母親的白晝。

父親確實是屬於黑夜的，天色黯淡後，他的米酒就會上場。但他和其他愛喝酒的人不同，他只愛獨飲，不喜和他人鬧在一起，所以他雖喝酒，卻從沒出過事。他只在兩個固定的地方飲酒，一個是田地旁邊的宮廟前，一個是家中的廚房。且他在廚房飲酒，都是我們吃飽飯後下桌了，他才緩緩地拿出擱在牆角旁的米酒蔘茸酒紹興高粱酒之類的酒，緩緩注入玻璃杯，開始他的夜晚獨飲。他好像非常享受這段時間的一天閒暇，靜靜地蹺腳坐在廚房餐桌，輕輕讓酒神餵養他的孤獨靈魂，他從不言語，喝酒時也是安安靜靜。好像他的靈魂在和酒仙對話。我常從客廳穿越三個房間的長長陰暗廊道，在廊道的盡頭處看見父親的背影時，我會偷偷在背後杵一下，尋思這個在燈泡下獨坐獨飲的背影在想些什麼呢？偶爾他轉頭看見我，會問我要不要再吃一點？我這才看見餐桌上多了一兩道他的私房菜，大約是麻油麵線煮米酒加蛋，煎魚之類的。我搖頭笑著，心裡其實很替他擔心，等會兒媽媽要是走到廚房（晚餐後，她偶爾會去串門子或是在客廳看電視或講電話），爸爸就又要挨罵了。罵的幾句話通常都是：「生目珠沒見過這麼愛飲的，尿為何不提去飲？」再凶狠一點就是罵：「怎不飲死？飲死最好！」

父親和酒神對飲的時光就在母親走到廚房時結束。他拴起酒蓋，移去酒杯，捻熄燈泡，彷彿帶著無限悵然地走向無光的所在。

也許那時候父親就生病了而不自知，酒會減少他的疼痛，酒讓他飄離現實。菸酒都是他的老友，靈魂的老友，他這麼孤獨，他如此無言，確實唯有杜康可以解憂。

果然後來父親真的是飲死的，母親一直很懊悔她老罵他這句話。

就像母親倒下後，我很懊惱為何不順從她呢？她要我穿美一點就穿美一點，要我不要老穿得像道姑就別在她面前穿。很多簡易卻不願意做的事常形成日後的悔恨。我有個朋友和他的父親吵架後，父親隔天忽然走了，最後的吵架畫面一直使他悔恨不已。

父親住院前，母親不知道他不舒服還罵他，這使母親很心痛。而我也很心痛，因為他央我去幫他買酒時，我非常不情願，覺得幫他到雜貨店買酒很丟臉。父親住院後，我在病床上偷偷跟父親說，爸爸，我去幫你買菸酒好嗎？只求你好起來，你要抽多少喝多少都沒關係。父親睜開眼，微笑著，他仍不語，他一向超級省話，他的微笑就是千言萬語，那樣靦腆，帶著無辜的神情。他不屬於家的煙火的，他是應該浪跡天涯的酒仙。

父親過世，我在他的遺物裡面，找到一張紙條和一張借據後，我才真正體悟到「父女同種」這句話的意義，父親原來想要去走船，如果父親真的上船，他就再也不回陸地了。他一生都被釘在原地，一生的汗水都流在土地裡，但他的心卻如此地嚮往海洋，渴望移動，那是我們不認識的父親，他獨自扛著這個渴望走到生命的終點，還沒來得及回首，更遑談眺望未來。他老是哈著菸瞇著落日掉下去的山的遠方、海的盡頭看去，原來那裡躲藏著他的渴望，那裡有一張他對生活的藍圖。我心想，母親是對的，我真的跟父親很像，想日後一定要四處野遊。母親一直掛在我耳邊的話，變成強烈的心理暗示，我像父親，像極了他，所以我任性。因為明白這份任性，所以我不敢結婚，如果結婚下場就會和父親一樣，斷了羽翼的鳥，被釘在土地上的他只能偶爾哈根菸時仰望天空。因為母親的暗示，所以我一直以為自己是父親最得意的複製品，我有意無意地覆轍了母親眼中這無用懶散任性自私的君父，加上個性與際遇使然，使我這一生竟只短短地上過四年班，每次介紹我的人都會提及我曾經當過記者，然而殊不知我當記者的時光非常短，短到還沒討好母親就遞辭呈了。

我大學畢業後，一年在電影工作室，三年在報紙媒體，除此就沒上過班了。當然短暫當劇照師或者去咖啡館打工不算，我說的是正職，必須上班的工作。然而我的記者資歷卻一直被提及，有時候很懊惱曾在我的簡介裡寫過這個短暫的職場工作，主因當然不是這媒體工作不好，而是這工作短暫到和我的二十多年寫作時間不成正比，且當初會去當記者完全是為了討母親的開心，我在她眼中一直和父親一樣沒用，我想讓她知道我只是不想做而已，考上記者對我不難。以前聯合報記者筆試大概跟考高普考差不多，兩千多人聚集在松山高中試場，考一整天之外，筆試錄取還要口試，口試之後還要訓練且試用三個月，但想擠進大報的新聞系畢業生非常多，在那個兩大報年代。考進聯合報後，主跑美術線，其實日子也過得頗為愉快，母親也很歡喜，我當時雖知道不會當記者太久，但也沒想到會那麼快就遞辭呈，很快就離開當年那棟東區座標，原因是申請到紐約藝術學院美術系，而推動我想出國的當然不是我想讀書，而是當時的男友，一樁愛情事件促成了我的離鄉。這是我第一次離開母親那麼久且那麼遠，我記得告訴她時，她說紐約在哪兒？她吐出紐A的發音時，就好像在說著雲林台東之類的口氣，以為那是一個很近的地方。等到我拿出地圖，告訴母親紐約在哪裡，要飛行多遠之後，她打了我一記，她說妳一個女孩子跑那麼遠多危險啊！接著她意識到我要離開媒體，她更是無法接受，一直問著妳哪有錢去？妳不存錢妳老了怎麼辦？那時離我老了還很遠，她就已經擔憂到彷彿明天我就老了。

接著也沒管母親的反應與反對，我把放在租處的物品往她住的地方送，寄放在她那裡（直到很多年我才搬走那幾箱物品）。第一次母親送我遠行，她說我都沒轉頭看她一眼。那是我第一次離家那麼遠，離母親那麼遠，我當時忘了她的傷心，忘了她的想念。我只看到自己和我即將奔赴的天涯。

因為心裡一直有一種替父親打抱不平的義務感，覺得我應該幫父親完成他無能野遊的生前渴望。因此除了人生沒有安排的意外之旅外，幾次的遠洋郵輪之旅也是刻意安排的。我想替沒能遠遊世界的父親看看大海，離開島嶼的海。

我離家的每一回都會打電話跟母親說一聲，母親聽了都會在電話中先是抱怨，接著就陷入斷線似的短暫沉默，那種如鐵的沉默比她的抱怨還要讓我不安，我習慣她揚聲說話，習慣她對我不溫柔，習慣她的嚴厲，也習慣她的大笑。她在我心中其實才是父親，但父親卻又不是母親，因為父親不管我，父親只是一個單獨的個體，他是真正的流浪者，他是羅漢腳，他不屬於家，但要命的是他成家。我對父親比較像是一個朋友，可憐的朋友，因為我懂得他的質地，我愛他不是因為他是父親，相反的比較像是看見一個落魄落難的文友，我對他充滿同情的憐愛。母親不懂我對父親的那種愛，以為我偏心，明明就是她對我們無微不至，明明就是她帶著我們闖天涯，明明就是她日日煩憂我們的成長，明明就是她時時注意我們生病與否。但我們卻一個個要遠離她，甚至不打算與她同住一個屋簷下。哥哥結婚就另遷新居，而我則是自我放逐。她每一回都希望至少留住我，但見到我都是匆匆忙忙，如果留久一點又會因為談到金錢而不歡。我在她的沉默空檔，總是突如其來被罪惡感給捕捉住，我很怕別人對我低聲下氣，我會受不了。我寧可母后發威，狠狠把我罵一頓，我就可以正面轉身離去。有幾次她沉默，且好像悟到什麼似的淡淡說，要走就走吧，查某囝仔飼大係別郎。

換我支支吾吾地說，媽媽要啥米物件？我買回來。

她卻說存錢吧，別亂花錢。我說好，她又變得很高興了。減少罪惡感的方式就是討她開心，但討她開心的唯一方式又是錢，而我是最不懂得存錢的人了。母親常要我把錢交給她存起來，但我給她之後就再也要不回來了。

父親的褲子口袋擱置許多皺巴巴的紙條，父親也是沒錢的人。紙條不是紙鈔，大部分都是幾個名字諧音有趣的菜販與他們的電話號碼，電話本子可以放進口袋，約名片般大小，上面的電話號碼，多是訂蔬菜的，以牛肉麵店最多，牛肉麵上加的空心菜和蔥花，那是母親的結晶，因為如果不是她一直催促父親種菜除草，根本沒有收成這一日。母親這輩子的悲劇都是因為沒受教育，不然以她的聰明和勤奮，是有機會成功的。但她因沒讀書，不識幾個字，很容易道聽塗說，選擇錯誤的路。比如種菜這件事，為何會選擇一個這麼辛苦卻完全看天吃飯的工作？那種辛苦是半夜去摘菜，為了趕早市的批發。種的菜款又是長在水田的空心菜與蓮藕，整雙腳就泡在水裡，冬日龜裂，夏日過敏，苦不堪言，一場颱風就可以掃蕩所有的戮力心血，一場旱災就足以瓦解所有的支柱。

父母親必須在午夜十二點多時起床到田裡採摘，因為做的是大批發的生意。中小盤商和店家也是四、五點就來採買，七點多對大批發市場已經是晚市了。我不知道為何那幾年母親不再做流動的跑單幫生意後，會轉往這麼辛苦的種菜生活裡去。如果不是利潤太好，這樣的辛苦哪裡值得？但利潤在哪兒？每回從市場回來看她把皺巴巴的鈔票一張張攤開時，我見到的都是憂愁的神情。那時候我在心裡都想著她是憂愁女王，她的氣勢與脾氣都像女王，但她的神情卻總是悄悄流瀉一種王國傾頹的擔憂模樣。我常常趁她還沒數錢時從她的口袋偷摸兩三張，以為神不知鬼不覺。很多年後，她忽然提及我偷摸走她鈔票的情形，原來都被她看到了。她笑說，算了，就當作妳的工錢。

我當時負責每晚要叫醒他們，因此都不敢睡著，這份工作也有好幾年，大概從十來歲叫到十七、八歲左右。母親有買鬧鐘，當年的鬧鐘很古典，錶面可以蓋起來，小小的方形盒子很像粉餅。但問題是這鬧鐘聲量都叫不醒他們，可見他們有多累。都必須我親自到他們的房間用手搖晃他們的身體才能叫醒。有時搖晃很久都沒叫醒他們時，都會嚇到我自己，大喊著爸！媽！然後見他們醒轉才放心。有幾回該叫醒他們的時間到了，但我常覺得他們應該多睡一會兒故意沒叫他們，等母親醒轉抬頭見時鐘的刻度時，反而被母親罵得臭頭。死查某鬼，妳也睡死了！她急急起來，邊拍打著身旁的父親，邊著急嘀咕著慘了，太晚了，我一定是前世人欠汝死人債！

只見他們起床後匆匆忙忙走到廚房，吃我在叫醒他們前煮的統一肉燥麵。有幾年的時光我對統一肉燥麵充滿了感情，這肉燥麵是颱風夜的佳餚，也是陪伴我成長的氣味，那時都是一箱箱買的。下麵後，整個空間瀰漫著油蔥的香氣，那是當時唯一的廉價幸福，在寂靜的夜晚唯一帶著喧鬧聲色的畫面，非常快速揮發在空氣中的香氣，也驅走了深沉的眠夢。

被母親罵了幾次後，我學乖了，因為善意反而誤了他們到市場的時間，他們慢到市場，批發商就會轉買別家的。之後我就準時叫醒他們了，雖然有時候我也不免在客廳打盹而被鬧鐘驚醒。因為這樣的漫長時光，使我養成閱讀的習慣，這習慣形象也深植母親心中，她常說我都在看閒書，垃圾書。

我在少女時代也常跟他們半夜到田中央，跟去的原因不是她要我幫忙摘菜，而是她怕我一個女孩子獨留家裡萬一被壞人闖進家門，而招致強暴就毀了一生。其實她不知道我好開心家裡沒人管我，十二點多送走他們，就是我一個人狂讀小說的時光，因為如果母親在家，她會不斷地催促我上床睡覺。家裡沒人，我常讀小說到三、四點而未眠。七點多的早課，總是在打瞌睡。然而當她問我是否跟去田裡時，我偶爾還是會答應，感覺不該讓她老是失望，或許因為我的個性雖然任性，但又常常萌發的同情感會使我們又彼此拉近了些。就這樣拉近又推遠，推遠又拉近，反反覆覆，我們之間的愛從沒消失但也沒有螢光記號般的可喜亮點。我答應同去，為了是不要每回都讓她擔心或者失望。就因為沒有完全的拒絕也沒有完全的靠近，於是我和母親的關係時好時壞，但我心裡總是怕她的。這種畏懼感，使我們之間少了親暱。這使我們在街上突然看見別對母女的親暱時會不約而同地轉頭，視而不見。我想和母親的這種關係是很尋常的，既遠又近，很多女孩在成長期想逃脫父母親掌控的心都是強烈的，因為不懂得江湖的險惡，也無知於父母親的付出。

那時如果隔天不上學的夜晚多半會跟去田裡，那野外的夜晚是如此地奇特，我坐在父親的卡車裡，他們卻在前方的水田裡彎腰摘菜，雙腳浸泡在冰冷的泥水裡。那時我不知道辛酸的感覺，往後這畫面十分虐心著我。父親大概是那時候就病了，但因他一直喝烈酒，感冒就吃友露安與克風邪。我對感冒藥的認識就是從父親開始的，那時候他常掏錢要我去藥局幫他買感冒糖漿，或者菸酒，一邊是治疼痛，一邊是治憂愁。我一邊拿著父親給的鈔票一邊聽聞母親的咒罵聲，套上鞋子外出，走在暗黑的小巷時，少女的心總是對父親升起無限的同情，因為這樣的同情，我對父親的懦弱不察，對他的不負責任也無感，我總是站在他這一邊，覺得他根本應該選擇單身，可是他如果單身，恐怕連養活自己都有問題，一定會變流浪漢，一定會變乞討者……我心裡閃過很多念頭。

父親的職業欄，自耕農。其實他什麼也不是，他是天地一沙鷗，但被關在籠子裡。他是大海的潮浪，但卻雙腳被釘在水田。或許水田的水光折射時，他有那麼幾個剎那將水田遙想成大海，直到被手腳勤快的母親嚷著快點時，他才從恍神中回到困住他的方寸之田，心田乾涸，直往苦海裡去。

我因此度過很多年的午夜魔幻時光，在一輛發財車內。貨車被稱作發財車，前方耕耘的母親幻想的發財夢從沒發生過，少女的我躺在一輛發財車內度過夜晚，食字獸相伴我度過夏夜的蚊子、秋日的季風、冬日的寒風，我從沒想過他們不斷地彎彎直直的身體辛酸，我只是看著小說，看著黑夜的水田，聽著發電機發出的聲響，前方有一盞燈泡，像螢火蟲移動著。

那時父母親離開水田時天色仍暗，算一算他們從午夜十二點到三點，已經足足泡在水裡三個小時了，在路燈照射下，只見他們提著大大的竹籃上岸，竹籃持續滴著水，非常沉重，他們合力出力地喊著一二三才能將竹籃提上岸，接著便看他們走向我，提到貨車後面，好幾籃的空心菜與蓮藕，要趕到大批發市場等待潘仔來批貨。搬好菜，母親都會先到我的位置探一探，我多佯裝睡著。他們再次離開貨車走到田岸邊的小小工寮，裡面放著農事的用具，他們扭開水龍頭，用黃色管線沖洗著手腳，用冰水洗把臉，接著就走到貨車，父親發動車子，母親坐在隔壁，我在貨車駕駛座後一排的橫椅上躺著，身體感覺到晃動。窗外仍是黑夜，月光星辰偶爾相伴。

偶爾我也會爬起，母親見狀總說，擱睏啊！擱睏啊！她要我再睡，但其實在車上是很難睡好的，且我常偷開車內小燈看小說（很快地我在國中時就必須戴上眼鏡了）。當在車後，聽見聲音逐漸喧鬧時，我知道批發市場快到了。因為吵，因此母親也沒有要我再睡，我從發財車跳下來和母親一起顧攤。父親通常這時候會開貨車去停車時就躲在車內睡一下。我那時候都沒有想過母親沒有休息，她從十二點一直到上午十點多幾乎片刻不停。那時候，她的身體應該累壞了，但仗著年輕，她如工蜂似的忙碌，孩子是她的蜂后，她一張眼就是工作。

千萬不要讓別人看不起。為了這句話，母親從年輕拚到父親過世的那一年。不再租田耕作，也不想再工作，後來僅僅到自助餐炒菜過一兩年，之後就從工蜂生活轉為被放逐的蜂后生活了。父親過世後，她不再吃任何的速食麵，統一肉燥麵的氣味更是讓她聞了想吐，這香噴噴的油蔥氣味從此走出母親的生活，這代表著夜晚和父親去摘菜的食物是她最想遺忘的。自此，我不曾在母親的老舊公寓聞到這熟悉的氣味，倒是我自己偶爾會買來吃。用筷子挾起第一口麵時，總在泡麵裡看見往事的生動形象，總在油蔥裡目睹母親的眼淚。接著，我自己也模糊了視線，熱淚盈眶。

父親無預警倒下後，我忘了問母親那之後的田地是如何收成的？可能因為荒蕪而作廢了。租來的田地，地主收回。後來母親耕耘過的土地變成高樓大廈，地貌巨變，再也尋不得往昔勞動的身影。父親看顧的廟倒是從一間小小的廟變成一間香火鼎盛的廟，廟前變成魚貨市集。有好幾回我來到這間廟走走，撫摸香爐，這香爐有著時間的銅鏽，隱約的銅光折射我的臉龐，模糊中彷彿也看見父親的倒影。

我和父親獨處的次數算得出來，每回母親都在身旁。印象只有幾回母親和姊妹會的人出遊或者她離家出走而不在家。關於母親的離家出走，我有幾回將之轉化寫在我的長篇小說。但後來和母親聊天，她都說什麼叫離家出走？我只是和結伴姊妹出去走走，在別的地方過夜而已。記憶是有偏差的，記憶有七宗罪，所以誰的記憶才算數？無所謂，因為就寫小說而言，援引虛構的技藝就像打造飛機需要翅膀，想像的飛翔能力，往往使現實的天空冒出形狀各異顏色不同的雲朵。但母親確實有幾回夜晚不在家，她去了哪裡是沒人問的，因為她總是會回家的，她就像牧羊的孩子，暫時忘了羊群，先出去吸口氣，不然她會胸悶氣炸。母親不在家，老實說我和父親忽然都鬆了口氣，我們父女要的空氣和母親的顯然不一樣，像是典獄長出門忘了關囚籠，又像動物園館長離開前沒有放下柵欄，我和父親都變得不再緊張了，他可以整天都在廟前發呆抽菸喝酒，我可以每天讀雜書，還可以溜到同學家過夜。然後不知時光過了多久，忽然有一天冷不防母親就出現了。有次是放學回家就已經看見母親一個人安靜地坐在廚房，這種安靜近乎死寂，我感覺仰賴自由的空氣明顯地稀薄起來了，但同時間又很安慰母親回家了，只是她的這種安靜很不尋常，比起她的氣焰硝煙都還讓我難受。還有一次是午夜她突然揭開蚊帳看著我，因為她用手沾著口水輕拭我被蚊子咬的紅腫處，我才知道母親回家了。我迷濛中醒來，望著母親的臉，覺得那是一張我從沒見過的溫柔臉龐。離家的母親，她自己也呼吸到新鮮空氣了。

但本質的東西很難改變，母親回家後，我和父親開始神經拉緊，皮繃緊，知道在這個家，母親是一切的分配者與主宰者。要過好日子，得聽話。也因為這樣，我從小就開始沒對她說過幾次內心話，但不代表我說謊，我只是沉默或者選擇性訴說。而父親是根本沒有什麼可以說的，他不用玩真心話或大冒險，他是他自己星球的唯一訪客。

父親到另一岸了

我是親眼見到父親是如何離開這人世的。

我在孩童時期或者往後所接觸的親友喪禮，他們已都屬於過去式了，也就是我沒有機會和臨終者訣別。那親眼目睹最後一刻眼睛闔上、呼吸停止的那一刻是發生在父親身上，這也成了我和母親很長時間的懊惱，因為當時不懂身體在四大分解時面臨的痛苦，一點點碰觸都像是山崩地裂。我們在父親闔眼、呼吸要終止前因為太驚嚇（父親竟無預警地要走了）又太緊張（沒見過），因此就按了病房的急救鈴。醫生和護士進來後，用電擊施加父親，我第一次用手握緊父親亂抓的手。如巨石壓胸，卻仍藥石罔效。身體感受山崩土裂，而我們在旁邊無知於這樣巨大的疼痛。父親嘴巴開始溢出血，然後醫生只是淡淡地搖搖頭，接著我聽見母親放聲痛哭，接下來的事都讓我們像是木頭人般的跟著做。一個男人忽然如嗜血鯊魚地來到父親的病房，開始將父親的身體推換至冰冷的不鏽鋼床，我們茫然惶然地不知如何是好，只好跟著他走，只聽輪椅床在地板上的刮地聲，父親的身體被快速移動而甩出了雙手，我跟在後頭悲戚地看著那雙手，很想握住他，告訴他：爸爸，我在旁邊，你不要害怕。但輪椅床幾彎幾拐地火速移動，我幾乎是拉著母親才跟得上。然後就到了滿滿是冰櫃的地方了，我才意識到父親要被送進裡面了，而我們什麼也幫不上忙。他將孤單地被留在這樣的寒冷之地了，我們無知於身體的靈識尚未離開，且任何的移動都造成身體的苦痛萬千。

一個巨大的抽屜闔上，靈魂無法叫喊他的苦痛。而推輪椅床的陌生男子一路開始扯開喉嚨地不斷絮叨著，然後竟就跟著我們返家。那是上午時光，父親離別時刻。我忘了是怎麼到家的，我竟忘了這些細節，但我一直記得這個跟我們回家的男子，可能是他載我們的，因為我一直聽見他的聲音。然後我才逐漸明白他是葬儀社的人，他沒有說安慰的話，只一直說著火葬多少土葬多少，儀式費用等等。

跟我們回家的葬儀社男子坐在客廳和母親討論後面的細節，這男子很像混過江湖的那種人，說話很直白，不時需要抽根菸或嚼檳榔，說哪邊的公墓地是福地，面水靠山，會旺子孫。又說父親是上午辰光走的，意味著會留午餐晚餐消夜等給後代，不會全扛走，走的是好時辰。聽到消夜時，母親才展開父親生病後的第一次笑容。母親笑說，哪有閒時吃消夜，消夜時間他都是被我罵醒的，吃頓這女孩煮的肉燥麵，就去工作了。

母親這樣說時，我坐在旁邊聽著，留下很深的印象。在生與死的河岸，父親到另一岸了，千呼萬喚，他找得到家的方向嗎？我在旁邊想著。而母親繼續和那名陌生男子說著話，大約是要把父親留在台北，不會遷至老家雲林。忽聽得那男子說他也是雲林人。母親倍覺親切之後，他們又討論些方向與決定事宜後，葬儀社男子站起來，離開前說明天要帶我們去看看那塊福地。

晚上我睡在父親經常休憩的長形藤椅上，我非常清楚地看見父親開門進來，他走到我身旁坐下來，一樣沉默地苦笑著。清晨，母親跟我說，妳爸爸跟我說伊真寒，身軀冷枝枝。

父親來看我，只是苦笑而沒有訴苦，他去看母親卻訴了苦，這使往後的母親一直很歉疚，他覺得父親生時沒有給他好日子，父親歿後也依然沒有給他好臉色。她看見父親的臉凍得發黑，想要給他一點溫暖時，他就飄走了。我當時忘了問母親如何地想要給父親溫暖，因為我不曾見過她握過父親的手，當然也不曾見過他們有過擁抱。但他們絕對有過肌膚之親才能生下我，但那或許只是一種身體本能的驅動。父親走後，母親才開始想念他。

靈魂這件事，也是從父親身上才開始看到的。

不論晚上他的靈魂跑回家看我們，或者臨終前的迴光返照，都讓我看到靈魂這件事的神祕與莊嚴。父親在臨終前曾出現一個讓我們詫異的樣子，他變成了另一個人的聲音，說的內文是宮廟寫的那種詩文體，他說了一堆詩文後，突然講了一句祝大家萬事如意，然後就快要離開的樣子了。母親這時候要我們跪下來，說媽祖來了。

父親長年看顧的宮廟媽祖不僅來到父親的病房，且還附身，藉他的身體來表達祝福，讓我們感知這一切並非是悲慘的，父親是有被媽祖護佑的。

如果當時有人告訴我們不要讓剛辭世的往生者移動身體或者立即移置冰櫃，而導致我們在心裡形成暗影似的愧疚外，原本媽祖附身父親的結局，是有安慰到我們的。

媽祖說畢祝福大家萬事如意後，卻忘了提點無知的我們。

人往往想到過去某些場景時會感到虐心，為何心會被緊緊地揪著？是因為心痛，是因為不捨，是因為負疚？母親心痛是因為她覺得父親一生太可憐，是過勞致死的，是被她咒罵死的。她又一直厲聲對待他，常常把為何不飲死掛在嘴上，因此這加深了她對他的死亡懷有深深的愧疚與疼惜。然而若非父親早逝，這份懷念絕對不會存在。如果父親還活著，肯定還是每天會挨她罵的。父親驟然地消失，使母親少了一個吵架的對象，生活忽然陷入空虛。相冤吵的生活，於她勝過這樣寂寥的人生。

我們去看未來父親要居住的所謂福地時，葬儀社男子載我們一路往木柵方向行。山區的路曲折，感覺過了好幾座山頭了卻還沒要下車的意思。沿途經過不少公墓，到了某個大轉彎後，他停妥車，我們隨同他拾級而上，行經一些墓地，突然有處凹陷，他指著說就是這裡了。前方水池竟是一座垃圾山，垃圾山布滿上百隻的白鷺鷥，母親說哪裡來的聚財水池？男子說現在還見不到水池，將來政府的計畫裡這座垃圾山會封起來，接著造景成公園，正前方會面對水池，聚財的象徵意義。母親相信了，我們也相信了，因為在那個時刻，無助的心很期盼去相信美好的許諾。至於後面倒真的是靠山，至少讓父親先有靠山吧。

於是福地就決定了。

多年後，福地果然在某一日我一個人驅車去祭拜父親，在山上眺望時忽然前方一片綠意中出現一座水池，水池倒映著雲彩。垃圾山變公園，水池成聚財池，許諾不假。而那個葬儀社男子早忘了他的長相，沒有人會想要再和他聯絡的，他是那種沒有人會跟他說再見的人。

我曾經一個人偷偷好幾次開車上去公墓，每次上去看望父親，我都會想起那個遙遠的下午，我和母親望著山下那如雪般的白鷺鷥，初夏的風在墳墓之間低語，墓碑上雜草蔓生等待除去，燒在白色磁磚的父親肖像等待鑲上，在土堆裡的凹陷處等待棺木的安放……母親說，就是此地了。

我點了根菸放在父親墳墓前的祭祀香爐上，點根菸是我對他的敬意。

有一回母親竟跟我說，妳去看妳爸爸了。

我心想媽媽怎麼知道呢？

原來她也去看父親了。她見到墓碑前的爐上擺著一根燒過的菸，她知道只有我才會這樣做。她笑著，沒有責備的意思。只是有點擔心地問，妳不要也跟妳老爸一樣學抽菸喔。我心虛地搖頭時，見到母親喉嚨卡了一下，有什麼話被吞了進去。「父女同種」，這句好久沒從母親口中吐出的話語，突然我的心裡幫母親說了這句話。她這句以往罵我的話，在父親過世後，再無聽聞，讓我瞬間非常懷念。

我記得當年我好幾次從誦經儀式中跑出來閒晃，離等待父親好日入殮的時間還漫長，母親堅持替父親做完踏上生死之旅的四十九天。冗長的誦經，讓我常逸出黝暗的空間，跑去遊街，走著走著，愈走愈荒涼，愈走愈無聞人煙，像是要離開的人是我似的。我往小丘的某欉相思樹叢爬去，然後找了個蔭涼處歇息。四周一片寂靜，唯初夏的蟬想要拔得頭籌地嘶鳴外，只剩風聲，還有影子般盤旋於我心的五彩斑斕的紙人。

人們尋找某種替代品來陪伴親人的最後旅程，像是影子般的悼亡紀念品，想著陪伴父親之物，想來想去卻腦中空白，因為父親似乎毫無眷戀之物，不曾見過他執著任何身外之物，除了菸酒之外。

母親要我去想想可以陪父親入殮之物。想來想去，我最後很俗氣地走去銀樓，買了兩樣東西，金項鍊與金戒指。那年頭金子不貴，我因此用我的存款全買了。當我父親最後的妝容戴上金項鍊與金戒指時，戒指因為腫脹而有點難戴上，但因金子延展性高，擠一擠也就擠進去了。我第一次走進銀樓，傳統銀樓櫃台裡的老闆娘一副愛理不理的樣子，她打量著這個推門進來的女孩滿臉徬徨憂傷，怎麼會買金子？我確實從沒想過買金子銀子，即使到今天也是如此。為父親買的金子，成了唯一的一回。（現在我想，我需要再為母親買金子嗎？）

母親為父親選擇土葬，因此陪葬物有了和亡者依存的象徵撫慰。但火葬之後的骨灰，並不需要這樣的撫慰。朋友說樹葬是層層疊疊地葬在樹下，而非某棵樹專屬某個亡者，因此清明節時會見到很多不認識的人繞著同一棵樹在紀念著。因為沒有專屬，所以他後來沒有為他的父親選擇樹葬，依然火葬，然後將父親骨灰罈帶回家，日日可悼亡（沒有問過母親，只偶爾閃過腦海，但來不及問她，她倒下失語了。但我想她應該不會想要金子陪伴，她反而將之前買過的一些金子平分給孩子）。

我永遠不會忘記我第一次走進銀樓的光景，午後斜陽射進銀樓玻璃櫃內，黃金閃閃，閃亮得我目光燦爛，一時恍然無法抉擇。穿金戴銀化著濃妝的老闆娘看我看得如此真切，想必真有要買的意思時，她開始為我介紹，我沒說是入葬的父親要戴的，怕勢利的老闆娘給我奇異的臉色看，那將大大破壞我的興致。因為我買東西從來都是非常憑感覺，也因此常買一些多餘之物。我只低聲說著，買給爸爸的。老闆娘眼睛一亮說爸爸生日嗎？那看這一櫃，這一櫃都是男生的，先來看看樣式。男生的樣式少得可憐，戒面都是方形的，我挑了個無名指可以戴的方形戒，然後再挑了一條簡約設計的項鍊。

我當時並沒有想太多，只是感到非常地疲倦以至於無法思考，眼皮沉重，心如鉛。我只幽然地想著，才要初老的父親真的這樣地走了，十來天的病房最後相處，說走就走了，一切都來不及了。說是不留痛苦給我們。乍然辭世，那種錯愕的無常體驗堪比失墜，頓無所依的空空然。突然堆疊的生命被抽空了幾格，有些部分倒塌了。

一路提著裝在小禮盒的金子，心裡反覆想像父親佩戴的樣子，他一生沒有任何多餘的裝飾物，離開人世才有了這麼點飾物。父親穿著一套新西裝，說新也舊了，應該是參加婚禮時特別訂做的唯一一套手工西裝，他只穿過一回，之後就擱置衣櫥，再穿就是永遠地套上了，除非撿骨。

我第一次為別人戴戒指，竟是為父親，那僵硬的手指如木頭，勉強套上後，母親在旁見了很高興，嘴裡直說將來爸爸撿骨，這些要記得還給妳。直到今日，父親魂埋地底多年，三魂七魄分散各地，因福地愈來愈好，前方有公園和聚水池，後方有山，而子孫也安然，所以母親從來沒有想過要為父親撿骨，同時她喜歡清明節時我們一起上山祭拜之景，她覺得很像一家人野餐。祭拜前拔草修樹，清理雜物，祭拜過後，就在墓碑階梯上吃著祭拜的餅乾水果素菜，喝著飲料。我為父親沖洗的肖像就望著我們，有時看久了都覺得他也在旁邊參與我們的年度野餐會，那時母親好像也心有靈犀似的會將祭拜父親的三杯米酒倒在他的墳墓土裡，只見酒氣瞬間揮發，土壤吸收酒魂。母親說，早知都會死，乾脆給他喝得暢快。是啊，但父親如果還活著，她依然會因為酒而總是和父親大吵。我相信會是一樣的。死亡截斷了怨氣，死亡封存了負面，將正面留給思念，膠囊似的保存著美好。

為父親穿金戴銀，為父親唸經摺蓮花。母親很少參與這些儀式，包括做七儀式，她通常都在房間裡可能累倒了，或者在外面張羅喪葬事宜。白帖上母親成了護喪妻、未亡人。有一天她要我去幫她看看預定的事物完成與否，到被她囑託的殯儀百貨店之類的商家看看成品如何。經過店家騎樓，看見幾個小孩正在學著紮紙人，小孩兒對小紙人，世界好小，小至掌中可握。我看著被我們訂下的紙屋與紙人，看著小孩的手像上帝般的指物為形，指形為體，紙人在陰暗的小屋被彩繪且形塑。幾個小孩兒坐在矮板凳，摺好的紙物便往小方桌放，黃昏到來小方桌又成了晚餐桌了。

看著屋內的紙紮人，黑暗裡只見小孩兒們的晶亮雙眸，與掛在人中旁發著亮的兩行鼻涕。這陰暗空間的屋內有簌簌響的工作聲音，小孩兒的父母在屋後忙吧，正當這樣想時，有人朝外說著一聲：「腳手卡緊咧喔。」原本盯著我看的小孩兒又全低下頭來紮紙。這些紙人將會送到我家，紙人將陪父親最後一程。我像是檢驗員的仔細看著，並對小孩兒們報以微笑。那正在忙著紮出小紙人的屋內黝暗如罩雲，和我家差不多，總是任憑屋內黑矇矇的，省電是矮厝讓一切沉墜入黑暗的唯一理由。屋外陽光燦麗，初夏的幾聲蟬鳴正開始求歡的嘶鳴，油桐花已落盡一切的白色貞潔，滿山的相思樹，鵝黃色調染著一種說不出的惆悵。我抬頭望著店家櫃台後方的日曆，是五月了。

老闆向我確定成品明天會被送到會場後，我就轉身了，這種送亡的事物總是讓我又好奇又心生畏懼。

記得父親從生病到入土那段時間我總是口乾舌燥，感到非常疲倦，我也像個紙人似的被掏空了內裡，表面彩繪得七彩繽紛，紫綠白紅黑藍黃，未經調和的濃稠顏色屬於庶民的或是廟會之感。

儀式終於來了。

兒時參加過許多的儀式，但都是看著主祭者答禮，忽然母親成了主祭者，這讓母親哭了又哭，我有點怕她要暈過去了。

在那樣的時刻，空氣瀰漫誦經與燒熾的陰暗空間，地藏王菩薩前煙塵繚繞，日夜摺的紙蓮花一串串地在火中搖曳最後的姿態，再過不久，一切的眼前華麗物質都將隨亡魂入火堆。彩繪得繽紛具飽和民俗色彩的紙屋內的大爺與丫鬟僕丁數眾紙人代替了我們這等家眷，日後將由他們陪伴父親。那是母親的奇想，她說要訂製很多紙人陪伴父親，說父親生前十分寂寞，常一個人獨飲，她希望讓他熱鬧一點。獨飲傷身，她是知道的。陰間獨飲，應該傷魂吧。

就在最後的儀式裡，喪葬業工人拿著榔頭，敲出「慟慟慟」的音量節奏，三聲鎖住一寸方圓。這音量像是一種凝結的永恆，我想到自此父親是永劫不復地鎖在那裡了，要密封囚住，無光無空氣。連唯一的西裝都是從陳年櫥櫃裡找出的，差點被討債的人惡狠狠地以目光想要卸下的體面事物。沒有窗戶的房間，可否畫一扇窗在棺木外，沒有眼睛的房間，可否畫一雙眼睛在棺木外。或者將棺木彩繪喜馬拉雅的風景，或是雲嘉平原的大地風光。我當時曾這樣跟葬儀社說著，他們只是笑笑，不反駁也不回答，可能以為我只是一個奇想多端的孩子吧。

我確實是奇想的孩子，我忽然想要抓住父親落土前一丁點東西的想望跑了出來，於是我偷了一只還沒被工人釘在棺木的棺釘，我把一只棺釘放在我的牛仔褲口袋裡，我感覺自己這微細動作像是一個驚天動地之舉，心臟狂跳著，彷彿在內心裡打了幾個夏日的雷電。

我父親最後的音容宛在，是凝結在我偷的這只小小棺釘裡。

長方形盒子，摺疊著一個方巾。是讓人掉淚擦拭用的嗎？童年時我問媽媽。我媽說囝仔有耳沒嘴。於是我搗著已然噘起的小嘴，把玩著手裡的紙盒，白色的紙盒躺著一片水藍，繡著一朵花，紙盒上印著「哀感謝」。多奇妙組合的三個文字，感謝不是應該欣喜的嗎？我當時這樣想。抬棺的工人們黑黑的脖子上繫了條毛巾，在多沙多塵的熱午下不時抓過側臉旁的毛巾擦臉。毛巾一角有黑有紅，黑是汙髒，紅是嘴邊咬噬的檳榔汁。

領著哀感謝，送行送到盡頭。

父歿後，我們在喪禮上成了主要的答禮家眷，在入口望著填紅本子名冊並領受哀感謝毛巾的人群。

人群在光亮下都成了剪影，移動著黑影，經過入口，手裡都多了一個紙盒。循傳統儀式，葬禮前夕家眷縫製著麻衣白布，散落在廊柱下的麻衣白布，像是時尚工業的後台，凌亂但有序，衣物傳達著等待被穿戴的姿態。戴著傳統的白麻衣，我又瘦又小快要被那麻衣給遮沒了，三角形的尖紗罩披在頭頂，連番不斷地答禮，麻衣裡面的頭髮滲著淚水和汗水，飄著氣味不清的濃稠濕氣。

行禮如儀地連番哀感謝後，我們前腳都還沒走出，工人已經迫不及待地拆著以鮮花裝置的「音容宛在」等牌樓，我一回頭工人正好拆到了「自此相逢在夢中」的夢字，由下往上拆，花瓣掉了滿地。

回家後，我把那只棺釘釘進了父親常坐的一把木頭椅子上，那是圓板凳，腳搖晃晃的，釘牢之後，我彷彿又看見父親坐在那裡飲酒了。

白日葬禮上，道士發給繞棺子女們一掌的物品，打開手心有小鐵釘和幾個銅板及穀粒。鐵釘即添丁，銅板和穀粒是吃與錢財不愁。我看著這些象徵物，耳邊一直響起母親在儀式上認真卻高亢地回答著：「有喔！有喔！有喔！」她在儀式裡喊得震天價響，唯恐躺在裡面的父親沒聽見她的呼喚。

我有幾張舊鈔票被放在巧克力的鐵盒裡。如果將紙鈔拿去檢驗，或是抹上粉末，將可顯現我父親的手紋。最後母親從皮包裡抓出的紙鈔，要他好生握著，在嚥氣前。

父親的東西，母親都放在餅乾盒。

父親生前偶爾頗愛寫點字，他的字還滿好看的，細瘦得像是他的樣子，有點像是宋徽宗的瘦金體。但他很少寫，他的手都是用來拿菸，很少拿筆。他總是胸無大志，也沒有任何物慾，除了煙與酒難戒之外。這世間好像沒有任何他留戀的，悄悄地來又悄悄地走，整理他的物品非常快速，幾件衣物就清空了。

我有一些朋友的父親會將自己的工作屬性命名在孩子身上，比如藝術家陳順築，他曾告訴我他的父親是從事建築行業，因此將他們兄弟命名順建與順築，我當時還笑著說還好你不是取你哥哥的名字。還有一個朋友叫航順，一聊起才知他的父親是跑船的。我父親耕耘農事，我應該叫菜順或者農安之類的吧，或者有氣質一點可以取作心田或農耘之類的文字組合。但我的名字或者哥哥們的名字沒有蘊含他的工作質素，他好像很容易就給了我的名。

母親對我更正這樣的想法，他說妳爸爸不是很容易就取了妳的名字，他跑去和他的堂弟討論很久才決定的。母親說那位父親的堂弟在鄉下時和父親比鄰，那個堂叔有些沉默，臉大而有威嚴，說話頗有主見，可能因為從小祖父和叔公都不在了，養成了他們的性格有如鐵般的堅毅。

父親是真心想看海，那他或許可以把我取名為海潮、海音……他沒有讀過林海音的書，不然也許我真的會叫做鍾海音也說不定。

但我因為父親的遺願因而曾以輪船遊走他方，水路的故事，屬於父親移動的渴望。而我在水路的航行裡，卻有一種受苦之感。因為我並不愛水也不愛曬太陽，玩水的活動我都無緣，只為了圓滿父親的遺願。但那海上的旅程，卻一直讓我想寫進一本小說裡。我在航行時想像著水手與島嶼，當水手們一路浸潤過多的鹽水，撫觸被海風曬痛的肌膚，在茫茫水域消耗那無盡的時光時，突然有人看見一座椰子島，岸邊揚起如扇吹拂，頓時船艙鼓譟，水手們恨不得騰空跳躍到岸上。

航行在玻里尼西亞群島時，看見那充滿花香與迷幻美女般的大溪地時，我聽見有人說往昔靠岸的水手們只需憑著一只鐵釘即可換一個女人，水手們都陷入了如吸食迷幻劑的瘋狂狀態，船上鉚釘被拔起，揚著如金子般的同質閃亮。甘冒船隻拆釘解體動彈不得之境，也不能放棄擁抱大溪地女郎的銷魂之遇。水手寧可棄船也不棄性的歡愉場域，如果是父親，他一定是絕不會選擇棄船的。我甚至覺得父親不喜歡情色，用一根鐵釘換一個女人，父親寧可用一根鐵釘換一瓶酒。

父亡後，每當我在家裡自行ＤＩＹ著我的房子空間事物或是懸掛著我的油畫作品時，我敲打著牆，發現鐵釘是那麼難敲入石牆，有時敲歪了，鐵釘成了廢鐵。在敲打時，我總會產生一晌的幻聽與幻覺，像是聽見父親棺木蓋棺前的聲響，榔頭與鐵釘在進行封棺，這肉身讓人們注目的最後一個儀式，彷彿傳來慟！慟！慟！蓋棺了，而我的記憶卻總是不願意被蓋棺。將記憶藏進心裡，自此父親就像一盆火的餘灰，冷風灌進時才會想起。而父親自此卻成了母親記憶版圖裡的黑暗結石，只要一思起就會磨痛著她。

從墓地歸來的那晚，我忘了是怎麼吃飯怎麼睡覺的。只是到了半夜，被一種如鬼魅的哭聲幽幽喚醒。後來貼壁傾聽，才聽出哭聲是從母親房間傳出的。我乾脆坐起，看著一球透明的月光掛在眼前，想著母親在房間裡，約是她那時才明顯感到那間雙人房裡自此真的只剩伊一人了，她遂哭了起來。按她的脾性之直與烈，是一哭不可收拾的。

當時將父親的色身推進冰庫後，我們回家。度過沒有父親之夜，第一次沒有父親的感覺其實有點不真切，因為他在家就是無聲的，常常忘了他的存在。當他真的消失了，才真的感覺到他在家。

模糊的父親。

在醫院時，父親斷氣後，母親仍執意地試著大力搖醒他，想聽聽他的聲音會突然從喉間艱難傳來，她想這一切會不會只是一個玩笑。

玩笑，沒有，死神總是比我們更善於操弄玩笑。

夢，是亡人最後可以附著在他者的紀念品，夢是最不可思議的巨大紀念品。

父親過世後，起初母親常問我有沒有夢見爸爸。但我清楚記得的卻不是夢，而是真實地看見父親形象。剛從醫院返家時，我睡在父親常睡的長長藤椅上，接著看見他推門進來，在藤椅旁看著我。穿著平常一樣的衣服，農會送的白色T恤，印著好年冬噴灑農藥的字樣，T恤到處都可見到破洞。

我醒在一片虛空裡，客廳的燈依然亮著，母親頭一回這麼大方地將燈通宵燃，說是要點電火，幫父親引路。

之後有夢見過幾回父親說他好冷，好冷。

只是隨著父親亡故太久，關於父親的夢就自此不在夜裡塗抹我的床枕了。

父歿不久，母親因過度憂鬱得了神經性疼痛。如蛇爬竄的神經之痛所導致的午夜尖叫，這種哀號的尖叫大概足足有一年之久，那聲音讓我感到母親在家的安然，卻又恐懼那哀傷苦痛的聲音如浪潮會隨時吞噬我。

年輕時，情人曾問我為何個性總是蒙上一層幽晦不明，像是一間迷宮似的密室重重，我想我是被父親過世後的那一年給植入了感傷的元素，我經常想起那一年的夜晚。自此孤單一人的母親，夜晚有一條蛇會無端竄出來咬噬她的神經。從中年咬到老年。很淒厲很疼痛的那種暗夜哭聲，晚上蛇四處穿越她的每一條神經，憂鬱造成的神經性疼痛，身上爬滿了蛇噬的血痕遺跡。

有回暗夜哭聲消失了。

母親告訴我，她去斬蛇之後，身體才好轉，這斬蛇儀式聽起來近乎魔幻，至於齧咬心靈的蛇她則一直沒有對治的方法，她試過和靈媒溝通，希望取得父親的原諒，因為她一直認為父親是被她的毒舌給咒死了。我一直告訴她，她的毒舌法力沒這麼高，父親是喝酒的。但她說父親會獨飲也是因為在家裡太苦了，工作太辛勞了。

父親留下債務，父歿後，家裡多了許多陌生人來家裡走動，他們惡聲惡氣地指著牆上的父親肖像說伊欠了他們錢（母親卻是從不跟別人借錢的人，只有她借別人而別人沒還的，我過去一直以為她是吝嗇的，後來才知道她是一個常救急的人）。家裡太苦了，對父親對我都是，因為有個烈性的天可汗，分配食物與空間時總是帶著至高無上的氣焰，這焰火的溫度把我們每個人都往外推了，而母親卻責備我們總是野放在外。從母親嘴巴說出這家太苦，並非是她認為她是一把火，而是她以為這個家太孤單了。她去看過多少靈媒或者算命師，我並不得而知，但我曾有一回陪她去算命仙那裡時，目睹她的痛哭流涕。眼淚如長河，流過她的童年她的少女她的婚姻她的孩子她的丈夫她的初老……

家裡太苦了，於是我長年漂浪在外（我不曾想過，我會是母親王國倒下來後的精神支柱，也沒想過我會陪伴於側）。

往昔我暗夜聽聞母親的哭泣聲，卻從沒有體察她面對父親驟逝的心竟是如此傷痛，時間不曾治癒她這個痛。那種傷痛或許說來是我刻意不見的，我在那時就已經離家了。

離家經年，在界與界之間跨越，在不同的時差醒來時，我會想起她，然後又遺忘她。

但我的筆墨不曾忘記她，我的寫作恆常航行世界，最後卻定錨在她的島嶼，她是我筆下不朽的天可汗、感情失敗的《在河左岸》的樵樵、歷遍大城市打工生涯的《少女老樣子》、生命起起伏伏的《傷歌行》的虎妹……。

這麼多年過去了，我的青春早已燃燒成灰，而母親的青春在我還沒出生前就已經是灰了。

父親走後，我和母親度了好幾年的苦，我是說不出的苦，就是哀愁的本身無處散發時凝血般的苦澀青春，不明的青春，無歡無樂。四處遷徙，打工。一直到我找到書寫的力量時，療癒才降臨到我身。而母親靠的是記憶力的減退而遺忘了她自身的苦。

父親長年在墓穴裡的腐體，他的頸與他的手仍掛著金項鍊與金戒指。他身上最好的那套西裝服，應該成碎片了吧。如果出土，將見證的不是他肉身的存在，而是我曾經為他穿金戴銀的存在，黃金的延展性穿透時空。

那是他一生最好的物質，卻是在死後才被我掛上去。他曾在黑暗的廚房裡獨飲時，忽然朝我發出一句恍如低吟的：妳有錢嗎？

我尷尬地回頭。看見燈泡下，一張疲憊的臉孔，浸滿憂傷，卻問著也一無所有的女兒有錢嗎？

疲憊使母親易怒，疲憊使父親寡言。

他們這一生都好疲憊。我的童年籠罩在他們的疲憊裡。家是一個有依靠的地方，但也像是一個沒有依靠的地方，因為埋藏炸藥。我很怕母親厲聲喝斥的嗓門，她常氣到眼睛流血，兩行紅血沿著眼睛淌下，是我童年的噩夢。

心理學家聲稱父母對孩子發火，會破壞孩子靈性（那我的靈性應該被破壞大半了吧），父母生氣有如在孩子頭上加上緊箍咒，孩子因此容易頭痛（難怪我常頭痛），孩子如果羞怯是因為經常被辱罵（偶爾母親會丟下粗糙的語言），如果孩子不跟我們說心裡話，是因為父母捉住孩子的話柄，會翻舊帳（愛翻舊帳的母親，讓我不對她說心裡話，這是真的）。十歲前我常和她走著很長很長的路，為了賣掉她手中的走私洋酒洋菸，約翰走路白蘭地伏特加是有些酗酒作家的靈感繆思，但卻是我的心靈毒藥，連結著母親的疲憊與屈辱，酒是哀愁，不是歡樂。

直到我讀莒哈絲的小說，看北野武的電影，我才明白那種疲憊而致沉默或暴怒的人的心中其實躲藏著深情，只因疲憊使他們的感情痙攣，失去表達。

包括我自己。但我有文字，我有畫筆，因此我啟動寫作，啟動塗鴉。

父親走後，母親就很少罵我了，「父女同種」這個詞更是徹底消失。

原來母親罵我是聲東擊西，她是罵給父親聽的，好像我的不好是因為遺傳了父親，並非我真的不好。這讓我覺得寬慰，可又覺得對不起父親。可憐的父親，一生在母親的眼中，如斯無用，原來父親是文學，是一本小說，是一首詩。我們人間關係的三位一體，傾斜崩壞始自父親，也結束於父親。

父親走後，母親開始準備她自己的死亡儀式，但是死神往往掠過她的衣角，等待如斯漫長，最後她和我都遺忘了死神從不曾忘過任何人，她守寡彷彿守了一個世紀似的悠長。

就在我們最不經心的時候，在最沒有準備的時候，祂卻突然現身了，但還沒有準備拿走一切。死神要我寫下這一切，陪伴從苦獄癡獄的上岸者，我或許能寫點什麼吧。

平原的母親

母親說她開始意識到自己已經是一個母親，是從有我這個女兒開始的。即使她早有兒子們，也有過夭折嬰兒的苦痛，但感覺細微母親的憂愁卻是從有了么女開始的。她總怕我複製她的命運，覆轍她的哀傷足跡。

女兒讓她看見當母親的角色，因為我們有乳房有凹陷私處有濃髮有烈性，如鏡倒影。

女兒才是母親的繼承者。

我出生在一間百年老厝。我出生的那晚，由於母親痛徹心扉地尖叫，使得老房子的家族在那一晚裡全從夢裡跌落人間。我還是嬰兒時跌落老厝老床旁的大木桶，供一家人夜裡尿尿用的大木桶盛滿黃黃的排泄液體。我卻好端端地沒有溺斃，還嘴角向上地微笑著安然闔眼躺著，像是木桶下有菩薩接著我似的安枕無憂，又像是小摩西躺在草蓆裡晃游到皇宮後院等待日後長成埃及王子。每回我這樣述說，都惹得拜耶穌的大舅舅笑說，小摩西若這樣就臭死啦。

後來我又掉到村裡很深的水溝，救我的人是陌生的村人，但去喊救命的是我二哥，他一路喊著，有人在田裡工作聽到了，放下農事奔來，陌生人低身努力地拉起我時，母親已經來到了水溝旁，見我從水溝被抱起，我還來不及哭，就吃了母親的一記耳光（母親把緊張的擔憂轉為見到小孩安全的怒惱轉嫁成一個巴掌）。然後就被母親拖著回家，穿著過小的洋裝，露出了三角褲，唯一明顯的生命跡象是發亮的藍色眼神，小臉蛋被烈風颳得紅通如缺氧症。膝蓋被水溝岩壁挫傷，滲著血絲，手背也是。母親沒有給安慰，她一直是一個男人，殺氣騰騰，以此掩藏她的愛。回到家裡，她煮了熱水，把我扒光，在廊下洗乾淨。三歲的孩子，記得那些細節，因為母親太鮮明，她的動作太大，彷彿要加深我的記憶似的加重加大所經歷的重要段落。

那飄過瞳孔的雲朵，夏日的蟬鳴，哥哥一路的驚喊，陌生漢子龜裂的厚手，排水大渠的水聲，母親的怒氣（後來我才明白她氣我是一種喜極而泣的氣，但她也真的有氣，她氣的是父親竟然不在場，父親去田寮偷飲酒了），難怪母親常生氣，她根本就是一個王后或者將軍，卻嫁給一個有一包菸和一罐酒就滿足的小斯。母親眼中的父親的生活根本不值一提，根本和街上混混沒兩樣。

沒責沒任，母親數落父親。

可能幼年跌入水溝使然，我一直有一種人世的漂流感，終生的雲遊。

我記得母親生下我的那間老厝的氣味，混著柴火和乾稻草，尿騷和小畜小獸的味道，窗外有綠色葡萄結果纍纍，等著阿嬤採收入酒甕，冬來酒香酩酊，整個老厝的石灰竹管房子都像在搖晃。老厝的大人並不太管小孩子，那年頭有什麼吃的都是開心的事，我喝過祖母釀的葡萄酒，最後會撈出褐色的葡萄吃。

老房子的大灶，有小鐵門扣柄的大灶，討厭母親的祖母會爬上木梯挾出幾把稻草打開小鐵門丟進灶內，轟然一坨火光襲上祖母的臉頰，依然烏亮的髮絲盤在腦後，臉也油亮著。

我只能用眼睛吃祖母煮的食物，我的嘴是嘗不到祖母這樣俐落手藝豐美食材的佳餚了。約莫五歲，有回祖母心情大好，看我在廊下跳家官，叫喚進大廳，祖母切了幾片鹹甜糕給我，那帶點紅蔥頭鹹和黑糖甜的糕，至今想起都還流口水。這種紅蔥蘿蔔糕和糯米甜糕綜合的口味，過年時在傳統小販裡仍遍尋不著相似的口感。後來每每提及鹹甜糕就會制約反應地想起祖母。我向媽媽說阿嬤的鹹甜糕好呷死了。我用好吃到近乎死了來形容，媽媽說，騙猶，騙我無呷過，媽媽做的會輸伊，不信。

祖母後來分家，媽媽分到側邊廂房住，廂房原先住著我年輕的姑姑，貼滿了明星照片和花露水化妝品的廣告畫。姑姑在我快滿三歲的春天嫁到台北，迎娶的隊伍是一輛輛在陽光下閃著如鏡光的嶄新車子，鄉下婦孺都站在廊下近乎癡呆地看著台北人，就連莊稼漢子也不顧還得裝作男子漢地停下田地粗壯農事，直盯著許多穿西裝的男生出了車門，他們不自覺地抖動著手，趕緊往口袋找出根菸抽，藉著煙霧來掩飾某種欣羨的目光。

我那年輕的姑姑纖細美麗，和我的父親長得很相像，我的父親是屬於顏面身材清秀細緻的男人，可惜我在身骨方面像父親，在五官上卻比較傾向母親的豪爽大氣模樣。

分家後，祖母反而窮了，祖母到處去跟人家借米，全村的米祖母都借過。但祖母絕不敢來跟母親借米。我媽媽總不依賴他人，她憑自己的本事活了下來。

我對老房子都有一種奇怪的感覺，倒也不畏懼，我是習慣那種暗的，那奇怪的感覺毋寧說是感覺一種徹底地被遺棄。老房子恆常在大白日裡空蕩蕩的，像是活人白天出門後，老房子的幽靈便跑出來舉行狂歡派對，我總是感覺屋子的空蕩裡有某種雜沓莫名歡愉或悲傷在釋放。

老房子在經歷後輩不斷出生的歷程裡更老了，老房子從我曾曾祖父蓋好後，就不斷地走向老化。起先面臨一手蓋好房子庇蔭後代的曾曾祖父過世，那是老房子第一次有人死在裡面，接著是曾曾祖母和曾祖父，我當然不曾參與，我後來入學懂些事後才知道掛在鍾家的照片就是蓋老房子的人。鍾家都是男方先於女方走上往生的冥河路途。於是持家的女人都有一種堅忍的表情，長久下來臉上的兩道法令紋下垂宛若花朵凋零倒掛姿態。

我經歷老房子第一次的喪事是外公過世，小學畢業的那年夏天來臨前，聽長輩說季節交替如交關，很多老人家會撐不過。那是晚上夢見有蛾在我寫功課的桌燈下盤旋，撞擊，接著聽到尖叫一聲，我從床上坐起，又聽到哀悽聲，我才想著這聲音不是夢境裡的，是發自正廳旁的房間，那是我外婆的房間，我步下床往前方正廳走，我媽媽也醒來，搖醒爸爸說，這囝仔在夢遊嗎？

前庭搭起藍白兩色的塑膠棚，停棺處飛著蛾和小黃蝶。黃蝴蝶停在外公的肖像，外公的臉彷彿一座花園似的錦簇。

母親當年傷心的是，她聽說先輩在晚上走，代表不會留給後代財，哭完之後才又鐵齒地想她自己不該信這一類的莫名象徵。可等到父親是一早離世的，留了三餐（還加消夜）給我們時，她就又相信這個象徵了。

鄉村日子隨著老人入土，新孩子卻滿地跑，灰塵蒙著他們的眼睛。台灣到處都在做代工，母親決定上台北謀生，就是這時候她賣了三頭豬。

自此脫離老房子而住到了公寓，我的視野開始由低矮的老厝轉為可以經常在窗外眺望日常生活的公寓。

我還常夢見祖母和祖父託夢說他們頭疼。我連說這個夢太多次，母親終於回鄉和宗親說起撿骨一事。祖母的墳地一開挖就是一棵大樹穿過頭顱，地水滲透棺木。

莫怪伊當初整天喊頭痛，母親說。

母親問我，妳夢見媽媽冇？

我笑著點頭，但其實我很少夢見母親。幾回夢到她都很鮮明，夢中的母親常會大笑，和她平常的憂愁樣子很不一樣。原本無牙的嘴竟像玉米般透亮著牙。還有一次是夢見母親和我走在清朝皇宮，宮殿後院內有一座寺院，我坐在坐墊上禮拜著，母親卻站在旁邊。還有一次是夢見她幫我梳頭，問我要插什麼髮簪，我就醒了，醒來時手還摸著髮絲。

平原的母親，是大地之子。她在市集過得像個武將，她像是預知寫作記事，也把我帶在身旁，造就我一雙觀看他人的眼睛。有幾年和母親去市場賣蔬果，幫忙收錢找錢，就像所有在市場的孩子會做的事。有時會舀水澆在蔬菜上，讓蔬菜的賣相看起來保有新鮮。當然客人都很挑，他們在秤時，不僅會拔掉許多他們不要的葉子，拔除多餘的根，還會大力甩掉浮在葉面上的水，以減輕重量。兼賣的幾樣水果，比如葡萄或者龍眼，一定主動就被拔去很多顆試吃。天未亮就到市集，沒盥洗的臉，沒梳的亂長髮，蹲在濕漉漉的菜籠子旁，聽著旁邊幾個攤子發出的雞鳴鴨泣的殺戮。

我已經太久不敢進市集了，因為童年曾隨著媽媽在市集裡做生意，長年老做著濕漉漉的夢。

市場的母親就是台灣歐巴桑求生滄桑史。

幼童時，頂著一張貓臉，幾道髒痕如貓鬚拓在黃昏歸家的臉上，因此隔壁有個外省人都叫我貓貓，毛毛。媽媽卻叫我老鼠。貓是我，老鼠也是我，搞得我很錯亂，自己抓自己。

有時我會突如其來亂走，像是走很遠去市集找母親，或者和鄰居同年齡甚至比我還小的幼童跑出去遊街，或說要一直走到山裡去。印象深的幾回是途中遇大雨，我們幾個小孩躲在一種擱在工程旁的水泥下水道圓圈水管內，兩人躲一個圓圈，等待雨停。

有一次我還真找到在市場做生意的母親，那時我才五、六歲，我媽一臉驚嚇，但旋即就笑開了，咦，妳真厲害，竟然找得到媽媽，妳怎麼過馬路？當時小鎮車流也不少，我說就悄悄拉著一個也要過街的大人衣角，跟著他就過馬路了。

我媽說真靈巧，遂破例給我錢去吃早餐。吃完竟要我自己回家。我早忘了怎麼晃到那個市集的原路，記得後來是迷路了，我在警局等著我媽來認領。

去找做生意的母親是我童年醒來時的第一個念頭（長大後卻想如何逃離母親），其實我想我不過是藉著一個目標而想四處冒險而已。那是我幼童時期的日常儀式，當時覺得日子驚心動魄好玩，哪裡想得到危險。後來入小學後的前四年，我的母親改做了其他生意，且也不在固定地點，她就拎著一個包包裡面放著許多物資。然後她要我陪她一起遊走商家做生意，當時的遊走帶著一種不自由感，且我竟時有悲傷之感，真切看著做生意時原本趾高氣揚的母親突然矮了好幾截的不習慣外，最重要的是我的日常成了異常，上學上得很不完整，日常消失無蹤，快樂也就一丁一點地被篩漏了。

上小四前，我上學幾乎是天天遲到，因為隨著我媽四處做流動生意的關係，印象裡常是匆忙和她一起到校，我總是害怕極了，手扶在白色牆面緊摳著，手沾了一把廉價的牆灰。我媽解釋著遲到原因，老師喚我進去，我的眼淚已經在流了。不敢回頭看我媽一眼。幾乎小學的日子都在常常遲到以致畏懼而哭泣的狀態裡度過。後來大約習慣了，對於老是遲到，或第一堂課沒趕上也漸漸皮了起來。

市場收市之後，我們會在市場吃早餐。早餐通常都是母親愛吃的食物，比如米粉湯加顆滷蛋、配黑白切等。市場的硬幣，發皺的紙鈔，疲憊的母親，流動的攤販，熙攘的人群……市場聲色漫流到夢裡，流淌到往後的旅途。當我身陷聲音嚷嚷顏色紛繁的土耳其或突尼西亞市集時，太陽高掛，我在迷宮裡失去方向，有著狐臭魅香的人群和我近距離錯身，一個提著鳥籠戴頭巾的人幾乎要撞上我。鏡頭轉成夜市，我在一攤又一攤的貨物上流連，一轉頭母親不見了，忽然身處陌生世界，唯一的熟悉就是母親。童年走失的感覺如此恐懼，往後背包客的種種旅程，卻平添意外書寫。但在異鄉迷宮裡，偶爾我會見到母親也在市集裡，只是她再不識我了。

她是生意場的人，市場裡的一枚辣椒（以前我怕走失了她，現在她怕走失了我）。

母親的盛宴

一個疲憊的母親，一個閒蕩的女兒。

廚房以往是我很少抵達之地。

現在和生病臥床的母親同窩在一座有著電梯的新樓，廚房乾淨，做菜方便。又因沒事不出門，且為了省錢，故經常自己簡單下廚，蒸饅頭、炒蛋、煎蔥油餅、做沙拉，重點是蒸一點點蛋，這是母親唯一還能嘗一點點的蒸蛋（有味道又不會嗆到）。

在煮食物時，我想起國中時一場母親難得下廚的盛宴。那時候，我不知道她預謀要離家出走，因此她想給我煮很多東西，免得日後幾天挨餓。那場傍晚的盛宴，我一直記得。一場大雨，降在傍晚，我至今還能回想孤獨站在廊下看著大街降下大雨的心情，那是一種突然襲擊而至的生活哀愁與莫可奈何的窒息感。母親被生活壓榨而出的苦楚與疲憊，是年少時我所不明白的。

母親突然出現在我觀雨的窗前，她的薄薄上衣濕濕地透明著，服貼在其碩大的胸上，形塑出一個欲墜不墜的弧度。腳下擱著許多透著雨滴的塑膠袋，塑膠袋內看得出是許多欲待烹煮的魚肉時蔬。這是什麼日子，我以為是初一、十五。

傍晚的大雨很快地釋放盡空，夜晚溽氣有了明顯的涼意，家裡充滿著夜市濃縮的氣味，從塑膠袋裡散出魚蝦肉的腥羶與蔥韭的辛辣和一縷縷幽然的水果香。廚房裡烹煮食物的母親背影，在燈泡下有一種絕然之姿，舀水聲出現又消失，火熊熊起又忽忽滅，日常耳邊迴盪的喧囂突然寂寞了起來。

那一天，她在廚房叫喚著依然站在廊下望著湛藍黑亮星空的我，我循聲望去，看到四方桌上的食物在燈下竄著白白煙絲，光看那熱騰的煙絲即知是可口的美味佳餚。我等著拜拜，卻未見她擺桌拈香，她仍是喚著我，少見的耐性。

那晚我遲疑地挨餐桌前，不可置信地望著每一道色相亮度飽滿的佳餚是出自於母親的手藝。飯後，食物仍是盛宴之姿，我仍不捨地挨在餐桌上，緩慢地喝著湯。母親突然離桌，豎起耳朵聽見她在打開抽屜又關上抽屜，聲音安靜片刻，才又聽見她的腳步聲，那一、兩分鐘的安靜縫隙是她少有的細微節奏，我聽到她在房間裡擤了鼻涕和一縷嘆息。

她在我面前擺了幾張鈔票。說是要給我繳學費的錢和一些零用錢，她沉默一陣，我感到一股訣別的念頭，屬於小孩的敏感，我咳嗽了起來，因為被湯嗆到喉嚨。母親搖頭，沒有慌慌張張起身拍我背也沒有叨叨唸唸我一向的輕忽與大意性情，她只是看著我，我不敢瞧她，光盯著漂浮在湯裡的幾片褐黑色的豬肝片覷著。廚房燈泡下盤旋著過不了今夜的飛蛾，飛蛾撲火，一直不是母親的姿態。但我那晚好怕母親會成為飛蛾，因為她在不久的幾天前還曾生氣地嚷著說她要出門去死。年輕的母親，總是這麼氣勢凌人，連吐出死字都可以燒燙我的心。

因此擺出盛宴的母親，反而讓我極為不安。那樣的犒賞，使我警覺背後一定埋藏說不出口的理由。

那晚夜裡，大雨又忽忽下起，我也忽忽感到一種莫名的害怕與傷心，頻頻遊蕩在母親的房間門口好幾回，生怕母親消失了。彼時屋子空氣充滿著白日揚起的塵埃，和夜晚植物的濃烈氣味，陽台上淡淡傳來豬籠草放出氣味以掠捕蚊子的烈性，母親種植的九層塔香也散放在黑夜裡，我聞著母親不勻的呼吸聲，才感到放心（就像現在，幾乎每晚都會走到母親房間看她幾回，聽著她的呼吸聲才回到我自己的夜世界）。

母親的饗宴，飄散著奇特的疏離與刻意的溫暖。

隔天，傍晚，我沒有等到回家的母親。

我默默地放下書包，靜靜地打開冰箱，緩慢地蒸煮著母親前夜留下的剩菜剩飯。

幾天後，我把所有的剩菜剩飯都吃完了，忽然母親又出現在廚房了。

她去了哪兒？我沒問。

沉默是最好的答案。

忽然，她從炒菜中轉頭說，媽媽在家了，妳別怕。

現在，我也常對她說，媽媽，我在，別怕。

一個小孩真正害怕的是失去母親

母親沒有母親，因此她不知道怎麼當母親就突然變成母親。

她的母親原型不存在，她的參考座標是繼母，對她很冷酷的繼母，我的外婆。童年我一直不解為何我的外婆不理我，也不理母親，但母親每年都會去看外婆幾次，過年也會塞紅包給外婆，但外婆都在雙方妳給我推的幾度往返之下，才勉為其難地收下。

母親一生所繫是她在孩提時就辭世的卡桑，她的一生所怨也是嫁過來蘇家的繼母。當年母親急著離開蘇家，卻不防掉入鍾家的漩渦。她再次掉入感傷的宿命坑洞，進入女人世界那不見血的廝殺。從繼母轉換成婆婆，從繼妹們變成妯娌們。

母親哀嘆她早嫁的不幸。但說來也奇，一旦到了我身上，她可以瞬間忘記自己曾有過的不幸。

「妳結婚也沒有比較幸福啊。」我說。

「但妳不一樣。」母親對我的未來竟是具有信心，且懷有憧憬。

妳不一樣。這是母親常跟我說的話。

我確實不一樣，從小穿洋裝去上課，從小不穿體育服上體育課，從小晚上一個人在家，從小一個人到處跟著母親做生意……

除了母親閒下來時，我才會看見母親的背影。

童年時，客廳的縫紉機與唱片機，組合成我們母女在客廳的活動，她踩縫紉機，我負責放唱盤，我很喜歡看著黑膠唱盤轉著發出歌聲。夏日的斜陽打進客廳時，連在光束裡飛揚的塵埃都美。那時候我看著母親車著衣服，覺得母親的背影和勞動的手腳展現一種律動，而斜陽下倒影著裁縫機的機械線條有如雕塑，看得我癡迷。但母親車衣服的時間不長，很快地裁縫機的蓋子就自此塵封，它變成一張木桌子，上面堆疊著許多雜物藥品。之後母親就去跑單幫，然後在市場營生了。

她成了一個日夜都想賺錢的母親，熱切地想要翻身，竟至遺忘了照顧自己的身體。我童年曾目睹幾次母親眼睛流血，紅色的血沿著目眶流下，模樣很嚇人，這景象讓我做噩夢，或者不敢入睡，生怕一覺醒來失去媽媽。

或者有時候媽媽會躺在床上幾天，一動也不動。我也不知發生什麼事，常在門口看顧著她，只好搬板凳自己煮泡麵吃。這樣的童年畫面，使我非常理解一個小孩真正害怕的事就是失去母親。

「一個小孩唯一真正害怕的事就是母親死去。」冬陽的晝日醒來忽然想起這句話，很多年前讀Jamaica Kincaid小說裡的一句話。母親不知如何當母親，因她出生未久，外婆就撒手了，難怪她一生活在恐懼之中，少了母親羽翼的保護，她深知無母的苦痛。

我已是老小孩了，仍然畏懼母親離去。

而現在，我想盡辦法救母，以有形與無形。

母親的父親從不出去賺錢，騎著鐵馬到處在村子裡打游擊。一個人吃飽，卻不管家裡米缸是否無糧，這樣的人竟然可以再度續絃。

母親只在嬰兒時看過她母親幾眼，但毫無記憶，在記憶裡她的母親只是墓碑上的名字：張超，生廖死張，母親身分證寫廖超。這無緣的母親，因傳染病過世。外公曾對我說，妳媽媽還是紅嬰囝仔的時候，不知道自己的母親死了，還蹣跚地爬去想要吃奶，哭著搖晃著躺在竹蓆裡面動也不動的母親。外公在我童年時就跟我說起這個畫面，這個蹣跚爬到母親身旁想要吃奶的嬰孩竟是我日後強悍的母親，這使我產生一種悲傷的奇異感，可能因為這樣我其實旁觀母親做任何事時，我的心裡底層對她有一種尊敬感。就像她常說的，要不是沒有母親，人生也不會這麼苦。她沒有母親做範本學習，所以等到她自己當母親了，她大概很徬徨吧。或許她這麼凶是學錯了對象，因為外公續絃的女人對母親很不好，態度很凶，這個我也跟著叫阿嬤的母親繼母也從沒對我笑過，從我幼年見過這個阿嬤後，我一直以為老年女人都是這麼面無表情的。後來才知道因為她是母親的後母也就理解了，她根本不看我一眼，和母親見面也像是冰山。

沒有母親的母親，一生都不知道怎麼去愛人，她那充滿愛意的心房被灌入堅硬的水泥牆，她還不知道做媽媽是怎麼回事就當起母親，陰影盤旋心裡，使我對母親有印象就覺得她蒼老，不是外表的蒼老，而是她一直看起來非常疲憊，帶著凶悍式的疲憊感，像是戰士頻頻出征，但卻沒打過勝戰，總是漫長的泥濘之路等待長征。

仇恨、傷害、失敗、挫傷、飢餓、自卑……如灰塵滿溢的閣樓，只有在強烈光束下才會看得見的記憶塵埃。

母親不用尋母，因為她的母親早已上天堂，她說她看著天上的雲朵就可以看見母親了。但在我的童年，有另一個女孩需要尋母。那就是姊姊，我的表姊，我母親唯一同父同母的哥哥的女兒，姊姊和我們一同生活了十多年，一直住在我家，直到她十八歲，她在我母親的羽翼下成長，免於被外公賣掉。按理姊姊應該心懷感激才對，但姊姊到死前才和母親一起痛哭流涕地和解。

姊姊總是打聽她改嫁的母親，而她改嫁的母親沒有打聽過她任何一回。

姊姊住在我家，但內心充滿憂愁與仇恨，因為我們三人走在一起時，母親總是牽著我，姊姊的手沒人牽，她夢想母親的愛。

母親和姊姊都是蘇氏家族不幸與難堪的倖存者。

外婆比母親先走，只見一面，世間有這種母子關係，只是把你生下來，然後母親就要離開了。也有一種女兒卻比母親先走，就像姊姊，死前都沒有見到她改嫁的母親。姊姊有我送給她的西藏唐卡度母保佑她，如母親的菩薩伴她，而她自己則有聖母，瑪利亞將姊姊的手放在玫瑰經。姊姊像窗外白千層那樣蒼白，壓迫神經導致無法言語。前幾日在病院還說說笑笑，接著就進入瞑眩式的昏迷。

母親的病況就像火燒山林之後僅存的白骨枯木，歷經雷電焚燒撕裂或冰霜雪炙，她都一口氣尚存，緩緩吐息蠶食。年輕的姊姊反而一經雷電即瞬間摧枯拉朽，生命太苦，她不想再撐了。

母親有天急急打電話給我，劈頭就說走走走，下去看妳姊姊。母親說要去見她一面，她感覺有狀況。母親依然帶著我，就像我小時候一樣，母親到哪兒都習慣帶著我去做一些事，可能她心中有害怕的事吧，我現在是這麼想的，母親其實帶著我都是為了給她壯膽。有一個伴，會使整個旅途都不相同。

當時我並不知道母親如此需要我，我一直以為她只是為了控制我，所以從小把我揣在手裡，不讓我高飛。

原來不是她給我安全感，而是我給她安全感。

但她贈與我的東西卻是金錢換不到的奇幻童年，以及一個奇特的母親，她融合剛毅與脆弱、男性與女性、是王也是后。是這些流離的生活，使我日後走上寫作之路。不識字的她把筆交到了我手上，她讓我為她的生命書寫。母親是台灣經濟起飛的野心家，她擁有最辛辣的語言、最嗆人的愛。

姊姊

姊姊過世兩個月後，母親倒下來。姊姊的離去，對母親是一道很深的傷。

姊姊這一生最羨慕的人竟是我，因為我有母親的手可牽，連母親的罵都是甜的。她在我家住了十多年，和親姊姊一樣。但她的心裡其實沒有這麼覺得，因為印象裡母親很少牽她的手，一來她大我甚多，所以出門媽媽總是牽我，二來兩個人個性都很剛強，牽起手來就像兩塊鋼冰冷地碰在一塊兒。

姊姊不太說話，因為她知道自己是外來者，她無父無母，姑姑家是她最後的居所，免於流浪的家，但她只是住著，不覺得親。

十八歲就離開了這個暫居之家。走的那天，我在上課。沒有看見她離去的背影，回到家裡只看見母親在她原本住的床鋪上發愣。這一切，很不值。母親說。

值什麼？我心裡想。難道感情可以被換算？

母親希望姊姊至少流露不捨的表情，但她們倆都不是示弱個性的人，她們都是火，丟向彼此會變成手榴彈。不捨由我來說吧，我知道她們不捨，畢竟再風風雨雨，也都是捱過來的人。

母親認為是因為自己沒錢，使姊姊不靠近伊。母親容易把一切導向現實生活，只有旁觀者我清楚，她們心中有愛，但太靠近就會燙傷的那種愛。

我對姊姊的印象最後竟是停留在一組漂亮的沙發上。那一套非常漂亮的六萬元沙發，她卻只坐了一個月。有時我在買東西時，會不經意地想起最後一次見到姊姊的光景，她的談話內容一直繞著我們當時坐的沙發椅是她才剛花六萬元買的話題上，她一直問我坐得舒服嗎？沙發漂亮嗎？那套她這一生買最貴的沙發椅，連她自己都還沒坐熱。

捨不得最後都捨得了。

雖然當時去探望剛出院的姊姊，但卻不知道那將會是和姊姊這場人生裡的最後一面了。

那天我和母親搭上高鐵，我們說著話，終點是台南，要去看姊姊。

媽媽說，妳阿姊這回看來是不行了，她一輩子怎麼這麼可憐，想起來心就很痛。母親目光泛著淚光。

我說媽別難過，姊姊身體壞了，要換一個新的身體，我們還會再相遇。

她輪迴之後，我們就不識她了啊，母親說。

下一世我們不識她了。這個說詞，如此真切傷心，讓我啞口無言，但也不禁失笑起來，心想母親這樣想確實是很有意思的觀點。如果姊姊輪迴到下一世了，我們如何指認她就是之前的姊姊，她如果成為一隻貓或一隻狗，那很難再和母親相逢，因為母親從不喜歡養寵物。如果她再次獲得人身來到我們的身旁，那媽媽也許不在世上了，而我恐也垂垂老矣。如果她成為仙人，那我要如何爬上天梯去見她呢？就算把這些因素都屏除，確實如何指認下一世的存在？下一世的重逢？

我們對某些人事物感到熟悉，或許就是前世殘存的印記召喚。

我想著母親的話，換個身體我們就認不得她了，這句話深深勾住了我的心。窗外經過雲林時，母親說當年賣了三頭豬，換得三千六百元北上。她說那時哥哥每天都跟著去看豬仔，後來豬仔被賣掉，哥哥因此還哭好久。傻囝仔，對豬有感情，不知道那是要被賣掉的，母親笑說。那時妳大舅還沒發生事情，妳姊姊每天都和伊媽媽快樂生活著，母親又說。

妳哪知彼時伊快樂生活？我疑惑地問著。

有妳舅媽那樣溫純的母親，妳姊姊一定係快樂，伊母親是好脾氣又善良的人。母親語氣肯定地回答我。在車速中，聽著母親說起遙遠的往事，彷彿螢幕播放，下戲的人不是走了就是老病了。這個我未曾謀面的舅媽，只留下一張溫純的黑白照片在我母親的相本裡。

母親的相本有兩張肖像常被我望得入迷，其中一張就是姊姊的母親。

唉，可惜年輕時被妳舅舅拐了。母親嘆口氣。

怎麼個拐法？他們怎麼認識的？我問。

妳大舅去高雄左營做兵，在那裡相識，妳最初看見妳大舅是在監獄，妳不知伊很會說話，又有讀冊，體格又好，很得女生歡心。

大舅很會讀冊，這我是知道的，因為以前我家常收到他從監獄寄來給哥哥的書，泰戈爾詩集是我最先讀到的詩集，那時我才讀國小，跟著亂讀，冥冥之中好像也成了一個很厲害的閱讀者。

因此往後我也很愛買書，說起讀冊，我想起有一回姊姊來到家裡，那時她已經被出獄的大舅接去台中讀三專，畢業後有一回來到家裡把我房間的所有課外讀物全一捆捆地綁起來，我見到後跟她說這些書都是我的，不能帶走。姊姊聽了，什麼也沒說，就又一捆捆地解開。她回去台中後，我才聽媽媽說，伊要開租書店。我心裡才恍然大悟為何不愛讀書的她要把我的課外書帶走，但書對我很重要，她可能不明白書對我的意義。那一回之後，她隔很久都不和我聯絡。而我也不曾多想，因為考試很多，課業繁忙，早已把關於姊姊的記憶盒子關上了。

高鐵的速度奔馳過雲嘉平原，窗外雲層壓得很低很低。

我自有記憶，姊姊就在家裡了。

姊姊一直很沉默，據她自己說是被嚇傻了。母親因為常惡聲惡氣的（她對每個小孩都這樣），但姊姊覺得母親只有對她如此，她對母親的感情因此很複雜，既感恩又懷恨，既溫暖又冷漠。直到她自己也走入中年，才整個溫和起來。

母親說起姊姊總是掉淚，直說她太苦命。大舅因案入獄，大舅媽求去，而他們的女兒正要被外公變相賣到別人家，母親一聽到消息就偷偷把姊姊接來台北和我們一起住，這一住竟住了十幾年。去接姊姊的那一天，聽說母親趕在外公出門時去了蘇家，那時姊姊八、九歲，一個人無父無母地在稻埕前發呆，見到母親也不知叫聲姑姑，只是發呆著。我曾聽姊姊告訴我那時候她應該是嚇呆好一陣子了，她之所以會回到外公家，是被外公強行從她的母親身旁「擄」走的。大舅舅入獄後，舅媽到監獄要求離異，之後她帶走了姊姊，母女兩人落居高雄。那竟是姊姊一生最美好最短暫的回憶了，那時她和自己的母親住在一起，她的母親認識一個男人，她叫他叔叔，說這個叔叔比父親好，很疼她。但外公卻把她騙上火車，讓她跟著外公回到蘇家。姊姊說她一上火車，發現母親根本不在火車內，頓時感到非常害怕，就放聲哭了起來。她說應該是那時候就哭傻了、嚇傻了，以至於她往後都是個傻孩子。母親去外公家偷帶她上台北，自此在我家就多了一雙筷子了。

母親聊起了這些陳年舊事，只要聊起大舅一家，她的心情便起伏甚大，甚至會哭泣起來。有一回母親告訴我當年舅媽十分可憐，為了掙錢，她也去割甘蔗，有一回她來到我家，母親說她轉頭看見舅媽時，嚇了一跳，因為舅媽臉色發黃，母親問她是否餓了，就轉身將自己的晚餐遞給了這個曾經當過她嫂嫂的人。母親說她永遠都記得那一幕，舅媽狼吞虎嚥地吃了她遞給她的那碗飯後，忽然停下碗筷時流下淚來，母親問舅媽怎麼了，後來才知道舅媽在甘蔗園被園主兒子欺負，母親聽了氣憤，後來也跟著淚潸潸。母親於是勸她這個無緣的嫂嫂離開這個傷心地。舅媽未久就帶著女兒去了高雄，然後在高雄工作遇見了另一個男人。姊姊一直記得這個叫叔叔的男人，她每回對我說起這件往事，都會告訴我那時候她的母親和這個男人在一起很快樂，她很氣外公把她帶回家鄉，使她的生活一夕生變。

母親接姊姊到我家裡來生活是正確的決定嗎？這個善意的舉動卻沒有獲得姊姊的感恩，甚至姊姊也是抱怨母親的。如果外公把姊姊變相地賣掉，或許她會到有錢人家，或者變成流浪兒？也許姊姊覺得她被賣掉還有些故事浪漫的想像空間吧，但在我家生活鐵定是不快樂的。年輕的母親烈性的語言肯定傷害了她。母親的刀口再怎麼劈向自己的兒女，兒女心裡不高興但仍明白母親的愛與用意，然而母親的刀口劈向沒有直系血緣的姊姊時，姊姊心裡頭自然是要埋恨的。

母親說當初帶姊姊上來只是不忍她流落到別的地方，被賣掉能有什麼好下場，妳姊姊卻幻想有錢人家會買下她當女兒看待，哪有可能？養她不僅沒有人情，還被怨到沒一處好，母親嘆口氣說著：妳看伊過身了，竟沒有遺言說留點錢給我，我養她十幾年，至少也應該想到我。

姊姊不是愛讀書的人，就跟母親一樣，她喜歡做事情。她和母親都不曾陪我做過功課，因為她們都不喜歡讀書，說字不認識她們，讀冊好累。姊姊很會鉤毛線，我以前很多家事課作業常是偷偷用她做的美麗物件呈交。以前每回到冬日，她都會寄一兩樣帽子或圍巾給我，已成絕響的美麗！這使我想起一張照片，之前去西藏高原拍的照片，搭的小巴士要載我們前往聖母峰登山基地的入口。車上的司機太太正在鉤毛線，隨行的兩個姊妹，很像我和姊姊的童年。

有那麼幾年快到冬日來臨前，少女的我會期待郵差送來姊姊的禮物，尤其信天主的她特別重視復活節與耶誕節，現在這些節日都成了冬日來臨前的相思。

我開始上學後，醒來都不是見到母親，而是見到姊姊，母親去工作前交代過她要幫我綁頭髮，不知是否她不太想幫我綁頭髮，因為每回她幫我綁馬尾或者辮子時，梳子都很大力地梳著我的長髮，把我的頭髮綁得好緊，痛得我哇哇叫。

在住我家期間她離開過幾個月，那時母親幫念國中補校的她找到一份白日可以到人家家裡帶小孩的簡單工作，包吃包住，薪水還歸她自己，晚上再去上補校。

我記得我和母親送姊姊去新莊的路程，母親也把我帶上，在我小學六年級前，幾乎每一趟出門，母親都會帶上我一起去，不論探親訪友辦事做生意，她都帶著我，因此親戚都認為我是她最鍾愛的女兒。這也沒錯，但最主要是我還小，不能一個人留在家裡，等到我大些了，她就常把我留在家裡了，而我卻想偷偷溜走。

送姊姊去另一個家庭時，我們仨換了好幾班車，問了不知多少路警才找到那戶人家，那家人看起來不錯，有個老太太，還有兩三個幼小的孩子，忙不過來，因此請個人照應著。我和姊姊沒說話，只在旁邊聽著母親和那家人的太太說著話，大約是說姊姊很乖，手很巧。然後轉頭要姊姊聽話之類的，母親就帶我離開了那間房子。母親牽著我邊走邊拭著淚，回頭看了幾眼那間房子。母親擦淚的那一刻，在我幼小的心靈種下一顆悲涼的種子，也使我明白母親刀子嘴下隱藏著豆腐心。但即使明白，仍使我畏懼她的刀口，那刀子行過時，屍橫遍野。

姊姊不知道自己發生了什麼事，不知道為何要被送走，只知道她不是母親的女兒，她偷偷聽到自己的母親已經改嫁，也搬離了高雄。她自此是個沒爹沒娘的孩子，連姑姑都要把她送走。我和母親等著好久才來一班的公車，在灰塵滿天與工業汙染的廠房前等著公車，母親一直在掉淚。我從沒看見母親有那麼多淚水，她那麼倔強堅毅，使得淚水顯得如此怪異，如此不幸。這個畫面往後一直折磨著我的心，只要想起母親的眼淚，她刀子口再多殺我幾刀，我也都容忍了下來。

但姊姊一直很不諒解母親把她送去別人家幫忙帶小孩，她覺得母親太偏心，她自己才國中，也是個小孩，卻得離家去帶另一個小小孩。母親說，伊不知道家裡米缸快沒米了，妳哥哥還得跟著我下田工作，是更辛苦的，我還沒叫她幫忙摘菜呢。但因為姊姊住在別人家不適應，雇主跟母親說這個女孩常發呆，要叫好幾聲才有反應，因此做了兩個月之後，雇主就聯絡母親接她回家。去接姊姊回家，我心裡很複雜，但也說不上什麼，我知道姊姊會是母親的一個麻煩，因為她並不想和我們住，但她又沒有地方去，早晚她都要跑掉的。

後來姊姊並沒有離開這個家，因為她無處可去，但她離家出走幾次。回家後，她正處國高中叛逆期，和母親不太說話，個性沉默如鐵，很拗。而母親脾氣又不好，不知罵過她多少回。有幾回姊姊夜間補校下課卻沒回家，母親很擔心，也不知她住到哪裡，因此母親要我在她的學校外面等著，一看見她就一路跟蹤，確定她住哪裡後再回家通報。那時我才讀小學，就開始擔任起跟蹤的工作，個子小又路燈昏暗，姊姊和同學一路說笑，沒有發現。回家跟母親說，母親聽不懂在哪兒，因此她帶著我去抓姊姊回家，那種抓的態勢跟捉姦大概沒兩樣，要大力敲門，要讓收留姊姊的對方家庭知道害怕，母親的樣子就是姊姊非回家不可。就這樣，她們玩了幾次貓抓老鼠的遊戲後，姊姊累了，沒有再逃家。她知道是我跟蹤她的，每次回家就不跟我說話。但久了就忘了，因為她知道我也是迫於母親的威權。

白天她到家裡附近的電子工廠打工，五點她會回到家裡盥洗一番後去上夜間補校。那時候我還滿期待她五點回家的，因為她一回家就會拿錢給我，要我幫她到有點路程的巷口買剛出爐的麵包，她會分我一塊麵包。她打工的錢有一部分可以留著自用，我當時很羨慕她有自己賺錢的能力，可以自由使用錢是令我羨慕的。我從小就喜歡吃麵包，但通常早餐吃不到，因此期待傍晚時分姊姊拿錢給我去買麵包的時刻。

當年剛出爐的麵包無非是那幾種，菠蘿奶酥紅豆蔥花，姊姊最喜歡吃蔥花上面撒有一些紅辣椒的麵包，這個印象我至今難忘，那是少見的柔和姊姊，少見她有一些微笑掛在臉上。

國中補校畢業後，姊姊有一度去保齡球場當記分員，每天都穿得漂亮。但她叛逆的個性還是跑出來了，那時候她交了一個得了小兒痲痺的男生，被母親叫做敗咖查甫的男子來到我家作客幾回，母親都沒給過好臉色，甚至常是氣急敗壞地罵著姊姊說什麼男子不好交，偏偏交了一個敗咖。姊姊很拗，她就偏偏要和這個男生交往，把母親氣得牙癢癢的。我印象裡那時候姊姊每天都穿得很漂亮，也被這個男生拍了不少很漂亮的照片，看得我很入迷。我從沒見姊姊留過西瓜皮頭，她從國中就讀補校，可以留長髮。因此她在保齡球場工作，其實只有十八歲，看起來卻像是二十多歲了。她其實也從沒年輕過，她從八歲那年就停格在傷害之中了，被傷害的人看起來總是哀涼而蒼衰。

她和敗咖男交往多久我不知道，但心裡有個感覺是姊姊刻意讓母親對她失望，好轉身離開。

但真正讓姊姊離開我家的人不是敗咖男，而是她的父親回來了。

有一天我放學回家，看見一個高大的男人坐在客廳。他叫喚著我，我在腦海裡搜索著，記憶跳出大舅舅的畫面。他竟出獄了，這個無期徒刑的男子坐在客廳笑吟吟。旋即母親從廊道走到客廳，說著沒叫阿舅嗎？

姊姊呢？我應該第一個跑去告訴她才對。結果就聽到門開了，五點一刻，姊姊從電子工廠回來。她臉上帶點驚恐，彷彿看見一個鬼魂似的畏懼著。我還以為大舅舅回來，正為姊姊終於有父親而高興時，卻見她如此恐慌的神色，好像大舅舅會把她吃了。

大舅在我家住了一段時間，卻逐漸掀起他和母親的仇恨關係。這也是我不解的，如果大舅和母親關係惡劣，何以母親要養姊姊，那年代如此辛苦，多養一個孩子不是一件簡單的事，何況還是別人的孩子。他們吵架的主因是大舅沒有感激她養育姊姊，還怪母親只讓姊姊讀補校。實情是姊姊不愛讀書，母親其實是不希望她不繼續升學，因而讓她讀補校。但看在舅舅眼裡，像是母親刻意為之的。

有一天我放學回家，家裡靜悄悄的，平常都有大舅在講電話的聲音，他出獄後忙著聯繫故舊，想要找工作。要不他也會和母親吵嘴，兄妹倆分別如此久，卻像是仇人似的。但我印象裡，母親每回帶我和姊姊去探監時，他們倆隔著玻璃都是笑著講電話。有一天我看見姊姊在哭泣，原來大舅強行帶姊姊去點痣，可能點痣的方法過於粗糙，竟在臉上形成了傷口。痣後來成了一個疤，在姊姊的上嘴唇處烙下她父親的第一道粗暴印記。

時逢暑假來臨，帶走了姊姊，兩人去了台中。母親望著姊姊原本睡覺的空蕩蕩床鋪，很感慨地對我說著大舅的無情，說起好幾次的探監。我想起童年每回聞到魚香味就知道母親隔天要去探望舅舅，因為母親沒有錢買魚鬆，所以就等到黃昏市場時，她買了幾條便宜的魚，回家用火一直炒，將魚炒至碎如魚鬆的狀態，然後帶魚鬆去探監。

「有一回我揹著發燒的妳，牽著妳姊姊的手去探監，坐好久的車，走好遠的路，難道這都不值得妳大舅說聲謝謝。」母親說。她覺得她這位哥哥太過於無情，自此他們兄妹倆沒再見面，連大舅舅再娶都沒去，他們再見面已是十多年後，大舅傳來死訊。

然而偶爾回鄉還是會見到大舅的，看到他的新天新地，新妻新女新子，唯獨沒有看見姊姊。

母親說，妳姊姊早就跑離開她那沒血沒淚沒人情的父親了。但我在老家看見大舅時，我覺得他非常疼愛他的小孩，或許小孩還小，覺得父親很巨大。但對姊姊而言，父親是陌生的，父親是霸權的，尤其她的父親還娶了她最好的同學，同學成了繼母，這對姊姊是不堪的沉重。

這三個人彼此命運牽連，但卻再也不相見。姊姊當年隨出獄的父親去了台中，在台中讀到專科。她倒是偶爾會寫信給我，收到信件地址是：台中烏日，我當年一直將烏看成鳥，覺得那是一個很奇特的地名。她寫信的內容都很簡單，大概是她過得不錯，問候我們等等。

過了一兩年後，我已經逐漸習慣姊姊離開了我家，她在他方也逐漸有了新的友伴網絡，自此沒再收到姊姊的來信。最後耳聞的都是大舅如何地騷擾她，接著她的室友就變成她父親的女友，然後又變成父親的妻子。有了新妻的父親終於讓她有機會逃走，只是她自此也跟著沒再見過這個專科好友了。

日後姊姊一個人去了台南，直到過世前都沒有離開過台南。

我第一次開車上路，連高速公路怎麼買票收費都還搞不清楚時，我一路就從台北開到了台南去找姊姊，有幾次去成大文藝營或者上課演講，也都會和她見個面。但我感覺她似乎沒有那麼想和我見面，我後來細想是因為我代表她往日的一個印記，看見我會讓她想起傷心的往事。因為感受到她這個心情後，我就逐漸減少和她見面了，愈少見面就越發疏離起來。

我們從家人變成婚喪喜慶才會見到面的親眷，再見姊姊是為了大舅葬禮，為了表妹婚禮，為了哥哥婚禮……

姊姊生病消息傳來，我和母親南下多回，每一回在路途上，母親都會述說往事，她們彼此都活在過去裡，因而身體藏著許多的苦痛。

最後一次去探望的旅程，母親對我說這回妳姊姊難逃劫數了，妳姊夫在電話說妳姊姊的癌細胞已轉移到腦部了。

我和母親就坐在那組沙發上和剛做完化療的姊姊聊天。姊姊為了告訴我們她沒事，因此還特地泡茶，拿出幾罐她醃漬的梅子請我們品嘗。她述說著梅子醃漬的過程，加上玫瑰花香，加上有機黑糖，她說得細心，我卻想著如果她照料自己的身體也能如此就好了。但轉移話題不久，母親還是把話頭拉到了往事，母親是來和她和解的，不是來聽怎麼醃漬梅子的。母親忽然劈頭說，如果我有做對不起妳的事，請妳原諒我。我心裡一驚，母親是帝后，此話一出，姊姊忽然大哭起來，把我嚇了好大一跳。接著母親也哭了，兩人哭成一團。母親說妳氣妳父親，但妳不知道姑姑從小也是被妳父親打大的，妳父親的性格剛烈，妳要放下這一切，妳的病源都是因為妳不願意和解，心裡有恨。

母親沒有求回報地收養姊姊，為何姊姊要抱怨母親？想來她覺得母親不疼她，其實母親對誰都這樣，她就是愛妳也會用罵的，她的愛是烈火，是寒霜，但永遠都不會消失。

新沙發被兩個人的眼淚沾上，沙發布料一坨坨的濕著，淚暈著茶花的圖案。

七月的午後陽光從客廳落地窗灑進，一路游移在沙發，停在姊姊那出奇光亮的臉上。我聽著姑姪倆述說著往事，塵煙飛揚，猶如瞬間被風灌進的小閣樓，塵埃處處，風霜血淚，彌合的傷口，誤解的辛酸，點點滴滴在風的吹送中，飛出了閣樓，往虛空揚去。

姊姊每回說我最好命，因為媽媽最疼我。而我母親也曾如此地羨慕過我的阿姨，她同父異母的妹妹們，擁有自己的母親，擁有母親是那樣獨特。母親是獨一無二的，沒有人可以取代，以前我以為愛情可以取代，哪裡知道愛情最是殘忍殘念，總是隨著時間灰飛煙滅。而生死以之的友情，也因流言而失了信。天真以為的不渝，竟成了笑話似的不堪回憶。

兩人痛哭流涕之後，夕霞雲朵飄過落地窗。新沙發被我們坐凹了，塌陷的時間，容得進這兩代女人的恩怨情仇，一念霜融，誤會冰釋。

我們在高鐵車站送別，姊姊告訴我病好了再到台北找我們玩。我聽了心戚無語，因為我知道這句話隱含她的天真。母親在高鐵上跟我說，這恐怕是最後一次妳姊姊站起來了。一樣的回程，倒退的風景逐漸煙靄四合。去程母親向我說著賣了豬仔換得金錢北上的故事，回程我對母親說起慈悲三昧水懺的故事，被錯斬的晁錯，追了好幾代都無法復仇，因為錯斬他的人每一輩子都有修持，直到有一世當上了國師，起了驕傲之心，復仇者終於覓得了缺口復仇。國師腿上長出了一個人面瘡，痛徹心扉地痛著，一張像是臉的瘡。國師憶起某出家人告知如往後得了此病去某山林尋之，此出家人知因果，告訴國師以水懺洗滌人面瘡，因而得以痊癒。後代以此故事，而有懺悔修水懺之法。我簡單述說，母親仍聽得一愣一愣，霧煞煞的。她看著窗外黑夜，忽然說那要多喝水，喝大悲水。慈悲的悲，不是大杯的杯喔，她邊說邊兀自笑著。

母親向姊姊認錯，說自己脾氣不好，有虧待她。姊姊也向母親道歉，說她應該感激姑母卻心懷怨懟的無知，姑母沒有義務養育我，是我欠姑母。

回家後，母親心情寬慰許多。接著我便安心地在八月中遠赴美國參與愛荷華國際寫作計畫。十月的某一天我在愛荷華宿舍清晨，怔忡想起夢境裡見到姊姊，她穿著一身粉紅色的美麗衣裝來跟我告別，我清楚記得她說的話：「沒有痛苦了。」那一刻我知道姊姊走了。天亮，我打電話回家，母親不在家，電話嘟嘟響著。幾個小時後我找到哥哥，證實姊姊已經離世了。哥哥說母親昨晚就打電話說要去看她，說預感她發生狀況。但源於晚上，也只能隔天搭高鐵去。去奇美醫院看最後一眼，姊姊不久就止了氣息，看起來猶如睡夢中。

我向母親說及夢中所見，姊姊所穿的衣服。母親聽了說我夢見的樣子和姊姊最後穿的衣服竟是一模一樣的。可見人的意念無遠弗屆，可以穿越大海高山。

母親電話中開始哭泣著說，伊竟比我先走，妳姊姊一生真可憐。悲傷誘發母親身體潛藏的病灶，加上十一月時母親又被一輛倒退的車子撞倒，一連串事件，使得母親也倒下來。

信天主的姊姊已至天國，而母親則只剩左半邊可以動，母親成了永遠的左派，左翼老婆婆。而我依然中間偏左地過日子，且以文字在為母親打著時間的一場勝仗。

姊姊和她自己的母親緣分短短幾年，和我的母親緣分卻緣繫一生，直到她離開人世，她都是母親心口上的女兒，而母親也是姊姊臨終前的牽掛。

只是她們彼此都說不出口。

妳吐出了我，我奮力一游，
女兒與母親，冰山與火焰。
望著妳辛勞的背影，
我總是趕不上妳的轉身。

我的脆弱再也無從偽裝，我的慈悲卻因此生根。
我如催燒殆盡的枯木，風揚起灰燼，
即將化為空無，也即將新生。
我的生命因為有妳，才有依存的重量。

CHAPTER 2

回憶之地

尋找母親的存在身影

自此，去任何地方，妳都不在場了。

城市雖然沒有故事了，但有妳「曾在」之地，就是我的故事碎片。在曾經擁有母親的回憶之地，遙想過去與母親歷經的「劫數」，她一生的苦楚，就如艾蜜莉的詩：「我本可以容忍黑暗，如果我不曾見過太陽，然而陽光已使我的荒涼，成為更新的荒涼。」

佛教經典遍滿奇異不可計數的單位，比如長髮女見佛陀行經時，將自己的長髮鋪地，使佛陀的雙足免於踩踏泥地，此女所獲得的功德難以計數。幾生幾「劫」，難以計數的劫數，多麼奇異的計算單位。「俱胝」為億，億如光年，超過漫長可以形容的時光。

女兒等待母親從昏迷中醒轉的時光也如斯悠慢。

母親在想什麼？昏迷中的人進入記憶的第幾層？

女兒企圖闖進母親的記憶，即使那個年輕的母親早已變形在我的許多書寫裡，但每看一回都會長出新的感情血肉或者從層層覆蓋的灰瓦中冒出新出土的記憶斷層。

母親的旅程，女兒企圖校準記憶，重新計時。

然一切的記憶之地，有的地方已然層層覆蓋，或如遺址，或面目全非。

自動轉帶的記憶磁盤刮痕處處，浮光掠影的都是母親旅行時的興致盎然與繼之而來的疲憊，或者不知名被一點小事所點燃的暴怒。旅行的起初充滿愉悅，末了返家卻多是敗興，這使得我和母親的同遊總蒙上一層奇異的暗影，彷彿天晴後飄來烏雲，籠罩在生命上空。

在回憶之地，必然有炭味煙霧，少了炭烤的嗅覺和火熱的擁擠溽氣，那麼夜市就不成夜市了。每回巴巴地央著她到烤玉米或烤魷魚的攤位，有潔癖的她總說那些食物都是垃圾，所以央求著也等於沒用。

我總靜默地跟在她的身旁，心裡祈求著母親不要疲憊、不要難過、不要生氣、不要不開心。有時祈求靈驗，母親突然又轉頭對我笑著說，走，我們去吃肉圓、喝青草。我知道她的心房一直是個火宅，她不開心，我最好安靜。有時母親在逛夜市前的熱絡會突然在返家後變調成冗長的疲倦，她眼澀腳痠地算著皮包內的錢，然後突然開始叨唸且一發不可收拾，於是生活哀怨湧然而生，竟就暴怒起來。母親一路臉色低沉，在路上開始數落我，她會莫名以語言激怒我，丟出負面詞彙，引來路人側目。那時我總在心裡堅定地告訴自己，以後不和妳一起出門玩了，妳真不好玩。

每回和母親逛街返家後卻引發必然的畏懼，當我躺在黑暗的床上時，我發誓要自己和好友一起逛街，我再也不要和容易疲倦又容易動氣的母親一起逛街了。

不知是否童年陰影，我長大非常渴望一個人度日，極度渴望過雲遊僧式的自由生活，渴望到別人和我同在一個屋簷下我都覺得難受，超過三天絕對想奪門而出，喜歡單身到別人無法理解（是自動選擇單身的品種，雖然也常常誤觸愛情錯誤開關，以致身陷泥淖難拔，但心裡是期盼一個人的，因此連旅行都喜歡獨自上路）。於今看著過往的行旅，驚訝這一切的逃離遠逸都是為了再次重返，重新拉開距離認識母親和自己。

懸浮粒子充滿回憶的塵埃，放大了和母親的一切細節。有我在場的母親，和我不在場的母親，讓我充滿想像。

我在他方，一個人像風箏的隨風飛揚，而母親緊緊抓著風箏的線頭，縛牢女兒的最終去路，她知道縱使我飛得再高再遠，還是會回到家裡，有她的地方。她知道我雖任性，卻心軟。只要有人願意死心塌地的纏我，很少失敗的。然而情人畢竟死心者少，塌地者更少，通常都會半途將感情作廢。母親不同，母親知道我是不會主動切斷繩索的人，而母親當然也不會切斷。她根本就是苦縛著我的心，將我懸吊半空，再遠都會被拉回來。有幾回有機會待在國外甚久，最終也還是回家，標準的戀家但不忠誠。

而母親在原地，看似靜止的生活，她的時間軌跡實是流動的，因為她的意念跟著我跑，跟著我地球繞。她的所有抵達都是我，而我所有的離開都因她。最終，我們形成迴圈，緊密的迴圈。直到我在學佛中心學習多年，才慢慢學習如何放手，體會身體的離開不是真正的離開，心才是最大的行李。我努力鑿出一個出口，以防愛的爆炸。

母親疲憊而易怒的模樣常暗自鍛鍊了我想要一個人生活的孤獨感，但她瞬間的溫柔，卻又融化了我對她的冷然。就這樣，我和母親的出遊，往往隱藏著生活的哀歡，有時哀多一點，有時歡多一些，但哀歡雙融，無法切割。

我想母親是太辛苦太累了，她早年的生活過度打拚，以至於她一時之間忽然想要喘息時，那暗藏的疲憊所導致的易怒總是如火苗竄燒。

我在和母親同遊的記憶之地徘徊時，如此地解釋著母親這受苦的靈魂，她誠心希望帶童年的女兒出遊，但一天下來卻又無法克制被生活浸漬太久的苦澀，她愈想愈生氣，覺得都是生兒育女所帶來的不幸，因此她就會罵罵我出氣，或者該說我也不會討好她而使她更生氣。

我童年時畫過一張和母親同遊的畫面，有點超寫實，母親的心不斷湧出火苗，燒向牽著我的手，使我的手發燙著。著火的心和手，母女的血脈枝葉。

草山的缺席者

這麼多年來，守寡的妳起床後見面的第一個人也是一位女性，一個女司機，她將載妳前往草山。不曾想頂過很多風浪的妳，以為妳的生命力旺盛，即使眼睛有一眼近盲了，即使膝蓋非常痠疼了，母親妳依然在天微亮就騎著腳踏車來到了公車站牌，搭上清晨發出的第一班開往陽明山的公車。公車女司機必然微笑地向妳說，早啊。妳也說早啊。這樣簡短的對話，就這麼地日復一日，多年來妳都搭上這一班公車，如此固定，如此堅持。

妳在中山北路搭這班公車已經很多年了，開往陽明山的第一班公車，一名女司機載著這群爬山客，妳也是其中之一。妳忽然消失在這班公車，想必很多人都會默默想著又有一個人轉彎了。這句話也曾經出自妳的嘴巴，這麼多年來妳看過多少離去者。就像楚浮的電影《四百擊》裡那些不斷竄入彎道巷子的孩子們，一一消失在鏡頭，最後剩下跑向海邊的男孩，突然轉身回望鏡頭，拉近的特寫。

妳和這群爬山者就像這樣，有人轉入巷子，有人不斷往前奔跑，最終只剩一個人。

這群由陌生者組成的爬山隊伍，一爬爬過了二十年，從悠遊卡到老人票，從當母親到當祖母，祖母到曾祖母都有。女司機跟你們一起老，就像老友，每一年新年開工，天色還暗暗的，一群老人搭上了這班公車，每個人在感應器嗶一聲後，會跟女司機說聲新年快樂，然後還會遞給司機一個紅包，感謝女司機一年一年地送著你們去爬山。

母親，妳已經缺席超過一年了。從以為缺席幾天到缺席一個月，從缺席一個月到缺席一年，這樣的缺席自此將延伸了下去，我想過去和妳同車的爬山者也逐漸遺忘妳了，他們一開始會說誰誰誰怎麼都沒看到人，接著互相說著應該生病了，嘴巴沒說出口的是也許走了。

搭了十幾年的公車，老人一個個地走了，彷彿心知肚明時間將如森林大火般地延燒到每個人。整輛巴士就像遁入清晨的迷霧，他們用雲翳之眼望著窗外迷濛街景，灰冷的天色下，公車拔錨航向盆地最古老的火山。妳去公共浴池洗溫泉，也相約過我幾回，但妳起床時間也差不多我才入睡不久，時間兜不起來而作罷。妳還是孤獨一個人上山，眼看著搭上公車的老友愈來愈少，有時有新面孔加入，妳快要成為元老了。隨著時間所有的位置都會讓出來，後面擠壓前面，忽然有一天妳就被擠掉了。

轉去陽明醫院時，妳之前常爬的陽明山就在眼前，但妳連望一眼都沒有，窗外的山色，彷彿成了會勾動傷心的風景。

第一次在母親床沿見到有人來訪。兩個女人，抬頭看是妳結拜的姊妹尋來了。從小看我到大的妳的義結金蘭的姊妹。比我年齡還要長的友誼關係，光是這一點，我覺得妳做人比我還要成功不知幾倍。我的姊妹閨密說會永遠愛我的，最後不僅離開且有時還竄出傷害的流言。

今天沒來的是誰

即使自此到任何地方，母親妳都不在場了，但我仍不斷地抵達妳不在的現場。第一場抵達，必須以草山為第一現場，那是妳初老直到身體倒下來最後一刻的注目之景，我的抵達之謎。

捨不得不見妳。妳的山友會這樣不捨嗎？我想沒有人像一個女兒思念母親那樣不捨。

我常想像著妳是如何搭上這一班公車，妳怎麼抵達草山的？妳和妳的山友們又是如何地結伴同行？於是我試著代替妳搭上這班公車，努力早起一回，沿著妳的老公寓徒步（我不會騎妳的腳踏車）至正義北路的公車站，我想像著妳騎腳踏車一路行經拉下鐵門的巷子，妳可能會突然想上廁所而在全家超商駐足，接著妳繼續騎到大路，左拐就是公車站牌，妳會將腳踏車停在一家眼鏡行騎樓。那家眼鏡行我們一起去過幾回，第一次是因為我要配隱形眼鏡，事隔多年是妳要配老花眼鏡。那時我戴著眼鏡試著走到店家門口看著忙碌大街，後面有妳的聲音，一直問著我看得清楚嗎？很清晰，我說。心裡還想著真是太清晰了，彷彿景物都歷歷在目。那是剛上大學時配的隱形眼鏡，印象裡非常昂貴，而我在入學的宿舍清晨卻將隱形眼鏡其中一眼弄丟了，怎麼找也找不到那微小之物，只好存錢再偷偷來此配一眼，老闆見我就說怎麼這麼快就弄丟了。我掉東西是出了名，曾有同學說要撿東西只要跟在我後面就行了。母親配老花眼鏡則很麻煩，因為要妳指英文字母的缺口就教了很久，妳比來比去也不知比得對不對，後來妳的眼睛越發差了，再來就不是眼鏡可以幫助妳光明了。

我時間沒有抓對，等公車等得有點久，在等待時我一直看著這條大馬路，這是我和妳的回憶之路，僅次於返回雲林之路，這幾乎是妳落腳三重的全部印記，沿著這條大馬路，可以找到妳從少婦到老年的行走路徑。看見公車來了，我越出騎樓讓司機看見我招手，開得很快的公車沒有想到會有人搭車似的緊急煞車，門打開時，風瞬間揚起，使我的長髮飛揚臉龐上，踏步踩上公車，刷了卡。公車司機繼續往前開，安靜中車聲顯得特別大聲。

妳上了公車之後應該也是看著外面的街色，診所電器行服裝店西餐廳三和市場學校電影院……妳沒去過的是學校，最少去的是電影院。

經過電影院時，我想起和母親一起看過的電影，片名忘了，但我記得演的是目連救母的故事。早已遺忘的電影，此刻飄忽進心，在冷涼的天氣裡燒著心。

三和夜市是我們最熟悉的物質閃亮之地，買衣服食小吃，新竹肉圓與薑湯妳必吃的。再經過電影院前，有一攤花枝羹與炒米粉，以及一攤番茄切與蜜豆冰，這是我愛吃的。公車左轉至重新路，有幾個地方也是我們以前經常去的，銀行、鐘錶行、金飾店以及百貨行，公車老態似的緩慢爬上了台北橋，橋上風光是淡水河景，淡水河景是我寫作最常見的背景，這些背景轉成前景，我轉換成妳的視角來看這一切時，文學語言逐漸退位，尤其是形容詞，這是妳不會使用的，妳的語言是直接的，主詞加動詞加受詞或者名詞，就結束了。母親一生的打拚是沿著這條河水前進，不論是在真善美戲院賣旁氏等化妝用品或者在環南市場做批發，妳都沿著這條河抵達與離開。

公車跨過淡水河，右轉走承德路，接著左轉南京東路。我想像妳會在車子還沒過中山北路前下車，然後徒步走到中山北路等開往草山的第一班公車，妳固定搭那個女司機開的第一班公車，因為就像一種默契似的，妳們希望一天的開始就能見到彼此，如此才不會萌生一天的失落感。

就像有人問我於今如何和無法說話的妳溝通，我說默契，默契是一種沉默的契約，默契是一種心語，彼此高度契合的人才能使用的默劇啞語。我和妳可以達到默契，並非我了解妳，而是我體察妳，感受妳，將自己的眼化作妳的眼，將自己的心轉成妳的心，如此也不過知妳心法一二，當我誤解妳時，妳會乾嚎，我就知道我做錯了，得試著換幾個方式，直到妳不嗚咽了。

母親妳已是一個巨大的嬰兒了，妳轉換了角色。而我也轉換了角色，我出發去爬山，等待天未亮的第一班公車，生怕錯過那個女司機，我提早來到中山北路站牌下，目不轉睛地望向綠油油的樟樹，我得衝出去招手，免得公車過站不停。

等待的過程竟有點忐忑，就像在等待一個即將揭曉謎底似的竟微微手心出汗。樟樹逐漸開出一輛開往陽明山的公車，我大力揮手，公車停下車門開，踏步上去前立即看了司機一眼，是女司機沒錯，是眼前這位後中年婦女曾經望向母親十多年寒暑，她是母親妳每天一開始的第一位說話者。司機早！阿桑早！我發出想像的對答腹語。女司機從沒見過我這號爬山人物，眼神有點好奇的玩味之感。車行中山北路，玻璃窗裡的婚紗模特兒都鎖著寒氣，昔日的兒童樂園與圓山飯店，是童年我們的夢幻樂園，每回央母親妳帶我來兒童樂園時，妳從不和我一起遊玩，也不讓我買票玩，妳只是央不過我而僅僅買門票，進去之後，妳就會覓得一個椅子打盹。我會跑去許多遊樂設施前閒晃，有時候情侶不坐了還會給我免費的票，尤其是摩天輪，情侶女生嚇得臉色發白時，我就有機會取得他們早早買好的多餘的票，就這樣，我一個人孤獨地玩著許多設施，咖啡杯搖搖樂鬼屋海盜船摩天輪碰碰車……玩一會兒就跑去看母親，看妳還在陽光下打瞌睡，就又繼續閒晃下去。沒有票時，就把身體掛在欄杆上，看著在裡面玩的人的表情，聽著尖叫聲伴隨著隔壁動物園的動物吼聲。母親很少帶我走進當時猶在的動物園，妳嫌動物園臭臭的，且妳認為哪有花錢看動物的，鄉下就有很多免費的動物可看了，雞鴨牛羊豬馬妳可常看了。我說動物園不一樣，有獅子老虎大象……妳仍搖頭，妳說那些野獸的氣味會使妳失眠。

想到妳說聞了野獸濃濃體味會失眠時，我不禁兀自笑了起來。母親鼻子一向靈敏，好鼻師的妳每回見面都會偷偷聞著我的體味，如鷹鼻似的聞著是否我的體味裡躲藏著愛情偷歡的祕辛。

公車陸續上來幾位戴著帽子與揹背包的老人，我想像著他們都是妳晨遊草山溫泉的同夥，聽著他們在公車上簡單的問候，偶爾開點玩笑或者罵罵政治人物。也有人瞇眼好奇地看向我，彷彿我是搭錯車的人。

溫泉站到了，我看公車的人落車殆盡，也跟著下車。花了一百元進入溫泉，僅簡單泡一下我就起身了，我在氤氳的水氣裡流下淚來，想著還在醫院的母親，這些景點都如遊園驚夢的夢了。

我在草山路徑穿梭，草山我並不陌生，但我所遊賞的草山都是屬於黃昏的，屬於落日後的時光，我不曾如此早來到這座山，更不曾夾在一群老年早覺會裡頭走山。當我戴上妳的漁夫帽時，有一度我錯以為我是妳，聽著老年人拌嘴如孩童，聽著晚晴殘餘的愛戀試探氛圍，母親妳其實曾經行經無數回我青春焚城之地，那時的我和某人蝸居於草山的農舍外，尋常清晨時分就聽見爬山者行經窗外，妳行經我的眠夢，妳不知我也曾流蕩於此，文大美術系的友伴於今也離世了，我和他看著山下的微火夜景時，是母親妳入睡的時間，換我進入妳的眠夢。

多年來，妳眠夢時我醒著，我夢妳醒，妳夢我醒，如能醒夢一如，妳我將無分無別。但妳很少入我夢，夢中的母親只有兩三回，清晰可數。

不知妳是否夢我？

母親對我一失約就是終生失約。

我們成了兩輛錯身的晝夜列車，終於說好在我從愛荷華大學駐校回台後一定要陪妳到草山溫泉的承諾變成我此刻的心痛，是妳失約了。我為不值得的人浪費時間經年，我和妳失約多年，總想明年一定會早起和妳來草山，總想再等我旅行歸來，總想總想，總想等明天，總想等明年，總想妳會等我，但怎麼想就是沒有想到妳這樣信守承諾的人會失約，且妳的一次失約就是終生失約。

妳倒下來的這一年一月奇冷，台北下雪了，草山下雪了。我的心也下雪了，比我去過的西伯利亞和雪域的西藏高原都還要冷的心已然進入冰凍層。

冬末的花期已過，母親失約已久，粉紅花屍不再落地繽紛，一如夕霞已過，黑幕捲上。我在凋零的冬景裡聞到了春天的訊息，一朵竄出的杜鵑如小貓的探頭探腦，我彎腰拾起落地斷頭的茶花，花瓣有著完整封存的美，我端詳甚久，看著想著，恐懼失去妳之心就越發縮小了。

自此，每一年我都要搭上這班公車一回，去探望妳的老友。直到有一年我也將成了裡面的老人了。

奇異的小診所

母親常道聽塗說，到奇怪的許多小診所看診。印象深刻的是一間位在萬華小巷的奇異診所。那是一家很奇怪的醫院，找了許久，是母親早覺會一起爬山的朋友介紹的，那時她已經感冒很久，看了許多醫生都沒治好，老是咳著。朋友見她咳，遞給她一張診所名片。母親之所以執意要去這家診所，原因是遞給她名片的山友很有錢，母親說有錢人會去看的診所一定很厲害，他們有錢人最怕死，哪裡不去，偏偏去這間診所，說吃一帖就好了。

吃一帖就好，那一定是猛藥。但母親咳得厲害，她一定要去，我只好帶她去。

我們尋著地址來到環河南路靠近萬華一帶的小巷，一間獨棟的老房子，院外長著極高的灌木葉樹，在路燈的映照下，有種悠遠情調。穿過小院子，老房子還有洗石子地板與老舊磁磚，櫃台站著一個女生，正在用很像夜市裝醬油的塑膠桶分裝著小瓶罐，小時候喝咳嗽糖漿的塑膠小瓶罐，外層有浮水刻度，一次喝幾ＣＣ。她指著我手上拿的母親健保卡說放在櫃台即可，我低頭一看櫃台上竟排了大概有五、六列的健保卡，以卡排隊，六點一到會發號碼牌。

不知道可以用卡排隊，早知就先來，我嘴裡嘀咕著。每張椅子都坐著人，將整間診所的有限空間擠滿，我幫母親覓得一個板凳，也跟著等。看診時間前的幾分鐘醫生走進來了，親切地微笑著，和看病的人好熟悉的樣子，看病者也紛紛叫著醫生好。我忽然覺得這醫生好面熟，在腦海搜尋，並非是我認識他，而是剛剛在開車的大馬路上，有看到這個醫生的肖像，他有參加競選但沒選上。沒選上又回鍋當醫生，足見這間診所在地方上很久了，久到病人成主顧。聽著病人聊天的話題即知有些人簡直把這裡當成餐廳，沒事就來報到。

四處躺著吊點滴的人，連坐著的人也吊點滴。由於點滴一打就是兩小時以上，乍看有點戰後浮生錄之感，沒看過一間診所連樓梯都有人坐著在打點滴的。由於打點滴的時間長，因此病人都在聊天，聊著從哪兒來的，聊著兒孫等話題。輪到母親了，醫生聽診，之後跟母親說，妳個性很急，要改喔，還有不要執著，要學會放下，不然心臟不會好。她聽著點頭說醫生很厲害，一聽診就知道她的脾氣。慢慢來，沒關係，沒什麼好急的，他邊說邊開藥。我問醫生可否不用打點滴，醫生卻說要打，打了才會快好，回去喝喝我的咳嗽糖漿，很快就好了。

因為打點滴，我記得付了不少錢。至於拿回家的咳嗽糖漿與藥，母親吃了兩包，是有好些，但藥效太強，反而傷到其他器官。之後叫母親別吃了，改去看中醫，反而吃了幾包中醫的藥卻好了。

求快的病人依然擠滿了這家診所。想起那用健保卡排隊的掛號窗口，有如漏夜排偶像歌手的簽名會，但這是看病啊，喜歡看醫生的病人如此多，難怪連醫生都覺得自己可以去參選了。

母親這一生看過太多醫生，吃過太多怪藥，母親的藥罐子就是台灣健保與廣播電台的消費代表。她的三層櫃擠滿了各式各樣的藥物，但卻沒有治好她的心，她的心血管疾病就像一則寓言，提醒心的擁擠與執著。

有時候我在想草山的結伴者的小道消息是否不該給母親呢，因為她是如此地恐懼晚年會倒下來，卻不知「無知」才是最危險之病。

女工的場域

我遊走在此，卻不見母親青春時期的蹤跡了。母親一度曾當作業員，她記得從鄉下集體搭車子到桃園，住在宿舍裡，那年頭需要男女作業員就跟現在到處徵大樓保全人員一樣興盛。母親說他們生活沒有幻想，只有眼前的「未完成品」，他們的生活就是在輸送帶中度過，在〈媽媽請你也保重〉的歌聲中悄悄拭下淚。或者晚上到來，在宿舍裡等著有愛神把她們帶走。

母親手中生產的物品見證了島嶼經濟，球鞋腳踏車收音機成衣……下了工，她們蹬上了腳踏車，行過白花花的陽光，白牆上的油漆字「親愛精誠」「消滅共匪」正閃爍得發亮，但她們當時心裡只期待著談戀愛，期待男人帶她們遠離這裡。不知她們當時是否有玩抽鑰匙的遊戲，任命運轉盤旋轉。

但要吸引男人，她們得有好身材。母親在離開鄉下農田，又還沒加入市場人生時，她少女時代當最久的作業員之地是成衣廠，縫製內衣內褲，直到成衣廠外移。

現在除非到很鄉下的地方，不然「訂製奶罩」之詞大概已絕跡。過往還常在菜市場或鄰家巷內，見到掛寫著一個小招牌「胸罩訂做」「束腹訂做」，關乎女人的雙峰之詞，變得含蓄了。

「訂製奶罩」字眼其實頗具情色感，但在當時卻無人這樣覺得，因為社會新聞還沒有「爆奶、撞奶」這類聳動字眼。她們那時還不知道這就是西方女人的馬甲，或者當代女人的魔術內衣。魔術這個詞，還沒發生在那個年代。她們現在知道這種繁複且可雕塑身材的內衣叫魔術內衣了，但她們也已年老色衰，她們發現愛情和生活永遠沒有出現過魔術的力量。

童年的夏日，鄉下女人常在沐浴後，光著上身走出氤氳的門外，乳房如大地之高原凸起。我總懼怕和裸身女人相對望，少女時我常下意識地瞄了一下自己的胸，很害怕「它」長大帶給我的負擔之感。

老奶奶們在溽熱天氣常是裸露著胸，但卻了無情色之感，她們的胸部看起來像是屋外曬乾的絲瓜條。少女的我見了總想，這乳房餵養過三代，可真是無盡的疲勞啊。當代女人無所不用其極地想要美胸、塑胸，為了美，每天忍受魔術內衣的束縛，這可說是為了美而寧願為之的「偉大束縛」。

母姨輩們於今已否認內衣的魔術可能，也順帶否認愛情的價值。但她們不否認每個女人都曾做過如斯之夢：擁有魔鬼的身材，擁有帶她們飛翔的魔術愛情。

母親懂得愛情是可以換麵包的東西。

東區時光

每一年初二之後，就是我和母親專屬的過年時光了。

母親的家是我永遠的夫家與娘家。

某一年過年初二，曾帶母親去松山慈惠堂，接著去一〇一。很多年前當我跟她說台北城內將要蓋一棟高達百層的大樓時，她眼睛瞪大，彷彿傳說。當她被大樓的強風吹起衣角時，她拉著我的手說，驚死人，和山比高。

母親知道的百貨公司除了古老年代的永琦，就是她口中的「受夠」SOGO，但和母親逛百貨公司專櫃很尷尬，因為每一件衣服她都嘖嘖嘖地說太貴了。惹得櫃姊沒人理，且也對母親拿起衣服看的樣子大擺臉色。在太平洋百貨過去一點的頂好名店城，逛起來稍微好一點，這棟樓分隔成許多的小間店面，有點東門市場和萬年百貨之感，殘存一些年輕母親的記憶之地。

重返此地，我從不知道這裡已成了「心靈」集結市場，靈氣塔羅占卜催眠，探訪元辰宮與閱覽生命之書，就在我看著這些字詞時，玻璃門推開，一個自稱靈魂療癒師的老師走出來，我沒有想到綴滿粉紅紗簾的背後走出一個看起來靈魂很輕的男人，而其他店面微開的小桌前坐著的也都是看起來頗年輕的占卜師。我很好奇他是怎麼靈魂療癒的？上面寫著十五分鐘三百五十元，看來我應該改行。集結十幾家的療癒占卜師，有如一條西洋算命街。

以前年輕母親的擺攤市場旁有個阿婆專門占鳥卦，招牌寫「阿婆鳥卦」，我常跑去她的桌旁，盯著被她關在籠子裡的小文鳥，她也會拉張塑膠椅要我坐在旁邊。我每回聽她解卦都覺得像在說一齣八點檔的故事，但要聽到故事機會不多，因阿婆攤位門可羅雀，只有我這隻小雀張起耳朵聽。阿婆看起來太平凡了，她看起來命就很苦的樣子，所以很多人沒有停下腳步來聽她解運。母親說，伊可以解運，伊怎不先解自己，伊能解，我都能當仙了。母親的語言就是這麼辛辣。

在塔羅牌前想起市場的阿婆，就是因為她吃很多苦，所以可以同理人生。她說查某囝啊，妳很聰明，很會寫字，但妳山根太低，會被感情牽著走。阿婆拉著我的手掌看著，我沒有錢給她卜鳥卦，所以她只能看看我的面相和掌紋。我當時沒聽懂，是很多年後，慢慢拼貼出來的模糊印象。那個阿婆也常勸媽媽，脾氣不要太烈，要讓一下。母親說再讓豬都拿灶了。

想到阿婆和烈性的母親，我在塔羅屋的玻璃前兀自發笑，裡面的療癒師這時望向我來，眼神說著進來吧，茫然者。

很多玻璃窗貼著「租」，撤走的店面如物質荒地，凌亂的紙箱歪斜靠牆，還駐守的店家多是賣韓貨或是名牌二手包，那些ＬＶ經典花紋包永遠都有人想要買，而這些都是不屬於我的世界。當然也就更不屬於母親。當初會和母親來這裡是因為逛假髮店，那時母親不想要再染髮了，我說或許可以去看看假髮。但我們在那間假髮店才進去沒多久，母親就拉著我的手要出來，她說看那些沒有下半身的塑膠假人的臉好像在望著她，覺得很恐怖。那是唯一一次我和她來到頂好，幾乎是落荒而逃。

還是童年的萬年百貨好，到處都閃亮得可愛，史努比米老鼠和凱蒂貓的舶來品吸引著孩童的目光，而那些優雅剪裁，面料質佳的日系衣物，也都是母親喜歡的，母親不是很會換衣服樣式的人，但她很重視面料質感，她常說衣服好不好，質料一摸就知道，明眼人也一看就知道。地攤貨粗穿可，到正式場合可穿不得。我後來常需演講上課，她常叮嚀我穿水一點、穿好一點的衣服，穿著是對自己和對他人的重視，便宜衣服在家粗穿。

衣服是移動的身體舞台，演什麼劇穿什麼衣。

母親重視面子，我記得有一次別人跟她說她身上穿的衣服看得出是好幾年的款式時，她的臉都紅了，竟馬上拉著我坐車要到台北東區買新衣。

去受夠（SOGO）買衣服。

但就去兩次，母親也不再去了，每一樣東西都貴森森，把她嚇得還是穿回了舊衣裳。

她說以前買布裁衣也沒那麼貴啊，她的物價停在上世紀。

到板橋製衣

童年的母親手裡常揣著包包，裡面裝著簇新的布料，要給麗姑做衣裳。板橋，在我的兒時等同於「麗姑」。麗姑一直住在板橋，我以地名劃分親眷之名，麗姑就是板橋姑，父親的堂妹。麗姑在家製衣，和母親一樣有台裁縫機，但麗姑是專業的製衣人，母親只是業餘。

母親生病前和麗姑在老家相遇時，兩人竟不約而同穿了一模一樣的衣服。老人穿一模一樣的衣服很可愛，但幫她們拍的照片存在舊手機，手機在柏林時被偷了，小偷偷走了我的回憶。麗姑比母親年齡大，但身體卻比母親好。然而悲傷仍躲藏在麗姑的心，她的兒子之前先她辭世。

以前覺得板橋好遠，只知有個林家花園與姑姑。現在的板橋猶如新世界，鐵路地下化後，原來屋子的後面鐵窗成了縣府大道，一條大道的側面公寓全是鐵窗之景，只有這些老鏽的鐵窗鐵門與市場曲折的黝黑暗巷，召喚浮塵般的記憶，讓我想起母親牽著我的手轉了好幾班車，來到麗姑的家。每一回母親拎著布料去找麗姑，之後就會連續好幾回一直去，因為衣服修修改改，母親又很挑剔。

我愛美，母親也愛漂亮，只是我們眼中的美有差異。

小時候最愛陪母親剪布訂製衣裳，那是少數被塗上螢光記號的日子。她一年換兩季衣裳，簇新的布料味，光聞即喜。看著做衣裳的麗姑拿著尺碼丈量著母親的身體，那般貼近，那是人和人之間最沒有分際界限的一刻。張愛玲在小說〈白玫瑰與紅玫瑰〉裡寫到白玫瑰和為她做衣的師傅有著隱隱不去的曖昧，即是由那量身開始的。

母親曾為我們這些小孩做囝裳、祖母曾為戰士做征衣，在燈泡幽冥的迷離下，她們一針一線織就了最濃烈的情衣。難怪母親和麗姑感情好，麗姑的手摸著她的身體時，想必感情也在其中流通了。

但幾年之後，母親就不再去製衣了，除了嫌麻煩，說到底是她不再對自己編織夢想了。

囍門咖啡座

媽媽一直認為我不愛她（她不知道有一種愛，太燙了，因此必須鬆手），我想是因為我們出門走在一起時，很少拉手。因我以前很怕她，怕成習慣了，她就像我筆下的天可汗一樣，因此過往畏懼其威嚴而不太敢握。她脾氣來時擋不住的，將我的畫作往外丟，連罵我幾個小時而不疲憊。不過母親生病後，她的這些暴怒都指涉我的任性，我的任性其實才是點燃母親怒火的導火線，或者該說我們太不相同，她務實（現世安穩的存錢觀），我務虛（神佛的未來世界）。

以往我畏懼她的記憶老是鎖碼在沒有上班與沒有結婚的女兒身上，後來她眼睛差了，雖然常握著她的手，但心理上不是撒嬌，比較偏向是功能性的導盲犬，怕她摔倒，怕她走錯方向，怕她黑暗無助，怕她感覺孤單。當時我這隻母親的導盲犬其實比較是盡義務地對她效忠，在心境上仍對她懷有恐懼，仍是怕她不知何時會生氣。秋老虎何時要咬我一口仍未可知，不歡而散的場面也不時發生。

我有時候會想，母親會那麼容易生氣，會那麼氣著某些族群，是否她在外頭被欺負了，是否她離家那幾日發生了什麼事情？誰這麼大膽，敢在太歲頭上動土？或者母親為了賺錢，鋌而走險？這些話，當時在囍門咖啡座不敢問，現在也將隨著她的失語，塵封冰山。

寫作的筆刀，固然可以發揮想像力，但那是小說介面的，於今動員想像之於書寫母親的生命是毫無意義的。

因為母親的一生總是和現實搏鬥，想像是小說家的事，她不屬於我熱愛的世界。

晚年的天可汗力道漸失，脾氣竟好多了，這使我們有和往事喝杯茶的和解契機出現，也就是囍門咖啡座的約會時光。

不斷叮咚叮咚的囍門咖啡館，母親唸英文的7，聽起來就像「囍門」。以前年輕時老幻想在島嶼的盡頭或者海邊開一家咖啡館，想的名字無非是什麼霧中風景或是優雅的狀態之類的電影名字，和囍門如此清晰意涵的名稱不同。

日本最酷的導演北野武曾說他對父親最美好的記憶是父親帶他去看海，因此他的電影常出現大海。

我對母親最美好的記憶是我們在囍門咖啡座談往事，吃小時候她捨不得買的零食。

全台如此密集的7-ELEVEN，唯獨這一間標記著近幾年我和母親的相聚座標。

那時我每週幾乎都會帶母親到超商喝咖啡，有時一週兩三次，尤其沒出國沒活動的週日時光。眼睛昏暗的她喜歡聽見「歡迎光臨」「謝謝光臨」，在母女都靜默的時光，她清楚地細數著叮咚的次數。泰半時光我都是個聆聽者，聽她對我的抱怨：抱怨我沒錢，抱怨我沒結婚，抱怨我寫的文章沒有多少讀者，抱怨我個子不夠高（咦，這不是有她的基因……），抱怨我常四處趴趴走，抱怨我常心太軟（卻唯獨對她硬……）。如果她現在能繼續她的抱怨該有多好，原來母親的話要當寶，原來母親的話蘊藏著幸福之喜，為何我在佛前發了那麼多的大願，卻沒有發願她可以對我一直說話、一直抱怨下去。

那時我和母親在超商常遇見饅頭人與詹姆士，熊大與兔兔。

這些可愛之物，原來可以解憂。但我在母親面前總是裝酷，總是穿著她最不喜愛的所謂禪風氣質裝，黑灰白，自以為超凡，其實也是媚俗。

當時母親的眼睛就幾乎只剩下左眼零點幾的一丁點視力了，而右眼則幾乎無法恢復光明，但母親耳朵卻仍好，腦筋也十分清楚。歡迎光臨，謝謝光臨，這樣的擾人聲音，聽來卻極其可喜。在超商附設的位置喝咖啡也很好，隨時可以採買零食來吃，買個一兩百元擺在桌上看起來就像是大戶了。

通常拿的零食都是海苔五香乖乖小泡芙夾心餅乾……都是我愛吃的，母親每嘗一口就說好吃，有回還抱怨她自己來買都沒有我挑的好吃，一問才知道原來她眼睛不好，買到的根本不是五香口味，而是椰香口味的。後來每次要離開超商前，我都會多買一兩包給她帶回家。

超商附設的咖啡座，耳聽庶民聲音，比如有一家人超怪的，總是半夜帶著兩個小孩一起來超商買零食吃，我帶電腦來的每一回幾乎都遇見他們。頂多是七、八歲的孩子半夜不睡覺？而且看起來像是大樓鄰居各自帶自己的孩子來聊天，像是單親爸爸與單親媽媽，兩人聊的話題都是想湊成雙，孩子卻不買帳，一個像過動兒沿著架上的分隔走道，在整間超商的貨架間奔走。

記得母親第一次來超商購物時，每一件她都說好貴，以前柑仔店便宜。

更遑論跟母親去超級市場購物了，她簡直看傻了，尤其是對罐裝的嬰兒食物，每一個小玻璃罐上頭貼著肥嘟嘟的嬰兒食品，她看著老說以前差點把我養死了，因為忙到忘了餵我吃東西。都是鄰人提醒她說嬰兒看起來好像奄奄一息了。

每回來囍門咖啡館，大概都會消費兩三百元，她喜歡把所有的零食擺滿桌子，好像這樣我們母女占用四個人的位置且坐了有點時間就不會不好意思了。

我的咖啡館現在變成母親新居旁邊的超商，八里住家後面終於有超商了，等了十多年，等到了母親，等到了她的囍門。但她再也無法喝咖啡了，無法前來了。即使很費力地把她搬上輪椅，把她推到囍門，以她的個性如今此模樣，她也不想去。

「囍」門成單，化為「喜」門，成了我的映照。但喜從何來？如果能將吃苦當消業，或許承受得住這樣的苦痛，佛家的隨緣消業，原來如此務實，如此指向未來。若非如此，色身如此難堪，每一秒都是漫漫如斯，難以橫渡長夜。

只剩我一個人的喜門咖啡館，沒有太多的零食了，只有幾片餅乾和一杯咖啡一台電腦，想著母親的一生，想著許多朋友的母親，想著那些身體好好時卻總是過度勞累不知休息的父母們。

那些光燦或者腐朽的故事，牽繫著許多孩子。母親的背影，勞動的背影，起身彎腰，彎腰起身，背景是整個雲嘉平原的綠意，以她的童少青春的汗水所灌溉的田園牧歌，現在已經成為一間醫院，一所科技大學。甘蔗田的熱帶滋味，竟如此苦澀。

我們曾在這個感情座標如此庶民之地談著往事的幽影，我們母女倒覺像是童年的雜貨店，架上到處是食物，此是母親可以接受的消費地，文青雅痞常去的咖啡館，不屬於母親。她喜歡明亮的所在，她喜歡聞到食物的氣味。

現在我聽到叮咚聲音和屬於超商特有的氣味時，內心都會萌起一股莫名的疼痛。

我從不知道我會如此懷念和母親在這裡的定期約會，深深懊惱著以前總把約會時光浪費在最終會離開我的男人，甚至以為的深刻友誼最末也讓我腹背受敵。只有朋友才會背叛，只有戀人才會不相愛。而母親不是朋友也不是戀人，她是永恆的存在。

我寫下這樣的字句時，母親已然不再和我約會了。我們最後出現在這家再平凡不過的超商時間是二〇一六年一月一日的午後時光，新年。

那回我照例在前一天晚上答應她隔天會回家，回到家時卻見她在沙發上睡著了，我的開門聲使她醒來，帶點驚醒的樣子。我現在回想，那時她已經常昏睡了，而我們都不知道那是疾病訊息。

生命有預感，母親彷彿知道自己將來會失去話語術似的，在她失語之前：我感覺媽媽在告訴我「要『珍惜』，不要浪費時間在不值得的人身上」。依循著暗示，我和母親開始了「囍門約會」，在小小的附設咖啡座中，母親告訴我許多沒有向人傾訴過的故事，那些黑夜暗影的不堪，或者母親說得非常滑溜的俚語。有時她說到有趣時，我會從包包拿出紙筆，簡單記述一下，媽媽見狀都嗔說，唉，連這個妳也要記。但說的時候滿臉都是笑意，她感覺自己還很有用，可以說故事給寫作的女兒聽。

和母親聊天，是近年養成的習慣。那是一間開在母親老舊公寓附近的超商，走出母親公寓的小巷子，就是一條通往高速公路的大路，因而超商開得頗大，靠窗和裡面都有兩排位置。我和母親喜歡坐在窗前，可以看見街上人生，又可見到店家人來人往，聽著叮咚叮咚、歡迎光臨、謝謝光臨，好像我們母女是定點觀察員，在超商耳聽八方。母親聽著，卻轉換成數字，直說這家生意可真好。

在臨靠窗的大路，車水馬龍，母親望著窗外不禁說起通往南部的這條高速公路，母親不僅常在這裡搭上遊覽車，更聽她說起年輕時鄉下許多親眷曾參與興建這條高速公路，有了這條高速公路，省道那彎彎曲曲的南北之路就少走了。光是說起往返這條路，母親就有很多的故事。

去接我上來，去接姊姊上來，母親南北往來很忙碌。我記得童年每回都被母親一個人孤單放在老家，我印象裡都是見到母親才破涕為笑。母親最愛拿我童年哭哭泣泣癡盼她歸來一事說說，尤其是我離家很遠時，她就會說妳以前那麼愛看見母親，怎麼長大卻老是離開我？

往事如流水，而耳邊依然是叮咚叮咚，歡迎光臨，謝謝光臨。

那時母親好像忍很久似的終於開口問我，他們怎麼一直在光零光零地說著。什麼是光零？我噗哧一笑說就是歡迎妳來啦。真多禮數，她笑回。

柑仔店妳記得否？她問。

母親問的是在鄉下的那間柑仔店，姑婆開的，其實就是一些菸酒餅乾之類的小店，我的幼年時光，姑婆的柑仔店是整個村莊最亮眼的所在。從祖母廳堂往稻埕直直走去，迎向一片綠意稻田，小路往右拐，就是姑婆的柑仔店。姑婆會給一些餅乾糖果，永遠都不用給錢。

我一直以為那是免費的，把姑婆笑翻了，說只有我才可以不用給錢。母親後來聽姑婆轉述也笑著說，每個人都免費，伊的店早倒了。

在我還沒離開這個家之前，我幾乎是專門跑雜貨店的小廝。母親的醬油鹽巴味精米酒香皂雞蛋罐頭蘆筍汁沙士……父親的香菸打火機紹興高粱，但我去採買時是如此地不情不願，因為那間雜貨鋪的兒子是隔壁班的同屆男生，我要吐出要買的事物總是有點困難，特別是為父親採買，對方大概也認為我父親是個酒鬼吧。我當時就想如果我能靜默地自取，然後結帳不知該多好。可惜父親等不到鄰近巷口開超商他就離開他以菸酒組合而成的微小世界。靜悄悄地來，靜悄悄地走，只餘那間柑仔店成了紀念父親之地，隨著柑仔店關門，接著超商開門，記憶轉換成母親上場，不再羞於啟口，不再有時間限制。

除了聽覺忙碌，還有嗅覺也一直更替，泡麵關東煮微波便當咖啡飄香蒸熱牛奶……我和母親的小小桌上有如大富豪，擺滿了飲料零食，彷彿我們準備談至天荒地老。但其實都只是短短三、四個小時，坐到有點不好意思，或者坐到我得去寫點東西了。沒有一次見面母親說要先走，每一回都是我先看著錶，然後母親才說妳要忙就去忙吧。聽她這樣說，我就會多待一會兒。但無論如何延長時間，終是得離開母親了。有時候母親會善意地說，妳在這邊寫東西，我又不會吵妳。怎麼說就是捨不得我離去，但寫作是一項個人的祕密儀式，黑魔法似的降靈大會，即使我寫的字於母親是天語，不怕被她讀到，而是氣氛不對，感覺不對。尤其母親那一雙牢盯著我的眼神，如焚燒我的熾熱火光。

強者母親，嘴巴不求饒，因此對於我說「不」的回應總是故意顯得淡漠。這種淡漠讓我看了反而難過，我於是就想，算了，寫東西也沒什麼要緊，再拖點時間交稿就好了。但繼續留下來的時光，通常也是有一搭沒一搭，萬一不慎碰觸地雷，那就慘了，反而以怒氣收場時，我就懊惱剛剛應該見好就收。

地雷是母親碎唸我穿衣服不搭不七或者不存錢之類的現實問題。除此，禁忌的話題可以談，但母親幾乎不談關於她的傷心處，尤其是失子這件事。

母親失去孩子是我還沒出生的事了。

失去孩子的母親，母親從來沒有訴說她的痛苦，一句也沒有。

在超商密談的咖啡時間，母親談剛出生就失去自己的母親、談當少婦時失去了最愛的弟弟、談之後的幾場失去，失去丈夫失去自己的父親失去自己的哥哥……但母親不提的失去有兩種，一種是她覺得不值一提的，其中以我的祖母為最，因為祖母的離世不是她的失去，是她的獲得，婆媳恩怨終於畫下句點。問母親何以如此怨懟阿嬤？她無辜地笑說沒有因哪有果，那妳要去問伊，為何伊這麼看不起我？為何她總偏心？妳難道忘了妳每次回鄉，她都沒有主動叫喚妳吃飯，但卻一直親切地叫喚著妳大伯的孩子們。說起祖母，母親總是心口頓起大火，沒有一回不難過。但我記得祖母因癌症住院時，母親常帶上我去探望她。印象最深的就是祖母的手臂到處都被針孔扎得瘀青，老人家血管太細，找不到血管，四處烏青。母親當時頗為心疼，她也感到一股同理似的心疼。母親在醫院也遭逢祖母過去生病的光景，我見也有痛感。會打針的護士一針就到位，不會打的，把母親的整隻手拍得紅通通的仍找不到血管，就是找到也打不進去。

歲月流逝，以往和母親喝咖啡時，我看見母親的身體正逐漸衰老，那時我心裡有個感覺，在這裡的約會，將會是我和母親最終的和解之地。整座城市都是我的咖啡館，或該說整座咖啡館都是母親的故事館，她輕描淡寫說的往事，卻常在我心海投下炸彈似的回音，彷彿打撈古沉船的寶藏，沾染著青銅色的發黃時光。

在咖啡座上聽母親說話，聽母親的每日一句：要嫁水𠀾出人眾，毋嫁金銀歸（全）厝間。寧可沒錢，也不要生到傻囝仔。好運得時鐘，歹運得番火殼。有錢阿姑半路接，無錢阿姑譙到壁。這句話母親是說給我聽的，她說妳將來別讓妳姪子看不起妳，沒有錢的姑姑連姪子都不理。

超商時光是母親說故事時間，超商時光也是偷聽別人故事之地。比如咖啡座旁一對母女，母親一直跟女兒說，現在的男人不可靠，女人現在要學聰明，沒有麵包就不要在一起。女兒說男友現在開的是跑車，住的是一千多萬的房子，薪水十幾萬，和他出去買東西從來沒有看他考慮過價錢，和他出國去的旅遊地都要花上十幾萬元的，他公司拿到的合約也都是幾百萬以上的……妳還想要知道什麼？我都告訴妳了，我每回接他的電話妳都不高興，妳還要我怎樣。

那個母親聽了女兒說的話卻愁容滿面。女兒繼續愛理不理的，覺得母親不了解她。母親依然苦口婆心地繼續說著這社會啊，男人啊，愛吃時苦苦追，吃後嫌奧貨。好啦好啦，不談啦。那妳要買的保養品，媽媽幫妳出錢，不然妳沒錢。那個媽媽心軟了。

這對母女好像我和母親。

母親之前提起我的前男友也曾是這樣。又怕我傷心，又想搞清楚狀況。

算了吧，最後總是這樣結束。

現在，我好想跟那個女兒說，媽媽的話要聽！

超商時光，隨身帶著小筆記本，記錄每次母親說的有意思故事片段或者俚語。就是因為聽了母親說許多故事，才深深感到我原來寫的小說不過是她生命裡的冰山一角。

超商時光更像是和解時光。

我們和往事下棋，有時是我理解她，有時是她理解我，有時是她問我話，有時是我問她話。但畢竟是我理解她多，她對我還是有很多的不解，但我本來就沒有要她理解我，我只盼望不要誤解她對我的愛。還有我必須解開她曾對我的語言傷害，她一貫的語言銳利。我和母親還有一個和解是她突然有幾回問及我過去一段感情，那也是她唯一知道的一段情，因為被她撞見。那是一個高大的男生，是我小學同學，母親頗喜歡他，但他後來移情別戀，搞失蹤。母親以為他傷我甚深，因此問得很遲疑。然我早已把他放水流，只因是小學同學，所以偶爾還有些牽扯。母親非常關心地詢問，且為我打抱不平的姿態頗感動了我。因母親問了我關於這段情非常細節的事，我感受到她疼愛我而湧出的源源不絕同理心。因為談到感情，我聽著母親竟說起過世非常非常多年的父親，母親暗夜流淚的淒涼瞬間勾痛我的血肉。但母親接著說出口的言語卻嚇到了我，母親說年輕不懂事，早知寧可嫁給外省郎，也好過嫁給妳老爸，伊係無路用的尪。

以前我頂多聽母親說父親如何沒有責任感，他如何沉浸在自己的世界而不管母子的生活，如何抽菸酗酒……但從沒聽她說這麼重的話，否定過去，否定父親。在母親的時代是寧可剁給豬吃也不嫁外省郎，但阿姨也嫁外省郎，後來母親覺得阿姨比她好太多了，阿姨領軍人薪俸至今，可能因此讓她有此想法吧。但當著女兒說出這句重話，仍是夠嗆的。嫁給妳爸和婚姻死亡差不多，她又補充一句。原來，母親需要和解的對象不只我，更多需要和解的是來自父親。

在囍門咖啡館，和解的號角響起，自從母親的話語流淌到我的心海後，那曾經隱藏在心裡對她的怨懟，不僅因之理解，且得以昇華。我心疼地聽著，眼神以一種感謝的淚光回應著她，母親看出我掉淚了，她問我哭什麼？我搖頭，只覺傷心。母女一場，她的苦痛如此巨大，我卻把她一個人留在原地多年，自許天涯海角是家，流浪經年，忘了她的擔憂。

母親不知如何安慰我，只說要堅強，自己種一欉，卡贏靠別郎（自己種一棵樹，好過依靠別人）。她的手揉搓著超商的衛生紙，因我的流淚而不知所措，我擦乾眼淚，對她微笑點頭，用紅濕的眼睛盯看著母親新紋的眉毛，如黑色羽翼的堅定，黯淡的渾濁眼珠子露出慈祥的微光，很奇特的是看不見的那隻眼睛反而非常晶亮。

後來換母親流淚，因我不小心提及姊姊過世的事，母親忽然嗚咽起來。麥擱問，汝姊姊一世人真可憐，母親哭著說。

在超商這樣庶民之地，如此明亮的所在，我們的眼淚顯得如此珍稀。

我在母親身上看到了熟悉，原來母親的感性並不比我少，只是感性的開關不同。原來我內心的強悍，是傳承自母親。父女同種，母女卻同根，父親死了路途只是遙遠，母親如果走了，回家的路就斷了。家等於母親。沒有母親的家，是再也不想回去了。以前母親在家，我怕回去，現在母親不在家，我也怕回去。我一生都在逃離她，沒想到世界繞了一大圈，才明白有母親在的地方才是家。

妳真是一個太過自由的人，四界走，沒人管，按母親的說詞，我是一個沒人管的野女孩。但常和母親在囍門約會後，慢慢地我彷彿被她給釘在感情的十字架上，突然有種動彈不得之感。有一天，時間會再繼續轉動，我會再度雲遊吧，但那時候上路，我會帶著母親的記憶一起上路，帶著她看世界。

帶她走過她在場與想在場的世界。

那個世界也許沒有囍門咖啡館，但肯定有母親的身影隨行。

我承繼父親的任性，也繼承母親的韌性。但母親容易煩憂，我卻不是那麼煩憂的人，或該說煩憂事物不同。她常因不安全感而強烈需索金錢，雨天要先存好雨水，免得日後旱災來了，她常叮嚀我。而父親則很少表現出對生活與未來的不安全感，父親帶著靜默如鐵卻又放逸如水地度過他的半百人生，在母親眼裡，他的優點全成了缺點，毫無畏懼變成毫無責任。而母親卻總是感到不安，她常常煩惱這煩惱那，不安全感其實是人類個性的集體遺傳，我們在擁有的時候害怕失去，沒有的時候卻又苦苦追求。威廉・高汀在《繼承者》寫：「我們繼承整個時代、家族，以及個人基因形塑了我們自己，但我們有機會突破的是看見和改變。」承繼母親的韌性，也看見母親藏匿在背後的不安全感，母親的心靈難以安頓，而我則在文學、藝術和佛學裡找尋到一絲安頓之處。我和母親有著相似的強韌本質，但卻走上了完全不同的道路。母親的內心是一座沒有被開發的濕地，母親的大腦也是一座沒有被開發的叢林，母親心靈一直存在著危機感，她習慣以外顯的強悍去遮掩軟弱。示弱對母親是困難的柔軟，但她需要有人傾聽，卻不擅長表達。而我的強韌就像是一扇「任意門」，不行就彎到另外一邊，多方嘗試好讓自己得以活下去；但母親缺少這一塊的訓練，於是她的強韌轉變成為了頑固，只能掩蓋自己內心的脆弱。但本質上，我們都是同一款人，我以柔克剛，她以剛克柔。我的個性會發生水災，她的個性會發生火災。

我一直以為我的水滅不了她的火，但癱瘓後的母親卻最依賴我的陪伴，彷彿我是止痛劑，為她帶來嗎啡似的虛幻安慰。

原來，她的傳承早已給了我。家族傳承，母親與女兒，承襲的又豈只是外在。

超商時光，理解時光，我開始把母親身上的一些特質融合到自己身上。對事情開始有所計畫，也更能理解別人的苦。這幾年在現實生活裡遇到許多困難，在超商的對話，讓我對母親遭遇的磨難感同身受，而母親也理解我的感情風暴與在外地流浪的生活種種。

以前所執著的情之苦，與我和母親的感情相比，忽然都顯得微弱和渺小。

情人可以很多個，母親卻只有一個，情人微不足道，母親卻可以寫上好幾本書而未竟。

我一直有著老么與獨生女的任性，母親以往常說我真耐教（台語，其實意思剛好相反，耐教是很難教）。以前我老是排斥和她相像，後來才發現我根本就傳襲著她的某些特質。時間幫我們打了一場漫漫長夜似的和解戰，在母親彷彿預知即將碰觸死神衣角前，和解鐘聲響起，兩年的超商約會。巷口這家超商咖啡座，彷彿心靈會客室。走出這家超商，尋常我往右走去取車，母親往左走回老公寓。每一回，我們都會同時回頭，再看一眼，然後揮手。最後一次我回頭，而她竟沒回頭。那一晌，我好失落。

沒有機會問母親，為何那一次她轉身之後，沒有回頭？是她有所體悟，回頭是一種執著，所以不要再回首了。又或者只是一個隨機的遺忘？又或者前方有更吸引她目光之物，使她瞬間遺忘了回頭。又或者她回頭的時間恰巧和我回頭的時間錯身，或許母親也以為我沒回頭而正失落著呢。

母親倒下來，毫無預警的天崩地裂，母土裂開，劃開眼淚的航道，劈開黑暗幽谷，湧出血水的苦痛。

往事果然不堪回首，而我卻不斷回首，甘願化為鹽柱。

我在這間有著和母親晚年約會的回憶之地，偷天換日。

生命自有榮枯，
生命都有歧路，
那些凋零與傷痕，
熬過折磨與絕望，
轉為重生的養分。

捨不得是最苦的流放地，
不見妳是最痛的行刑地。
這我都知道，但——
不通過生命的苦痛，我何能了解妳。
不辨識不捨的原貌，我何能斷離捨？
原來——不要太愛一個人。

CHAPTER

3

捨不得 不見妳

不要太愛一個人

紅燈停車中，窗外發傳單者朝我敬禮，於是我搖下車窗。是那個敬禮的姿勢，使我拿了傳單。制式的房地產廣告只是使心更虛無，幸福照片永遠是雙人組，外加一個孩子或是一個毛小孩。房地產的廣告照片不會放單身者，更不會有臥床者。

房地產的家庭廣告光鮮亮麗而溫暖，現實世界的許多時候，家是關係的囚籠。爭吵或怨懟，拉不下臉因而無法撒嬌的母女關係，轉變成死硬脾氣的對撞，自責後的刻意親暱討好……母親是我恐懼的原型之鏡。

現在這面鏡子摔碎了。

我在急診室裡握著昏迷的妳，看著妳身上的衣服，我知道那是妳沐浴過後換的簡便衣裳。我閉起眼睛想像昏迷前的母親妳在做什麼，妳四處走動之後，回到家一定先沐浴，接著拜佛祭夫，然後煮點吃的祭五臟廟，轉開電視看民視。這一天，固定的環節只做到沐浴，妳應該洗完澡後走到房間裡突感不舒服就倒在床上。我像是偵探的倒帶，心中一陣酸楚，聞到妳的衣褲滲出的尿騷味。

急診室像是孤兒，救護車只能就近送，送到妳最不想去的醫院，毫無選擇地待在急診室卻半天等不到醫師。妳以前老是告訴我，大病妳絕不到這家醫院看。但妳就在這間醫院裡要度過生死大關了。我趕到急診室時，醫院只把和生死搏鬥搶時間的妳擱在一旁，任妳昏迷，任妳失禁的衣褲濕黏著皮膚。彷彿不知過了多久，才有穿著很像選舉那種背心的義工來推妳的床，按電梯，上樓，左拐右彎，把妳推到電腦斷層掃描間。妳像被抬豬公似的被抬到幾個儀器上。昏迷的人沉重至極，如浸濕滿水的巨大神木。

然後有人喊著妳的名字，集合家屬到電腦桌前，我趨近看著螢幕上漂浮著妳的大腦圖像，如星辰般的銀河黑夜，燃燒色身之後所剩的零星璀璨。我看得熱淚盈眶彷彿那就是妳，妳的青春，妳的一切，妳還沒走出世界大門，歲月已逝去，未能履及的承諾，難道將成永遠的遺憾？

電腦拍人腦，有如負片下的血栓處如黑色叢林，壞死的神經血管如冬日枝椏，枯萎危脆，主幹上的細枝灰白如霜。

母親，一生絞盡腦汁，算計生活用度，憂心兒女情事，操煩親眷福德……如枯枝敗葉似的黑白圖景，孤單懸在主幹上的幾條枝葉，顯影了妳的色身，隱喻妳的性格。撐住生命之源的血管，如風中落葉。媽，守住原力，我在心裡喊話，如果真有魔戒，賞我一個魔法吧。或者請大威神來降伏騷動的不幸。妳是怎樣成就我？

一歷眼根，永為道種。

一念霜融，永斷牽捨。

擺渡人，陽關莫三唱。

斷層掃描照出妳的腦部血栓，前不久的車禍，妳說沒事不必照斷層，那一刻我才知道當時太大意了。即使車禍不是直接造成，都是間接影響的主因，因為車禍後妳就沒有去爬山運動了，加上天氣冷熱交替，就沒料到最艱難的在後頭了。

一個身手看起來資深的醫師拿著管線開始從母親的鼻孔伸進去，昏迷的母親下意識地因疼痛而緊抓著我的手，我聽見妳的胃部傳來一聲被什麼卡住的一個聲響時，那醫師就跟護士說，接到位置了。

母親的臉上自此多了一條細細的軟管，外面有一個柱狀的三角容器，附蓋子，唯恐空氣跑進。妳像是有著長長鼻子的印度財神，只是妳不是財神，妳一生節儉，最終的晚年卻得走上這條醫療看護大錢之路。如果妳知道，會不會之前不要這麼節省？

不知等了多久，醫師才來解釋病況。醫師有著鐵口直斷的語氣。他說，血管好少，好細，已經錯過黃金時間，用藥恐怕引發失血過多，血崩更危險。沒有人敢說要用打通血管的藥，只得聽憑安排。母親依然像報廢品似的躺在臨時的急救床，我心裡只想大喊，你們動作快點吧，她需要乾淨的褲子，她需要乾淨的床。從六點多被送到急診室，再走到加護病房這條路，時間已經快走到下一日了，夜晚十一點，急診室只剩零星的喝酒鬧事或者擦撞事件。

妳被送進加護病房，觀察再觀察。

插滿針管的手，點滴如餵剛出生的貓飲。躺下來的妳像在森林中誤觸陷阱或被射中的老虎，橫躺使得腰部的肉墜下，那是我們這兩年見面的零食所餵養的物質，我也胖了，臉圓了，原來的稜角消失了，很多人不知道我變胖的原因，那是因為我們的相約時光，我總是吃太多澱粉與甜點之故。那些甜點都還未吃竟，妳已然癱軟。

氧氣罩下，即使面容難辨，但在停滯的色身下，我想像妳剛染的髮絲，才紋不久的眉，如黑色的報信者。妳漂浮在哪一個時間軸線？前世今生的第幾層？記憶中的記憶，夢中之夢，疊影的疊影，苦痛的苦痛，哀愁的哀愁，繁複的皺褶套進一個又一個命運的鎖鏈。像被灌水的虛胖記憶，滲著虛實的愛憎血水。

加護病房像太空基地，病人是漂浮在太空的微塵碎片。

固若金湯的鋼鐵大門一打開，所有的家屬從看電視機中轉頭，起身離座，為凝重的表情戴上口罩，踩過滅菌地毯，套上蘋果綠外衣，手噴酒精，進入參雜著濃稠呼吸、機器聲、蜂鳴器、儀表板的荒涼太空站，我迅速走到妳被滯留之地，期盼妳能聽我說話，說話本不難，但在如此靜默空間，悄聲說話成了稀罕。

每天兩班的探望時間，錯過晚班就等明天。就像冬日大雪的航班，得牢牢盯著。

加護病房，一床床的重症病人在管線中化為數字，濃稠呼吸聲是倖存者的天語。見面化為三十分鐘一個單位，一天六十分鐘，以秒計愛。一次只能兩個人，如果家屬六個人，一組人分得十分鐘，往往第一組看望過久時，後面一組就會開始看錶，引頸企盼玻璃門走出替換組，好讓自己可以進去。進去後，親眷往往無法和病人說話，葉克膜或者儀表板數字已代病人說話。親眷則不斷地加油鼓勵喊話，因為大家都相信耳根是病人最後消失的意識，眼耳鼻舌，耳根最後守住感官防線。

心以豁達為樂，以執著為苦，這我都知道。

但不經過這些執著，我何以能說我不執著？

我自問著，在生命拔河的加護病房。

開始回答護士小姐手中的問卷，我一直想著這些個人的問題有如是一則私密生活史與疾病史，年齡身高體重結婚子女……過敏開刀醫療紀錄。其中有個題目後來一直盤旋在我的腦海，護士問母親的「生產史」？我一時無言以對。我的思緒飄得很遠，同時一邊撇頭看著戴氧氣罩掛點滴，旁邊不斷跳動著血壓血氧心跳脈搏的儀表板，身體只剩數字可以傳達內部的訊息。偶爾傳來其他房間蜂鳴器響起的聲音時，都會讓我心驚了一晌。

是否有簽署放棄急救同意書（DNR）？護士問我，以為我聽不懂又說了兩次，我才回神。我非常記得妳親自簽署放棄急救同意書的那個黃昏，客廳依然電視開啟著，夜市人生的耳光叫囂聲中，妳從右邊的三層櫃拉出一張紙，要我幫妳看著內容。

這是放棄急救同意書，妳去哪裡拿的？我說。

妳說是去馬偕醫院看眼科時，有人拿給妳的。我還記得當時妳在簽名的時候，因妳的簽名我不能代簽，為此妳得一筆一畫寫著自己的名字時，妳直抱怨著為何要冠夫姓，害妳得多寫一個字。鍾的筆畫多，妳的蘇姓筆畫也多，寫四個字，一筆一畫的認真，唯恐漏了一筆，同意書會失效。其實就是漏了一筆也沒差，就和草體字一樣，但妳以為要每一筆畫都不能漏掉，很仔細地寫著。那個寫字的畫面很吸引我，因我從沒看妳拿筆寫字。妳像個乖學生，親自為自己的生命尊嚴上戰場似的。

因此當妳醒過來，發現自己失去右半部的功能，且竟然連說話也喪失時，妳一直看著我，妳的眼神自此是我最怕接觸的「對境」了，那既不捨得我卻又希望及早脫離這塵世苦海的矛盾，和我的矛盾是一樣的。

妳的眼神日後最常釋放的訊息是：我不是交代妳了嗎？

我是見證妳自己親自簽名的孩子，歪歪斜斜的四個字旁邊也有我的簽名。

但母親，在當時任何人都不可能放棄妳的，因為妳還不到不急救的地步，只是我也沒想過花費一年時光，妳仍然沒有好起來的跡象。而路已然走到一半，前路茫茫，後路更是茫然。心疼妳，卻無奈無助更多。

把母親一個人擱在加護病房，家屬必須離開前，我在妳的耳畔說著話，告訴妳無論如何，母親的精神永遠與我同在。母親有反應，妳點頭，我拭著淚離開冰冷之地，母親像是在外太空漂浮的碎片，孤獨地躺在超時空中，如荒地走失的小羊。

我回家去等待結果揭曉，等待昏迷的謎底，等待妳從太空站回返地球，等待妳張眼時能第一個見到我，等待的時間，如永夜時光。

天怎麼還沒亮。

我從沒怕過一個人

離開時醫院已經處於夜晚半封閉狀態了，除了陷入發燒囈語似的病人或者呻吟哀號的苦痛者之外，只剩下冰冷的燈管與靜靜的廊道陪我走至停車場。我趴在方向盤流淚，久久才發動車子，開上三重往八里的64號快速道路，淚水和外面的大雨齊下，胸口很痛，視線模糊，突然明白為何說悲傷時莫要開車。瞬間忽然有句話進到我的心坎：「我竟這麼愛妳」，這愛超過我的想像。母親妳曾抱怨我不愛妳，因為我以前總是逃妳遠遠的，怕妳的脾氣，怕妳常常突如其來的不開心，我不怕天涯，卻獨怕妳。我第一次害怕一個人，我從沒怕過一個人，但那天晚上竟是害怕，因此在要回到八里居所前，還刻意繞去二十四小時的麥當勞，吸了飽滿的人聲才回到安安靜靜的河邊居所。

走至屋後陽台，才發現燈管不知何時壞了，打開好久沒用的洗衣機，倒進從護士手中接過的母親失禁的衣衫褲，上面還沾著血跡。當時護士給了塑膠袋說可以丟掉或帶回，我帶回，想要牢記母親受難的這一天。倒進抗菌洗衣精，選擇強力洗淨，黑暗中聽著水流聲注滿衣槽，滾筒扭轉攪拌著衣物。以前妳身體還好時常偷跑來幫我洗衣，眼花的妳常把我的衣服染成好幾個顏色，白色衣服上的一朵玫瑰花被洗成好幾朵玫瑰花。現在換我幫母親洗衣服，第一次洗就是這種充滿生離死別的氣味。

知道這衣服妳是穿不到了，至少一年半載是穿不到了，知道這將是日後回憶的物件了，人的執著是怎麼回事？為何我在佛學中心學習這麼久，悲傷大海卻瞬間沖垮了我自以為築得很好的堅強堤岸？佛家要人不悲不喜，不起分別。這使我陷入不久前才離開的加護病房氛圍，一個像是被地球遺忘的角落，外太空報廢站，只剩隔離後的數字與曲線，金屬與儀器，管線與氣味，戴著口罩彷彿沒有溫度的護士。這些病體對他們都像是壞掉的物件送修罷了，因為沒有感情與記憶連結，因此可以很無分別心地對待。但親眷友伴將如何面對？無分無別，無所記憶，何其難。冤親愛恨都是一樣的……我不斷地自問著自己：這麼多年的學習時光裡，我其實只是徒獲名相罷了，我每天教人要破我相去執著的那種教條式金玉良言的程度而已，僅僅文字抵達，實修卻猶在天邊。我其實執著得很，我比誰都執著，我比誰都貪愛，我比誰都眷戀……被擊垮的堤岸，海嘯似的悲傷如暗夜洶湧地狂襲倒灌在心底。

母親妳仍常把我當小孩子看，多年前妳眼睛尚可時，妳有我獨居於八里的鑰匙，我不可能去換鎖，這會傷妳心，只得好說歹說央求妳別偷偷來「幫傭」，因為衣服我本來就是要送洗或是一週洗一次的。但妳大不以為然，妳竟不相信我會洗衣，老是說：「妳洗不乾淨的，妳的每一件衣服都有體味，臭臭的。」

妳恆以負面看我。但面對「好意的負面」，我已不再做口角之爭，母女一切何須拔劍對看，只得劍背回應，劍心向己心。於是我淡然地想著妳抓著衣服聞我體味時皺著鼻頭的樣子。就像妳親手接生了我、自行剪斷臍帶那樣地古老和奇特，我也只得由妳了。也許我誕生時胎體上有一股妳難以忘懷的臭氣也說不定，以至於我無論多香、空間燃燒噴灑了多少自然芳香精油，妳遇見了我、和我有連結的一切事物及空間都有一種難以言喻的乳臭吧。

當晚我洗罷從醫院拿回家的衣服，心情和衣服攪拌著。洗去淚水後，我在客廳的小小佛堂前不斷焚香誦經，我確確實實地感受到自己未曾有過的疼痛感與徬徨感。我發現自己很無助，我發現能為母親做的事情如此地微薄。我瞬間想起歷史上那麼多救母的故事，有如此多關於救愛的故事，但仍為自己沒有考過這一關而感到一種奇異的疼痛。換句話說，母親的生死交關，也示現了我被蒙蔽的自我修行假象，我什麼也沒修，只徒學習過一堆經論罷了。別說明心見性一點都沒沾上邊，我甚且還滋養了自以為學佛的我慢或以為擁有的安全網。我不斷地批判我自己，檢視我自己，但悲傷仍緊緊抓著我，有時甚至哭泣悲傷到恍神地步，尤其在母親的病房之外。都說不能讓親屬看見淚水，因此常得躲到廁所哭。

但我好想痛哭流涕，像佛陀入滅時弟子阿難痛哭的那般傷心。

妳不會介意我淚流滿面，因為妳一向哭起來也是驚天動地。

懺悔者的眼淚

妳幾度把恐懼感染給我。

曾經打了二十多通電話，妳才接。

我打開門，露出一張快哭泣的臉。

妳看了旋即明白我以為妳昏死過去了，但妳當時嘴巴仍很強悍，說著我還沒死，沒那麼好死啦（妳輕易用語言忽略我那深沉的恐懼）。

但接著妳卻又溫婉地開了房間的燈，打開化妝台的櫃子。妳整理很多物品給我，像是預言自己要走的樣子。

當好走成了難題時，活著成了艱難。

我該如何對妳訴說我心中的恐懼呢？我不該恐懼嗎？是的，我不該，但不該不等於不能。無有恐怖，遠離顛倒夢想。朗朗上口的經句，玄奘大師無能增一字、無法減一字的《心經》，抄了又抄，唸了又唸。然一旦來到妳的病床前，見到妳的無助，我的無助，河水瞬間就衝垮了所築的意志堤岸。

妳一直跟我搖頭，我收到了妳的訊息，妳太苦痛了，我明白妳不願意這樣地活著。我跟哥哥說妳的心願時，哥哥卻很有信心，他安慰我說妳這個樣子只是短暫的，哥哥舉例他的同事中風，經過一年的努力康復了，從無法吞嚥無法行走到現在竟看不出曾經生病呢。哥哥又補充說，媽媽求生的意志很強的。但我怎麼都看到母親妳的脆弱呢？我如何才能營救妳呢？

每天一入夜晚，所有白天佯裝的堅強都解體，每晚都可以找到心痛的刺點，每夜都可以找到流淚的理由，每天都在眼淚中翻讀各種救母的故事。

在我很年輕的時候，父親就走了，死亡在家族裡是很早就發生的事情，但我從來沒有體察傷心埋得這樣深。很多年，午夜裡總能聽見母親傷心的淚水聲音。母親當時答應著父親絕不讓他失去一隻手一隻腳。近年，我也曾答應妳，絕不讓妳的身體掛一堆管線（絕不，這個字說得有點心虛），現在妳卻掛著妳很在意的管線。妳也曾要我答應妳讓妳好走，但我卻讓妳度日如年。

母親，我作不了主。

除非真正走到最後一哩路，我想我可以為妳作主，因為妳自己也為自己早作了主。那就是妳自己簽署過不做氣切不做電擊強心等最後的醫療，問題是於今妳的狀況還可以搶救，就像一時還不會倒塌的危樓，但這使妳受盡了折磨，受盡了妳一生最迴避的尊嚴問題：讓人把屎把尿，身體無法自主。

我總忘不了母親妳直盯著我的眼睛看的神情，那意思是說，不是交代妳了，不要救我嗎。但怎能見死不救，情況不一樣啊，妳是有希望的，我一直在妳的耳邊說。妳還是搖頭，無法言語，苦不堪言。但妳意識清楚，在加護病房時求生意志也強，只是醒過來後，愈來愈消沉。

父親當年驟然離去，有如狂風驟然滅了火苗，驟然失去的痛我已然有過一次，因此對於這回母親妳的癱瘓，我心裡非常矛盾，因捨不得妳，故希望妳福壽綿長，不斷用各種方法希望能延緩妳的離去，但當妳復元無望時，我一方面又深切地知悉以標本式的活著無疑對妳是痛苦的，讓妳活著是為了妳好，還是為了我的不捨，延長妳的生命讓愛變得又痛苦又自私？

母親，我這樣矛盾地想著，試圖回憶他人的案例，翻閱歷史的故事來給自己有所依靠。我想起曾去醫院探望一個朋友的母親，當時她的母親腦動脈出血，故成植物人，得為母親把屎把尿。其母親好好一個人，只是去爬山卻倒下來。我記得當時問她往後如何是好？她的回答明快，就是要母親好生活著。後來再聽聞她母親的事是八年後她母親才往生，她的母親竟臥床八年。

處處都有臥病多年的故事，那樣磨人心志，然不管多久，失去的那一刻竟仍感到痛。近日一個朋友父親生病臥床十五年才離世，朋友在那一刻竟仍是痛哭流涕至被家人趕出病房，說要哭出去哭。以為十五年可以打造銅牆鐵壁的心，卻仍然在失去那一刻碎裂如玻璃。感情平日是安慰，但往往也是致命的痛點。

一思及此，矛盾仍無解。

我該如何救妳

母親倒下的日子過得極慢，如斯漫長，日日當恍神女。

每天都在拜佛唸經求懺悔，祈求佛菩薩加被母親，心裡想著如果我曾有過任何的小小善業都迴向給我的母親，如果我的母親有任何之惡請由我來承擔吧。後來母親從昏迷中醒過來了，但卻失語失能，她第一次睜開眼睛望著孩子時，起先流露著飽滿的愛意，可以動的左手緊緊地握著我的手，眼見著她從欣喜看見孩子，然後忽忽想起自身的哀傷，陷入掙扎疼痛灰心挫敗……我看見母親也在歷經天人似的色相五衰，一夜髮近全白。

我迴避母親那個會要我命的眼神，就像我迴避一個人回到母親住的那間房子一樣。

我開始吃素，發願，懺悔所造諸惡業，這是最先想到我能做的，我在佛學中心做十多年的某些職務的義工，吃素本對我不難，因我對食物很隨興，我甚至是變形蟲，可以吃下整個世界，比如旅行時；也可以只吃單一食物，如麵食。但吃素並無法解心憂，如果可以為母親解憂，那麼化作一株植物也甘願。

我也開始靜坐，好讓自己平靜下來，但卻愈坐愈燒心，即使靜下來了，卻也只是表面的靜，如果可以獲致永恆寧靜，那麼化作一顆石頭也甘願。

想起童年少數和母親一起看過的電影《目連救母》，目連以其神通力進入餓鬼道，親眼見到他母親正深受著餓鬼之苦。他雖然最終借得十方眾僧的威神之力而使母親解脫苦海，但目連母親還是先受此苦，才能脫離餓鬼道。起初目連化緣來的食物，母親看得到卻吃不到，她一張嘴食物就化為一道火焰，使其母痛苦萬分。目連見狀嚎啕大哭。想起這畫面，我旋即有了點安慰。就像最初讀到阿難因為佛陀入滅也傷心哭泣時，我感到自己也應該大哭，眼淚可以洗滌傷口。隨侍弟子阿難陀放聲痛哭之景，如此人性化的示現，讓我瞬間得到寬慰，連快要證得阿羅漢果位的阿難陀都如此，於是我的痛哭流涕就有了被治癒的出口。

即使是神通廣大的目連，以神通聞名的佛陀十大弟子，入地府眼見母親受苦，也改變不了他的母親的苦。但我冥思目連雖無能改變母親的命運，但卻自此有了盂蘭盆會，為飄蕩鬼魂廣開度苦之路。為此，佛陀在我們俗稱的中元節這一天結夏安居，並供養阿羅漢等無數僧人一缽淨水與一枝楊枝，楊枝淨水灑向餓鬼，以此功德迴向天下母親。承蒙十方天界與得道僧人的加持，目連母親業報受盡後，轉至天界。目連尊者表面是救其母親，但其實不只是救其母親一人，化成流傳久遠的儀式。就像我寫我的母親，其實也指涉廣義的母親。母親就像救度的藥引，就像書寫的一面鏡子。寫下這一切，或也可撫慰為此和我一樣受苦的人。

舊曆年來了，我積極參與佛學中心的修法，其中過年修《梁皇寶懺》是我在佛學中心多年首次遇到的修法懺本，以往過年多半是修藥師法門或金剛法門。我在那個過年，跟著拜梁皇寶懺十卷，每一天從下午一點開始修至晚上九點也僅能修兩卷，從日到夜，起起跪跪，偶爾休息幾分鐘，時常和某位師姊打照面，頭都低低的，我看見她的眼眶和我一樣因哭泣而紅得不得了，知她也在為病母祈福，我寬慰自己和與會大眾一樣，想流淚就流吧。流著流著，忽然在一人時失聲地掩面起來。

除夕之前，布置壇城，我聽見有人說去醫院就是去過不好的地方，我感覺自己好像渾身不潔似的，因此我不能幫忙整理過年要上供給菩薩的供品，佛菩薩真在意這個？佛菩薩連地獄都去了。但因不能讓別人罣礙，因此我就沒有幫忙清洗水果或者整理上供之品。上午去醫院探望母親，中午即到中心報到，費時五天，每天不缺席。拜懺時，師父教導可以觀想母親在我的左側，父親在我的右側，冤親債主在前面（前面排隊的隊伍可真長，這一觀想，許多舊愛新歡全浮上來）。最讓我心裡猛然一驚的是看見父親來了。父親那長年被太陽曬黑的皮膚就像筆墨揪成一團的水墨畫，烏黑發亮。早早離世的人，永遠不老。父親容貌依然壯年，滿頭黑髮，笑容靦腆，眼神害羞。

而母親已老，看起來倒像是父親的母親了。於今母親的樣貌且被病魔摧毀，觀想母親面容，日日照見的親近之人，觀想卻反而有點困難，馬上浮現腦海的是母親滿頭白髮的病容，更糟的是鼻子上方貼著大塊膠布，掛著鼻胃管，這條塑膠軟管上方有個尖柱容器供灌食。我不想觀想母親變成這樣，但卻總是想到母親插鼻胃管的這個模樣，得一直暗示自己刪除這個畫面，才能觀想母親未生病前的模樣。圓圓的臉龐，圓圓的身軀，笑起來很像男人。用力地想著，母親妳終於來到我的身旁，和我一起一跪一拜著。妳表情有點慘烈，兩道眉毛緊蹙一塊兒，我一邊嘴裡跟著台前出家師父的梵唄唱誦著，一邊卻聽聞母親妳抱怨著不認識字，無法讀經文，又說膝蓋不好，跪得發疼，我忽然從哭泣中破涕為笑。

在腦海觀想自己的父母有點難度，常常畫面會跑掉，比如父親和母親隔著中間的我，竟忽然說起話來，或者拌起嘴來。他們一定覺得很奇怪，為何我要召喚他們前來，尤其是父親，他辭世那麼久，依然年輕，母親見了定然吃味。當然這只是象徵性的觀想，不過就一個寫小說的人而言，這種觀想和穿越劇差不多，穿越時空不是來見母親，而是跟著我一跪一拜地懺悔。父親依然沉默如鐵，他的姿勢有如入定僧人，毫無微醺狀態，父親以往都是醉醺醺的，但在佛前他的形象非常莊嚴，甚至有點陌生。是太久了，我大概有近乎二十年沒有觀想過他的形象，就是以往參加儀式時，都是觀想右邊為哥哥，以哥哥作為父系血脈的代表。這回父親卻主動從腦海中一躍而出，把我駭了一跳，差點淚崩，在我旁邊的師姊多回眼光瞥向我，她可能心想我淚流成海，也懺悔太過了。其實我是因為忽然父親面容出現佛堂，好久不見啊！父親，你可知道我母親、你的伴侶正在受苦。當年你在病房，母親親力親為，現在你可以入地府幫我的母親求情嗎？

很快地，一週已過。梁皇寶懺的十供養也圓滿了。世事無常，無法久住。即使是美的。

很奇妙的，拜懺之後，我心裡的痛苦有一些已被收攝。沒有那種椎心的痛哭流涕了。逐漸平靜下來，我偶爾也看見母親也逐漸平靜。經過驚慌，恐怖，憤怒，掙扎，逐漸呈現茫然感。

哥哥認為不放過任何救妳的希望，即使妳會疼痛，他覺得那也要忍耐。而我想，一切就看母親際遇了。盡力即是。

投降的戰士

母親幫我克服了晚年頹去身軀的恐懼。

老年病體，原來也可以是漂亮的身軀。
看護幫母親洗澡。我想起童年時和母親一起洗澡。長大和母親一起裸裎相對的浴湯時光。
母親如此美麗，肉身如此美麗。
既渴望靠近又怕被燒到的綿密之愛。
瘦到只剩五十五，從六十五，六十一，再到五十八，五十五……再下來就要比我瘦了。
無法站立起來的病人如何秤重？和秤動物一樣，是整個身體躺著被拉起來秤。秤的帆布穿過母親，然後四個角扣住鐵環，然後整個拉起，按下鍵，面板儀表就會顯示數字。
母親新紋的兩道眉，黑色羽翼等不及母親秀出美麗即已插翅難飛。
我常看著母親那兩道如黑色羽翼的眉毛，忍痛紋眉，身體卻倒下來。我記得妳年輕時眉心最早出現兩道恍如刀子刻紋的那年，妳才三十幾歲，妳提早老了，因為討生的奔忙。
於今妳不照鏡子了，看見鼻子長出一條管線，妳不想見到這個樣子的自己。
妳總是抓著床的欄杆，企圖想要起來。甚至拍打欄杆，妳不要受困在這床上，妳不要待在醫院。妳對我搖著頭，希望我別阻止妳起來，但看護跑來阻止了，說這樣危險，妳會跌倒。妳左邊有力，右邊沒力，怎麼樣也起不了身，半身不遂造成妳的身體不聽使喚。妳不知原因，仍執意想要起來，最後護士拿了一張同意書給我，要我簽署同意母親需要被約束的要求。我簽了多少張同意書了，每一張同意書的內容都是要家屬同意病患得接受的對待或者醫療情況。
所謂被約束就是得綁上病患的手。用什麼綁呢？我問。看護告訴我一種叫乒乓球手套的東西，醫院附近的藥局都有賣。去買的時候，店員問一個還兩個？我立即想到會這樣問是因為人有雙手，有的人就是被五花大綁才得以餵食。

我告訴看護有人在旁邊時不要綁妳，但每一回我無預警來的白日，妳都是被綁起來的。即使是戴上乒乓球手套都很不舒服，連搔個癢都難。但妳已經拔掉鼻胃管多次了。幾乎每個病患都會有意無意地拔除鼻胃管（我們一直以為這是一開始的不習慣，但沒想到是永遠的不習慣與不舒服），每拔一次，就又要痛苦一次，和妳協商，妳點頭，但常到了入夜，仍拔掉了。因此晚上妳又得被束縛了，戴上大如乒乓球的手套，底座是硬式的，因此妳的手掌被放進手套後將動彈不得。

看護有一回用繩子將妳的手和床的欄杆綁在一起，據說妳竟逃脫了，妳是如何逃脫的？妳慢慢將頭移至床的欄杆，然後用嘴咬開綁繩，再愚公移山似的緩慢解開軟式手套，軟式手套妳會較舒服，但仍有可能被妳拔除，即使沒有拔除也能因為仍有彎力而拉下鼻胃管。

清晨看護總是大叫一聲，又來了！又來搗蛋了！

護士進來，妳又被迫插入鼻胃管，從鼻腔插入，經過喉嚨，在食道與氣管的岔路上小心推進，直到聽診器聽見管子連到胃了。耳聞妳每一次的哀號，每一次的掙扎，每一次的抵抗，每一次的疼痛。鼻胃管解決吞嚥的問題，但卻無法解決不適的問題。無論多少次的疼痛都無法提醒妳千萬不要去拔鼻胃管，妳每回拔掉只會再次疼痛，無法徹底解決問題，妳卻依然每回都把手悄悄放在臉部，看起來就像在等待任何一絲逃脫機會的模樣。妳像個越獄者，但沒有逃脫多久就又被抓回來的慣犯。為此，只好再加設阻礙，免得妳逃脫。阻礙愈多，約束愈大，妳愈痛苦。而我的痛苦是無法面對母后個性的妳遭遇如此的對待，妳被綁的畫面就像拿刀砍著我的心幾刀。

起初我將妳拔掉鼻胃管視為妳遺棄生命的象徵。

每個家屬幾乎都會面臨病患拔掉鼻胃管的情況，在午夜半睡半醒之間，鼻胃管就脫落了。綁上約束帶，妳立即像個繳械的戰士，妳總是望著手套良久，然後才頹然放下，我為了妳的無奈配合而心疼著。恁祖媽嬒想袂活了！如果依妳的個性妳一定會這樣說的。但妳失去全身最銳利的語言，接著是身體。戰場猶在，戰士卻已倒下。

在妳倒下的最初前兩三個月，妳不知道我心裡的掙扎，看著妳疼痛的復健與電療時的哀號，看著身體的折磨，我總是擔憂著是否這些都是無效治療呢？是否只是增加妳的疼痛，是否只是延長妳的疼痛？朋友說他父親經歷這些過程時，口中不斷說著「受罪！受罪！受罪！」卻不是說受苦受苦受苦，罪從心起，把心懺。我想起過年時參加的梁皇寶懺，慈悲三昧水懺。有個朋友也說起他的母親經歷苦痛時，常掛在嘴中的是「好累！好累！好累！」而母親妳只能乾嚎。

直到從妳多次拔下鼻胃管所做的觀察看來，我發現有時候只是近乎眠夢的無意識行為，或者該說是下意識，因為不舒服而拔除的尋常反射動作，並非妳放棄生命了。

但仍每天像打仗似的抵抗這一切，無數回過後，妳開始意志消沉。

眼睛不是直盯盯地望著我搖頭，不然就是任我怎麼叫喚妳都不理。

除非我流淚，妳聽見擤鼻涕聲時會睜眼看我，關懷地拉一下我的手。還有我穿得美一點時，妳會很高興，摸著我穿的質料，點頭稱是，為了討妳的歡心，我以妳喜歡的樣子重新打造我自己，重新治裝，收起我穿了十年的「道姑」模樣，那些黑色白色灰色的棉麻質料，帶著禪風似的簡約風格，恰恰是妳覺得老氣之衣，不喜之款。出入醫院，也確實要喜氣一點，因而大肆整頓我的衣櫥，開始逛買韓貨，以時尚又不貴的衣服來裝扮自己，好取得妳的一點開心目光。

我常得閉起眼睛，無法看著護士打針，或者看護插鼻胃管。妳的疼痛表情，求救的眼神，是我無法回應的，只得躲開。我常想，為何他們可以如此理性，甚至可能因為太習於見到生老病死，因此醫護人員的語言在說明時，常不是過於冷漠就是刻意地聲調輕鬆。後來想對他們而言，病體就像物件送修，醫護人員當然有感情，只是那個感情比我們聽見朋友的某某某怎麼了，還要再隔遠一些。如果沒有這樣的距離防線，若沒有這樣的疏遠距離，怎堪日日夜夜在這樣的地方進行自己的人生。這些醫護人員自己的人生也有七情六慾，有愛恨情仇，他們在這樣的心緒裡進行著最精密最不可逆轉的身體維修工程。

某日陪母親做復健療程，第一次看妳坐輪椅，感覺妳真的是從死堆裡爬出來了。但是妳的臉與眼神仍是傻傻的樣子。妳整個人的稜角都消失了，變成未乾的水泥牆似的軟塌，像達利時鐘的軟溜，妳無法控制右邊，常歪一邊，要訓練妳施力右邊。

但妳整個人都陷入一個另類時空之感。

當妳人在復健室時，才理解肉身的苦痛，才明白少年墳頭的道理。裡面有多少創傷？每個人都是一個倖存者，身體標誌著從重大事件中倖存逃脫的碎片，等待時間重新組裝。病房有很多都是年輕人，他們多像從勵志教室走出來的活範本。這個空間的語言也是多語的，印尼越南泰國大陸……年輕的異鄉女人服務著另一個人。母親第一次幸運地遇到已經六十二歲的大陸人，母親可能是她全天候服務的最後病人，因為這名看護也慢慢要退休，從十二個小時之後要變義工。

那些器材，有個目的都是強迫身體要動起來，藉由被動轉成自主性。

有些年輕人是因為車禍，有一個美麗的太太已經六十二歲，確實長得很漂亮，我可以想像她還沒有受傷時是一個大美人，坐在輪椅像一朵白蓮花。人被推著進來，因開刀失敗，頸椎受傷癱瘓。醫院怕被告，一直讓她住著，大半年過去了復健之路仍遠，一朵白蓮正萎凋著。年輕人進行復健多半成績斐然，也看到不少中年人正以強大的意志在進行復健。

像一個人體實驗室，很奇異的空間，所有的手與腳都在動著。拉手，轉手，單手拉，雙手上下拉，人整個綁在板子上，還有電療等。母親一直陷入發呆狀態，妳的臉依然憂鬱。憂鬱爬上妳的臉龐是這幾年的事，以前每回問媽妳怎麼鬱頭結面的，且不只我這樣覺得，母親的朋友也這樣問妳，妳說沒啊，也沒有在煩惱，也沒啥煩惱啊。

但妳的臉確實看起來心事重重，妳不知憂從何起？也不知鬱從何滅？但臉龐憂鬱模樣是妳晚年的樣子，眉頭深鎖，雙唇微微下彎，再加上因為青光眼使得眼睛失焦，往往像是看著遠方的眼神，慢慢地母親的面相就從一個天可汗轉成一個後宮白髮宮女，秋天深鎖在委頓的後花園，滿園盡是蕭索。

果真是憂傷不知向誰傾訴，也不知要傾訴什麼，故事太長，苦楚太多，傷心太深，怨惱太久，母親漸漸長成一個我不認得的模樣。

我的天可汗，於今已是末代哀帝了。

壞掉的娃娃

妳像是一邊壞掉的娃娃，完全無法使力，且不太有反應。

妳那種求生意志已然逐漸消失了，這是我擔心的部分。

妳總是心不在身上。

妳的舌頭可能在昏迷前自己嚇到自己了，舌頭整個蜷曲在裡面。但妳拒絕開口，語言治療師拿妳沒法，竟朝門口大喊一聲：把她推走！

妳太不給治療師面子。因為當妳面對我的時候，妳說我的名字可是非常清楚的。只是每個人妳都把他叫成我的名字，彷彿妳是我最大的粉絲。

復健室這一天人很多，幾個面孔已經成為朋友，他們互相說著話，只有母親一直用一種奇怪的表情看著這座空間。後來醫師婉轉跟我說，家屬在旁邊通常病人都不太願意配合，家屬會怕病人痛，但陌生人不會有這種心疼的感覺，因此可以強迫病人復健，但我看妳根本就是被硬抬起來動的，雖然大家都說要狠一點，不要錯過黃金治療期，不要讓妳形成依賴感，大家都說這樣對妳其實比較好。

要動要動，醫生一直交代，再躺下去，都忘了怎麼走路了。

妳像是外太空來的，對這個地球感到很陌生，妳在復健室一直盯著人看，回到病房卻不願意看電視，以前妳最愛看的電視，妳竟看也不看一眼。

我幾乎每天都到醫院看望妳，即使只是一兩個小時。我常在想，妳未生病時，如果我每天回家看妳不就好了，但再多的探望可能也是不夠。人好像必須被迫形塑才能成為某個樣子，現在天天看到妳，卻已是不成人樣的妳了。

如果妳早點發出需要照顧的訊息，我或許有更多覺醒，但之前妳都說沒事。我這種懊惱與心痛的感覺好強烈。我也常常會失去生命的熱情，所以人不能處在矛盾之中，比如一方面覺得穿漂亮也沒用，一方面又覺得不穿美衣待何時，想穿就穿，應該還是這樣比較正向，就像睏了睡，餓了吃，如果覺得這世間的一切都是無用的，就會開始消沉。

這一天陪妳一個半小時。發現妳比較認出我。妳抓著我的臉，我明白妳疼惜著我，也知道我疼惜著妳，我說媽媽妳這樣，我真不捨。為何不能哭泣，這樣壓抑，讓我很難受。離開的原因是我在那裡，妳無法入睡，妳會一直看著我不肯闔眼。

但走出病房，一想到妳被大陸看護管得死死的，想到這樣強悍的母親要包尿布，我走在路上就很傷心。

去看海

陽明山大霧。

幾乎無法看見前方，於是我掉車頭往海路走。

抵達海邊時，已經是黃昏前最末的一抹光線。

雨停了。

貓頭鷹咖啡館，從前門穿過就抵達海邊步道。

沙灘上，蕭瑟的冬日只有我一人。我朝著一直奔向我的海浪大喊著：媽媽，請妳保重。

天啊，我是那麼地愛著妳。

在海邊叫喚愛。

喚天喚地，喚著母親。

天啊，原來我是那麼愛妳。

請讓我再任性一次。

妳承諾我要去泡溫泉與琉球的。

整條三芝石門金山公路，海浪滔天，一路上大雨，哭泣的窗外，如此傷心。

路經十八王公廟，曾經是妳幫我的求願之地，祈求能讓我考上大學。當時妳是怎麼跟王公說話的？我不得而知。以前我和妳也常去行天宮和龍山寺點燈，我在妳生病之初曾去行天宮點燈，宮裡的人跟我說可以請太歲燈回去自己點，想想這也有道理，法得自己修。小時候常跟妳去恩主公，現在這裡已經變得和以前很不同，尤其是改掉不插香不燒紙錢與不祭拜後，整個空間變得素雅了。

我在心裡跟著王爺公說著話，我說您應該幫我的母親，我的母親值得您眷顧她的，她那麼勇敢，那麼辛苦，那麼大氣。整個八仙過海，整個門楣都是母親捐錢，只是她用了哥哥的名字，她把福報給孩子。您看，她很棒是吧。

祈求母親的噩夢趕緊過去。

看海之後，去佛學中心上課。

佛學最難的是在生活裡的入世實踐，佛滅其因即是變成「學說」，流於經論空談，沒有回歸生活面，躲在深山裡自度並非菩提。體會到血緣牽扯的這種痛，是世間最痛。就像用鐵倒勾著人的血肉，插進去還倒勾，血肉崩離。我們看書寫苦，文字就是一個苦字，但是在細節上那種苦已經細到難以形容。很多時候像是個瘋子，突然會淚流滿面，突然會痛哭流涕，突然會悲從中來，突然會心被狠咬一口，突然會茫然覺得孤獨不已，好像棄兒。

除夕前和哥哥們在養心茶樓吃年夜飯，第一次母親不在過年的餐桌上。餐廳熱鬧，大圓桌都有老人家，我們這一桌卻靜悄悄的。

我為母親擺上一副碗筷。

只是再也沒有妳必然會第一個挾起一塊雞肉時邊說著「起家」，雞和家同音，所以第一口要先挾雞肉，但吃齋的兄嫂們當然都沒有人動筷子挾雞肉吃，只有我每回都非常配合妳，不管我吃齋不吃齋，不管我愛吃雞肉或不愛吃雞肉，我一定也跟著妳挾一口雞肉，因我不希望妳感到孤單落寞，即使我吃素我也會挾一口雞肉吃，吃一塊肉又不會怎樣，但不吃卻讓妳的心蕩到谷底。

只有我看出來了。

就像每回過年，初二一過，妳的家就空蕩蕩了，為此我流浪海外這麼多年，卻只有三回過年時不在台北，其餘都在，且初三也必然只剩我們母女二人了。初二都去哪兒呢？

其實我們出門之後，常會吵嘴。吵嘴的原因是妳會在我開車的途中忽然一直批評我，數落我，然後我終於受不了而回了妳一句話之後，整個大過年的快樂氣氛自此崩解。然後妳會忿忿地丟下一句話說，不稀罕妳陪我，沒有妳我也很好。

這個時候，我會覺得很委屈，明明丟下所有旅居他鄉的時光，還有書房寫作時間而奔赴於妳了，但妳卻總是要用語言激我。我那個時候就像當年開發財車的父親，妳在旁邊常常數說他的不是，從塞車說到人車稀少，憤怒之火從妳的嘴巴起火燃燒，最終燎原，不可收拾。父親熄火，丟下車子說，妳那麼厲害，那妳來開好了。妳愣在車內，忽然也開車門，妳繼續隔著車門罵著，而父親則點菸抽，回一句話的代價就是萬劫不復，如墜地獄，因為母親絕不求饒，母親妳只會硬碰硬，妳繼續開腔罵父親為何不抽菸抽死，為何不飲酒飲死，這轉為咒罵的語言，非見血不休。

父親果然死了。

我成了妳的火種，妳總把浸滿了憤怒的火舌吐向我。我每回好心想要陪妳，妳卻總往我的痛楚處打擊，金錢與感情，我最匱乏與動盪的二十年生活，盡在妳的語言挫傷下，成為烙痕。

我害怕妳，雖然那些年，我逐漸看到妳的老邁時，我總在心底說，要多陪陪妳，但一遇到愛情我又沉淪。

在妳還沒有完全倒下來時，妳也有過幾回住院的經驗。

有一回你在台大住院，我在傍晚去看妳時，哥哥剛好也到，因此他要我先去美食街吃飯。我去台大美食街時，就順便又去逛了誠品書店和地下樓的一些商家，再次走到妳的病房時，妳看見我就開罵了。我被妳罵得很無辜，只因為我去逛了一些商家，妳就不高興。妳說，從沒看過那麼愛逛街的，我說不是，只是好奇。諸如此類，妳總是看不慣我，但我從小就這樣，很喜歡亂逛亂走。高中以前就常和好友晚上去逛百貨行或者書店或者夜市，往往回到家都有些晚了。惹你們罵是尋常之事，但也改變不了我的個性。我不能理解的是，我從來都接受別人的樣子，接受妳的樣子，接受妳的喜好，但為什麼妳不能接受我的樣子？我的喜好？

因為這股害怕，以至於我在一九九七至兩千年密集得獎時，我從來沒有告知妳。直到二〇〇五年我得吳三連文學獎時，哥哥從報紙看見消息告訴妳時，妳非常生氣我竟然不告訴妳。

妳是怕我拿妳的獎金嗎？妳問我。

我在電話那一頭一直支支吾吾地說哪有啦，但我知道我心裡是害怕，為何喜事會害怕告訴妳，應該趁機會讓認為當作家無路用的妳藉此感到驕傲才對啊，為何我要害怕妳知道這件榮耀的事？

我曾問過自己好多回，但都沒有答案。

直到妳倒下來了，我才看清楚我的心，我是害怕妳沒錯，但我怕的是突如其來的靠近，我怕的是我們之間的熱絡，我怕妳會跟我說要到現場看我領獎，而我會因為妳的在場而不知所措。也就是說，我期盼和妳分享我的喜悅，但又畏懼這樣的親近。就像我的每一場愛情，妳都是缺席者，我怕妳犀利的分析，怕妳世故的條件，而那是我沒有的。

但我其實應該要勇敢地靠近妳的，因為妳的犀利其實可以保護我，妳的世故可以免於我掉進深淵。我連得獎的喜悅都沒有分享於妳，還讓妳在報紙中得知，是因為我長期養成的習慣使我沒有告知妳，即使是這樣的喜訊。

讓妳在這樣的場合缺席，也成為每一回我們吵嘴時妳會提及的傷心往事。

我就像做錯一回事的情人，一生都要背負妳的指控。

秋老虎

每到秋天，秋老虎季節我就會想起妳。以前我總背地叫媽媽（秋老虎），因妳的名字有個「秋」字。

現在妳卻鎮日躺成了貓樣子，且時時冬眠。

除非把妳抱離開床，床成了妳唯一的方寸之所。

我曾跟朋友述說我的懊惱與悔恨。

在妳倒下來之前，妳幾乎每週都打電話給我，問我是否要回去吃飯？我常說我有課，有評審，要趕稿等等。但其實也沒有忙成這樣，只是偶爾還是會心懷恐懼，我也不知為何會有恐懼之感，可能就是太多和妳相處的過去經驗使然，我不自覺會莫名產生的畏懼之情。因為太多年了，只要我示好地靠近妳，卻常常因為一個爆點即不歡而散，那些爆點都是陳年舊事，比如我沒賺什麼錢，但那又不是一天兩天的事了，那是十幾年下來的結果，但妳往往一定要提它，然後每次提現實面或者我的感情面時，我總是暗自大吸口氣，在心裡不斷提醒自己，千萬別激動，千萬要守住防線，千萬別回嘴，千萬把媽的話當寶……這麼多千千萬萬地自我暗示與叮囑，卻常在妳沒有見好就收反而繼續抓著我的沉默不放時，於是我會在某個沒看住念頭或者突然塞車或者電話突如其來的煩躁時刻，如壓力鍋炸開，大意地回了一句往往很重的話時，整個防護罩頓時龜裂，接著爆裂。

妳聽到我回嘴常有兩種情緒反應，一種是繼續和我對槓，繼續飆罵。一種是反向地突然委頓，忽然示弱，妳悶聲說，走吧，我不需要妳，妳以後也別叫我媽了。

兩種情緒都困擾著我，二者都會推開我，勒著我的心，糾結成團。

多少「初二」相聚，別人回娘家，而妳是我永遠的娘家。

大過年的恐懼症，來到初二時為最高峰。

萬言不如一默

媽，妳是否把一生的話都吐完了，以至於妳現在如此靜默。靜默到發出一個字都無法。我在心裡偷偷告訴妳，母親，新年快樂。妳要打起精神，我也要打起精神喔！修行和寫作都在跟生命賽跑。我今後會認真了，請妳也如此。

常暗自心想到醫院一定能夠築起很強硬的心理建設。哪裡知道，一碰觸到母親那種求助的眼神，而自己無能為力，又不能代受苦痛時，依然痛哭流涕。看護說妳這樣會影響妳母親學習的意願，因為母親會依賴妳，因此希望妳還是傍晚後再來，不然影響她的作息。這是站在兩種思考點，我以為母親的心情是希望看見親人，我們在好讓妳的手可以握住我們，我認為晚年就是要讓妳的心得到安慰。

看護站的觀點是讓妳趕緊好，看護的心意也沒錯，因此我就讓步，改成傍晚後再去。畢竟也許妳有可能會好轉。看護說昨天妳把大便沾了滿床，連綁手的乒乓球手套都沾到了。

看護又說妳開始有情緒了，會鬧情緒了。我想妳住太久了，關太久了。彼時算一算到三月八日就兩個月了，比之生命長河是有如一瞬，但對妳而言是久了，久到妳覺得整個世界都按下熄燈號，被人遺棄了。

聽聞那個日日哀號的老人，已轉到天母榮總，日日叫喚女兒阿如啊！阿如啊的老太太乾瘦如柴，聲音卻宏亮，她日日叫喚這個叫阿如的女人，引起我的好奇。週日時，這名整間病房人人耳朵早已聽到熟爛的阿如終於出現在病房了。原來是阿嬤的女兒。阿如來了，阿嬤高興，不叫了，但阿如到了晚上又得回去了，這個阿嬤又叫了，阿如啊阿如啊，叫得那樣相思悲切。

這個想念女兒的老阿嬤就在母親的對床，讓我一時之間好想假裝自己就是阿如，跑去這個阿嬤面前。

但我的身形與口音和那個白天見到的阿如都差太多了。我想起白天見到的阿如，自言自語似的說著無能為力的處境。被困於現實的女兒，金剛菩薩也成了泥菩薩。

南極十七年的毛毛蟲，因春天短暫，每一回這毛毛蟲在還沒蛻變成蝶蛾時，無情的冬天就降下了霜雪，使牠只好再次蟄伏等待下一年的春天到來，每一年春天都如此短暫而無情，一直到第十七年毛毛蟲才蛻變成功。

這樣的等待，毛毛蟲是如何度過的？

蛻變這一天。我等著。

我曾等待母親溫柔無語地目視著我。

哪裡知道母親果然無語了，而溫柔卻尚未來到。

秋風與落雨，送行與接引的淚水哀歌，彷彿每天都在時間的廊下迴盪嘆息，這樣的冬日，我彷彿像是一個老去的退役上校，日日在雨港裡等不到退休薪俸的通知，母親的康復希望渺茫如斯。然而當我抬頭卻眼見虛空幻化，在烏雲後方劈開一片湛藍。

藍天湛藍之後，烏雲又攏上。

這夜我夢見和母親搭上一艘船。那是一艘客輪，母親看起來十分年輕，但身形仍然豐滿，海霧迷漾，她的微笑帶著一種美麗的愁容。

醒來坐在床沿整顆心彷彿沉在海底的古船，逐漸地瀰漫上青苔似的時光，緩慢地，我忽然想起什麼地潸然淚下，那夢裡的風景，原是我未能及時履行的約定啊。

我們未竟的琉球之旅。

就在此時，電話響起。旅行社來電，無法取消已經訂的套票，只能延期。

母親妳始終沒有和我一起出國過，即使我一個人離與返如此地多年，我從來沒有想過和妳一起出國，也沒有想過邀妳同行。因為我始終畏懼於每一回和妳出門的後果就是換來妳的不開心。

母親，母親妳來到夢中，妳看起來年輕許多，風霜雖減，然而卻是一張不快樂的嚴峻之臉，流轉在命運的苦海裡。妳向來嚴厲井然，不若我心之軟濫情且鬆散。曾哺育我的妳的雙乳在夢裡依然碩大挺滿，那標誌著女體的雙丘，圈著日益凋萎的軀幹，在我看來生命真是哀傷，歲月催人老，女人卻畏懼老，時間逆轉的抗老產品是人類集體的最大虛妄。我看著妳，要妳不要擔憂。妳的背後星辰如虛空之無盡，妳轉身要走，我問妳要去哪裡？

妳沉默不語。

我看見藍色的海洋洗滌妳的憂傷，歡喜的陽光注入妳的心扉。我看見妳的眼睛闔著，線條溫柔。母親對女兒的不解與怨懟曾是我們彼此之間最大的阻絕，此阻絕宛如天上人間。夢中母親，不再以愛的暴烈來愛我。夢中母親，轉成一張快樂的臉。

夢中一直祈求母親能開口說話。

母親張口正待說話，我卻醒來。醒來摸臉卻是冰涼。希望母親癱瘓只是一場噩夢，醒來卻成空。

但妳比我更有如夢似幻之感，因我看妳一直在看著自己的腳，常常翻開被單，檢視自己的腳是否依然還在。

隔壁的看護是台灣人，她可能常見我偷偷跑去廁所哭，因此有天對我說我如果悲傷就會傳達悲傷給母親，所以我應該要幽默，要大笑。

這些話我也跟別人說過，一到自己身上竟都不管用。

看護說是不放心我照顧妳媽嗎？幹嘛天天來？

當然不是，這些大陸看護都無法體會為人子女要看媽媽的心嗎？

但他們這樣說，我就只好盡量不要干擾到母親的心了。

我只是認為心理的復健也很重要，不只是身體復健。好在佛家認為人的意念無遠弗屆，不一定要身體抵達妳才能接收到我的祈福。有個在台灣的德國朋友，當他母親在德國往生時，他無法趕回德國，只好在台北供燈祈福修法，事後他打電話回德國，他哥哥說母親臉色溫暖祥和，他覺得很安慰。

母親，我相信妳收到我的祈福了。

母親轉院。流浪到關渡。

關渡醫院九樓，整個玻璃窗外是遼闊的淡水河，看向我住的八里對岸。

對岸高樓林立，水岸鳥蟲遍生，空中飛鳥偶過，蒼生如斯，如夢活著。醒時是夢，夢中母親，年輕如昨。

我跟妳說我一直跟菩薩求，求菩薩保佑妳。妳聽了沒表情。

於是我改說，媽媽，那請妳求菩薩保佑我。妳卻猛點頭。

母親的心就是這麼美。

剪去歲月的指甲與髮絲

越南妹用特有的腔調招呼著，用熱水泡一下，細細地剪著修著塗著，指甲變得光亮有神。以往妳會坐在旁邊泡腳，等待我先修好指甲後，就可以換妳修了。修好指甲推出門時，妳總會加一句：真好賺！這麼快就賺咱們母女六百元。

這是曾屬於妳的地方，沒有人會記得我。

即使眼力不好，即使無法開口，妳仍習慣檢查自己的指甲以及我的指甲。今天幫妳修指甲。妳的指甲比我的好看太多。

都龜裂了，塗凡士林，手指變美了。幫妳剪腳趾甲，想像妳在越南妹的靈巧手中剪去歲月，但有幾回因為腳的大拇趾「凍甲」而被剪得流血，看得坐在旁邊的人驚心不已，妳走出店家說著這些查某囝手腳都不知輕重。

母親，我知輕重。我先用溫水泡妳的手腳，用厚紙巾拭乾後，再用凡士林先滋潤妳的手腳，然後小心翼翼地挑起夾進肉的指甲，快速一刀剪去。我昨天剪妳的手指甲，今天剪妳的腳趾甲。妳沒有發出疼痛訊號，也沒有見到流血訊號。妳現在服用抗凝血劑，是不能有傷口的，因此我如貼壁行走懸崖邊的迎風人，必須全神貫注。剪到妳的右邊，發現無法動彈的手腳指頭，指甲彷彿也跟著停頓生長了。

幫妳剪髮，我頭髮愈留愈長，妳頭髮愈剪愈短。

大片的白髮已然攻占山頭。滿山白雪。

克難式的，因為這家醫院完全無任何為家屬與病患提供的生活機能，連一家超商也沒有，更遑論美髮店。只好自己剪，用枕頭套與塑膠套鋪在脖子上。

我邊剪邊說，剪去霉運，剪去煩惱絲，剪去所有的不好。彷彿自己創的咒語，喃喃唸著好幾次。

不准三點前來探班

隔壁床那位九十六歲高齡阿嬤已經出院了。

妳的鄰近病人來來去去，唯獨妳得住滿至少二十八天。

這病房如此沉默，如鐵鉛漂浮在大海中的濃濁呼吸聲。

去病房時，母親和看護都在睡覺，所以就沒吵醒母親。把東西放在地上。在睡著的母親身旁唸著觀音咒語，她睡得很沉，呼吸很重。但至少是睡著了。

常和大陸看護有點不開心。

她將母親握著我的手推開，也不准我握母親的手。我當時心裡就有氣，接著又聽看護嘀咕著不是叫妳別三點前過來嗎！妳這個搗蛋鬼。

我來看母親怎麼就成了搗蛋鬼？

我回她說，今天週末我想幾點來就幾點來，平常可以三點之後。然後我就跑去廁所流下淚來，想到母親不願意被這樣管，我也不願意啊！但後來哥哥知道後他勸我說，為媽媽好，我應該要割捨這段時間去看母親的執著。因為現在是黃金時期，如果耽擱了，就會沒有復健的希望。

兩種掙扎，一種是怕妳時日無多，所以要多把握去看妳的時間。一種是萬一妳還有很多時間可活呢，那一定要把握現在的黃金期，復健期家屬多被禁止在復健時間探望，因為病人會撒嬌依賴，而家屬會不忍心病人承受那樣的痛苦。我知道復健很痛，生怕承受這樣的痛和復健的希望不成正比。但哥哥又說，表面看好像沒有什麼進展，但神經一旦接通了，就非常快速了。

既然這樣，我就被說服了。

沒有陽光的陽光室

乖乖遵守下午三點半才去醫院，妳在陽光室發呆。很多老人都在聊天，唯獨妳因失語而無法和別人說話，顯得極其之靜默，依然和周邊的喧譁搭不上邊，是真正的發呆。

病人這時間多在陽光室曬斜進的太陽，看護們都在聊天或開些玩笑。

可以目視遠方的淡水河，關渡宮，社子島……水筆仔。

看妳坐在輪椅上，一個人孤獨地在廊道上發呆的樣子，眼淚就在眼眶打轉了。

妳彷彿整個人被歲月吸乾了。

陽光室取名為陽光，但卻是人間最荒涼之所在。

中風或因事故失能欲待復健者的身體彷彿風中草書，靈魂等待昂揚，軀體卻動彈不得或者歪斜難定。整間陽光室充滿看護彼此的說話聲，或者故意逗弄患者使之開心的肢體。唯獨母親像是化外人士，電視播放著妳以前愛看的《嫁妝》，妳卻連一眼也沒瞧，雖知妳眼睛不行了，但至少有一眼尚可見一絲餘光。

妳反而會盯著每個走進來的人看著，一直看著，比寫小說的我更著迷於觀察人似的表情。我從沒在妳的臉龐閱讀過這種奇幻的神情，妳像是一個老僧入定的觀察者，又像是一個孩子張望著新世界。也許從妳醒過來之後，妳的世界就產生神祕的變化了。

昏迷時妳的靈魂在哪裡？彼岸花據說有香氣的魔力，能召喚靈魂前世記憶。妳提早進入那裡偷聞香氣，不料卻被我們喚醒。

中陰，在幽冥兩界的靈識，文字難以捕捉的狀態。

唯獨妳只要見到我，妳就抓著我的手，我說媽妳不想待這裡，妳點頭。以前妳最不怕生了，在市場那種生意武場裡，何處不聞吆喝聲，哪裡不是下手處，搶生意搶客人，祈禱今天進的貨都能賣掉，祈禱有貴人上門。

護理人員和這些癱瘓的人的相處卻充滿了歡樂，實則不歡樂也無法度日，不論是強顏歡笑或是打自內心深處。有老父親照顧兒子的，有丈夫照顧妻子的或妻子照顧丈夫的，有外傭照顧老人的，其中有一個原是醫院的打蠟工人，原本有機會直接送進醫院，但當晚生病時他覺得沒事就回家，晚上就突然中風了。醫院的人都認識他，知他請不起看護，看護就輪流有空去照顧他，也是醫院的春天風光。

不久到了妳的休憩時間，我被看護趕走。

我到咖啡館發呆，腦中想著創作環境，台灣小所以可以關注的面向集中而深刻，有些人的才華僅屬中等，但卻意志力與持續力驚人，因而還是闖出一片天，締造屬於自己的創作王國。有些人才華一鳴驚人卻如煙花燦爛而逝。常一個人東想西想，等到闔上電腦走至停在醫院旁的車子時，時間是九點半左右。獨自徘徊在醫院門外，抬頭望著母親九樓的病床窗戶，已經是熄燈號了。趕在醫院探望的最晚時刻進入還是可以的，但我怕嚇著看護，以為我來監視她。

於是就在樓下用意念觀想著妳。

意念無遠弗屆。妳應在夢裡見我。

等待收容的身體

在關渡星巴克開家族會議，其實所謂家族就我們仨。

要轉哪家醫院？先掛了振興與陽明。

只有我時間彈性，於是由我帶著母親的病歷去掛診。母難日。我在母胎時，母親在醫院為我的即將出世奔波。直到今日，女兒也老了，換老女兒為老母親的來生奔波。

振興醫院人滿為患，堪比菜市場。等了三個小時，卻只等到醫師的一句話：住院都滿了，不再收新病患。那是否應該在掛號時就公告出來，或者在網站上公告。面對這句話，我看了醫師一眼，年輕短髮皮膚白皙的女醫師，有一個男性的名字，所以我一直以為掛的是男醫師，直到推門才看見是女醫師，她有一種難以再跟我多說一句話的冷冽溫度，語言就像一個禪師的房間，沒有多餘的東西。

我靜靜地收拾母親的病歷，就兩張紙，一張有妳斷層掃描的照片光碟（醫師連打開看都沒有），我默默地放進包包，可能手有點發抖，紙張還差點脫離透明夾，帶點倉皇似的離開現場。可能內心湧起一股氣憤似的悲傷。等了三個小時就只等到一句話：我們不收新的住院病患，舊的都消化不了了。既是這樣難道不能事先公告嗎？

所謂的病歷就是醫師簡單地用英文描述著母親從最初至今的病況，那些字句像是導電體，將我一路拉回母親倒下的現場。像龐貝城，無常總是躲在心中不備之時。那個傍晚倒下之前，母親在做什麼？在想什麼？為什麼只要一想起來就有心痛的感覺，這種感覺從何而來？這種感覺為何不會隨著時間退去？如果可以隨著時間退去，那要多長的時間？如果時間可以撫平一切，時間是計量單位還是心理單位？

平息心情後接著到陽明醫院。但卻大意把陽明大學當成陽明醫院，結果完全是不同方向，本來很悠閒的時間頓時縮減。從錯誤的方向來到雨聲街，原以為會過號，卻發現ＡＰＰ顯示的號碼未超前，坐在等候區又從熱速換成溫緩的心情。號碼燈亮起時，推開門見到醫師是年輕的，說話斯文，他看著病歷，只問說妳只掛我們這一家嗎？意思是沒病床之下，妳應該要多掛幾家。

等我搞清楚健保住院的制度時，已經慢了幾拍了，又逢流感高峰，病床難求，心裡埋怨著自己的動作確實太慢了，太大意了。母親剛轉去關渡醫院時，就要開始尋覓第二家轉院的醫院了。

至中興醫院掛號，又是復健科最容易見到像戰後浮生錄的傷殘之景。

幫母親掛號，聽著護士大聲地喊著母親的名字，冠夫姓的名字，四個字已經很少見。聽見這個人的名字多以為是老婦人吧，有人看著我奔進診間，可能覺得奇怪。

但有年輕的女友還沒結婚前就告訴我她想冠夫姓，為一個她愛的人冠上他的姓。但她說萬一嫁了個很常見的姓如陳林李之類的就有點不那麼想了。因此她每回交男友都還滿重視姓氏的。最後她嫁了個姓

「秦」的，她說還好這姓不難聽，她果然就成了四個字的名字了。

看著母親病歷的這個醫師，口語像是回答不知多少病患問過的問題般帶著非常平常的溫度說，左邊大腦動脈阻塞，左邊管右邊，語言區，有的語言喪失但聽力很好，意識也清楚。有的則語言喪失一半，意識也一半。我說母親語言完全喪失，但意識清楚。有時她張嘴跟我說話，只是完全無法發音，也無法吞嚥。

我跟醫生說，別人餵我媽，她絕對不張嘴，因此醫院的語言師說這讓他很挫敗。但我餵我媽，她會張嘴，只是無法吞嚥。

醫師聽了笑，邊開著住院通知單。問他要等多久？他說連醫師也不知道。

中興醫院是我小時候來過的醫院，也是我小說《在河左岸》的場景。周邊已經迥異以往了，那些成排牛肉麵聚集的攤販只留在小說裡了。國中有個生物老師生孩子，導師帶著我和副班長去探望她，印象裡我們放學搭了好久的車子才抵達。由於是下課臨時被導師要我一起去的，因此也沒跟家裡報備，回到家時已經過了晚餐時間，一打開門，只見母親說妳跑去哪兒了，全家人急死了，還要醉茫茫的老爸四處找，妳哥也去學校問。我說了原因後，母親忽然平靜下來（可能覺得被導師選去代表班上致意是一種榮譽），然後就叫我吃飯，說以後要記得打電話回來啊，妳知道媽嚇死了嗎？

我邊在中興醫院取車時，邊迴盪起往事歷歷，心裡好難過，也在心裡跟母親說，媽，妳知道我急死了啊！這麼多醫院，卻沒有能留妳之地。

然後我的頭就趴在方向盤上哭泣了起來。

就讓車上掛的佛像牌笑我癡傻吧。

母親，我像是兜售妳身體王國的落寞者，這城市如此大卻沒有妳病體容身之處。

母親生病後，為了覓得一床病床，我已經掛了好幾家醫院，都是等待。陽明醫院從三月七日至今，已經等了二十一天了，母親快要被關渡醫院踢出來了，但病床還沒有著落。就是一個微小的希望，都成了現世艱難。

有個懷孕的婦人正在位子上翻閱著《Baby》嬰兒雜誌，神情帶著喜悅和一點憂心感，封面嬰兒對著我，戴著白色的小帽子，身上的粉色圓點洋裝襯得嬰兒的臉更是圓嘟嘟，肥肥的手抓著米色的布偶，藍色的瞳光像晨曦。

母親，我心裡喊著。手機響，陽明醫院忽然有病床了。真不可置信，那日上午打去住院櫃台時，原本說前面還有四個人在等待，天可憐見，母親流浪醫院，塵埃落定。

母親繼續流浪，不同的鄰床者來來去去。

三月的大雨，每輛車後揚起的水霧彷彿拖帶著一條小小河流，命運的河流，只能往前奔去。眼前的高速公路如河繁密，高速駛過的卡車，總是不知道危險。討生的衝動就像野犛牛直奔牧場而去的樣子。

趕到醫院不過五點半，母親的主治醫師竟已下班，護士說四點半醫師就離開了，端視門診多寡。我走到醫院的玻璃門看著落雨的大街，零落孤寂。下雨可以阻絕看病的人數，健保把台灣人推向小病也往醫院跑的毛病，忘了自己的身體也得要自己照顧。

穿越急診室，連急診室也安安靜靜，平常總有稀落的人在櫃台上喊病痛。探病的人也少了，大雨好像多給醫師一點點安逸的時間。

母親發燒，感染。臉紅紅的，意識也常陷入昏睡。抬眼看一下就又睡去，彷彿有個拉力使妳要往另一個地方墜去。

母親用食指一直指著我，別人不知何意，而我知道是責備的意思，但我不知哪裡做錯了？是妳覺得我變胖了？（因為妳一直用妳尚有視力的左眼瞅著我。）還是覺得我騙妳？（妳以為妳可以回家，沒想到又轉到另一家醫院。新的適應，妳感到非常不習慣。）

母親導尿，我看見自己吐出肉身的第一個地方。濃稠的尿液裡漂浮著紅色的血，母親血尿，感染一直沒有完全療癒。

幫妳擦額頭的汗，用甘露水擦拭額頭嘴巴胸口。留一瓶甘露水請看護沒事幫母親擦拭，但發現甘露水都文風未動。看護大約不相信吧，或者她們都是按表操課。只有我去時，才能幫妳做這些和佛菩薩心電感應的事。

某名廚說他的廚房沒有台灣人，我也得說母親的看護沒有台灣人。地獄廚房似的工作沒人要做，地獄看護般的工作也沒人要做。

整個廊道充斥著大陸腔、印尼腔、越南、菲律賓的雜語聲音，台灣的老人病人最後都和一個異鄉人長期在一起。母親病房對面的看護是戴著頭巾的穆斯林，女生在時她才會露出頭髮。今晚對面的病人家屬來了兩個男性，因此她又戴上頭巾，可能有事先通知她，因此她戴好頭巾等待家屬前來。家屬是一老一少，老者是病人的丈夫，他對我們說躺著的是他的太太，已經躺四冬了。台語的冬，就是年的意思。乍聽以為躺四天，其實是四年了。他說以前他太太趴趴走，突然間就倒下了。年輕一點的是兒子，比我年輕些，沒有什麼表情，應該這四年讓他們都無法再有任何多餘的情緒了。連老先生說話的時候，也帶著沒有溫度的機械式語氣，我想是這四年回答太多人的問話了，不是心長繭，而是心被時間膠囊包裹著。

病床來來去去人，哀歡離別都是不忍對望的。

我把頭埋在床的鐵杆上，生怕和別人對望，因我不想回答關於母親的任何狀況。無法那樣簡單地回答，無法被探詢的眼光刺傷。陌生人那樣好奇輕率，我為何要回答呢。我突然就明白契訶夫小說裡的那種憂傷，憂傷向誰傾訴，沒人可以傾訴，因為憂傷所牽涉的事件本身是一件莊嚴的事，無法隨口就說出來。

我真希望自己有神通，能夠上天下地，尋求解藥解救心愛的人。

我陪妳流淚

沒有母親的節日充滿空蕩蕩的感覺，端午節傍晚抵達醫院時，看見母親躺在黑暗中，不知為何才六點多看護就把床頂上的燈熄了，然後人也不見了。

母親一看見我，就哀號哭泣，住院這麼久，我從沒看見妳這般哭泣。欲哭無淚，我第一次明白了這句話，母親的眼睛乾涸如井。母親流不出淚，但我看見妳的目眶打轉著淚光，我就哭了起來。叫喚媽媽，一直摸著妳的手，告訴妳，媽媽，再忍耐，會好的。妳搖頭，發出嗚咽的哭聲，但卻無淚，好生心疼。

我陪妳流淚。

妳一直要起來，但就是起不來。幫不上妳的忙，只能陪妳哭。

我花了那麼多時間寫書，書是我的青春，作家的身分證，卻也是母親口中無用的廢紙。今天陪母親哭，說來我的書寫，不及妳的一滴淚，珍貴的淚。妳的淚是一座我的大海，書寫的汪洋，黃昏去海邊吶喊，我的春吶，我的召喚。

海邊歸來，一個人靜靜地待在母親的病房，光透過蘋果綠的簾幕灑在床單。粉紅色的病服，母親勻速地呼吸，妳沉睡在夢的雲端，像個老孩子。

母親要離開，有尊嚴地離開，我知道尊嚴，但卻不知如何賦予妳，看著妳今天又哭嚎了，且是那種生氣的哭嚎而不是悲傷的哭嚎，沒有眼淚的哭嚎。

妳掐著我，意思是怎麼又把我送回醫院。

我忙說，最後一次了。

妳掐我，捏我。

我哄妳，撫妳。

難怪我朋友看過妳的照片時竟說，妳媽媽把妳吃得死死的。

連生病母親都比我凶，我想妳應該表現是個弱者才是，但末了還是我求妳。

看護說，只有妳來，她才會這樣不理性，妳哥哥來，她都不敢這樣，都乖乖地做著復健。

好像母親的哭泣是錯在我身上似的，我只好提早離開，像小偷似的離開。在等電梯時，才發現手背極癢，剛剛病房有蚊子，牠吸飽了我的血，不知是否也能吐出文字來。

和母親一起流浪

父親走後，我把母親一個人留在原地。

我離開母親，開始我人生流浪的長征，知識與愛情，只是一種掩護，泰半都是不知所以的隨際遇四處飄蕩，在讀書留學與幾場感情中虛度光陰。我長途流浪之後，有幾回返家時嚇到妳，尤其是地中海與北非郵輪的那回，母親開門時，嚇壞了，因為妳看到一個黑人，我曬得跟木炭差不多，曬傷的紅色褪去後轉成了黑色素，脫皮的肌膚與發舊的牛仔褲，看起來都像個浪女。丐幫之類的什麼波希米亞都是妳討厭的形象。

在我無數的旅途裡，其實在旅館隻身一人時，我常無端想起妳，帶著內疚似的想念，揪著心，像一場又一場童年的移動，那時的妳帶著小包包，裡面裝著企圖要賣出去的走私洋菸洋酒，妳勤勞地畫著移動的版圖，每天晚上入睡前想著明天要去哪一區賣，哪一區比較有店家，妳就像一個跑單幫的個體戶，熟悉每一條街誰有錢，知道哪一家店是老闆作主還是老闆娘作主，是喜歡飲酒還是喜歡抽菸的，妳都會留意著店家主人的癖好。

我在一間又一間的旅店移動時，白日張望著世界，到了夜晚盯著天花板發著愣時，母親的形象就跑進來了。那時我會很想打一通電話給妳，聽聽妳那年輕時因為在市場叫賣而早已粗啞的嗓子，即使只是喂一聲，因為那一聲代表妳還好好的。但我常常想著想著仍沒有打電話，有時候電話會響起，妳打來了。但妳彷彿也和我的心思一樣，只想聽我喂一聲，確定我在旅途裡安然無恙，然後就急匆匆地說國際電話太貴了，不聊了。徒留我在遙遠的彼端悵然。那種悵然是既想靠近又想遠離，既愛又畏，知道相處超過兩天就要翻臉的一種緊繃關係，因而遲疑著靠近的步履。

母親不曾和我流浪，最靠近的一次旅行計畫是說好要去琉球玩，但還沒成行，妳就突然癱倒，琉球成了未履行的失約之地。

而我開始和妳一起流浪。

這像是一場又一場的旅行輓歌，新流浪者之歌，在苦痛國度流轉。

母親，我本是一個人上路的旅者，現在妳的生命陌路，有我陪妳。

如果拍公路電影，我會這麼拍：女兒載著母親，車窗外不斷消退的是從以前到入夜之後的所有回憶之地，直到生命的盡頭，直到苦痛的邊境。

我的流浪生活圈開始以二十八天為一個週期，並被迫短暫就此生根。剪髮吃飯洗衣慢跑散步……流浪的地方沒有咖啡香與抵達的想像歡愉，只有酒精刺鼻與尿屎藥味撲鼻，以及無盡的孤獨和午夜的夢囈呻吟。

隨母親流浪在各家醫院，我才明白我們的健保制度是一家醫院健保給付僅提供住院二十八天，之後如醫生允許那可以有兩週自費的彈性，如二十八天的時間到了，而要轉去的另一家醫院病床卻尚未有著落時，那麼就有一種等著被拋棄之感。每當快要二十八天屆滿前，醫生或護理師總是跑來關切著，詢問下一家醫院有無著落等等，生怕我們要賴著不走。就像旅店中午前得要check out一樣，時間一到電話急催，多待一個小時就要加錢似的急急如律令。我總是擔心著我們要被丟到醫院外圍了，恍如是旅途流浪時，入夜卻仍尋不到旅館時的惶惶然。

常常護理長最後總會跑來關切母親動向，何時要離院啊，不能再住了喔，最慢這週五一定要辦離院手續喔，每個句子都加了個尾音，好讓我們聽了舒服些。那語氣像是捨不得母親離開似的，而往往當時下一個醫院病房還沒有著落。

在每回護理站的最後通牒裡，總是緊張兮兮地想怎麼辦，去排隊的醫院住房部還沒通知，但母親又要被踢出去了。然後我展開「社交」，透過臉書訊息傳給朋友，詢問是否有可能提供協助，但通常都是幫不上忙的，連知名醫生朋友最多也只是傳一個護理朋友的電話給我。平常說認識某某醫院名醫的朋友，也沒打通關節。

那時我們是醫院流浪的新手，這江湖還很不熟悉。

原來要轉院的前兩週就得去排隊，且要掛多間醫院，以避免排不到。當時正好流感發生，很多人住院，醫院病房全滿，連自費都一房難求。去振興醫院掛診時，排了一整個上午，見到醫生時只說了一句：滿了，無法收。我拿著母親的病歷走人，心裡想簡直被當成購物或者旅館訂房似的，一句滿了就結束。

這讓我想到我的流浪，有時下一站沒有預訂好旅館，就開始想是否要去住車站或者開始找朋友幫忙介紹他們的朋友是否可以臨時借住。

母親倒下的時間，剛好卡到舊曆年，醫院也是不斷來提醒告知：過年不收病患，所有的病人都要返家，之後再回到醫院。過年不准生病嗎？後來才知道真要住也可以，但得自費。說來說去都是錢的問題，然和看護聊才知道這已經是不錯的待遇了，因為有的醫院連自費也不行，因為護理人員休假，他們也無法看顧留在醫院的病人。自費對家屬是很大的負擔，但若母親回家，我們當時完全無法照料，連把她抬上沒有電梯的公寓都是問題。過年病房廊道靜悄悄的，猶如在星際漂浮的太空船，護理站更像是零星一兩個太空人守著空蕩蕩的太空站之感。母親的病房外是一座運動場，平日跑步運動的人不見了，幾個小孩放著沖天炮，偶爾閃過窗邊的鞭炮聲卻十分孤寂。過年了，我說。拉開蘋果綠簾子，母親撇頭望了窗外一眼，旋即闔上目光，瞳孔一瞬間有點濡濕。這是我見過最寂寥的病房時光，連看護都要請假拜拜與吃年夜飯。病人是回家的回家，送短期安養院的送安養院，剩下沒有其他選項的病人，我聽見廊道的盡頭有一家人在互道新年快樂，我剝了顆柑橘，果皮的氣味瞬間掩過鼻息，我面無表情地一瓣接著一瓣，吃著吃著忽然很想掉淚。

世間旅路如斯萬劫歷生，就這麼一瞬灰飛煙滅。

我握著母親的手，給妳冬日的溫暖，然後遞給妳一個紅包，就像童年一樣，只是收受的手換了，紋路變了。

舊曆年眨眼要過了，開市的鞭炮聲響從夜裡就爆響，而掛了兩三家醫院的電話卻仍無消無息，打去住院中心也都是沒有病床，只能等候通知，新聞報導著冬末的致命流感擠爆了病床，一床難求。

床，流浪一日的終點，在奔勞中覓得一床可歇憩，供旅人洗塵，躺下，床收容了旅人的身心或者愛慾。床，人身一生的終點，撤去的肉身等待下一具移進，不可見的無形動線，躺著時間的身體。

二十八天的時間到了，自費的時間也逼近了。終於電話響了，且一響就是好幾間，忽然病床不擠了，流感病人好了，母親的流浪旅程又取得了通行的護照。

就這樣，二十八的週期持續著，開始半年的循環。每個流浪的環節逐漸熟悉，運送的救護車已經開始見到熟悉面孔的司機，常採買物品的商家店員還會打電話來說有折扣，水果店告知柑橘快要到尾聲，看護開始要我留意輪椅和電動床的價位，並暗示她介紹的小楊很可靠（其實是他給的佣金很可靠）。

彷彿旅行時入住過的旅店不時傳來有折扣的簡訊，或者航空公司寄來的優惠特價套餐伊媚兒，或者不時跳出折價券將要過期的訊息……我的流浪充滿著藍天大海高山綠樹的誘人風光，或者飄滿咖啡美人的異旅氣息。而關於和母親的流浪，跳出來的字眼多是輪椅折價、氣墊床特惠、包大人買三送一、亞培買三箱送六瓶……毫無喜悅的折價，反而一直被提醒某種難言的疼痛。

護理站像旅館櫃台，夜晚總有失眠家屬殷切著急詢問各式各樣狀況，就像在流浪的旅館裡，旅人睡眼惺忪地說著水龍頭壞了、馬桶阻塞、電話不通、隔壁太吵等等。我也曾站在護理站多次，和護理站的人近乎客訴地說著隔壁床是疥瘡病患應該隔離，因為疥瘡感染很快，母親臥床不能自理，很容易就會感染了。或者我詢問著肺結核病患睡在母親隔壁床是否適宜的問題，那時只見護理站的人很冷淡地說這是非開放性肺結核啦，不用擔心。這肺結核名詞還是頗干擾心情，只見母親的看護臉色垮垮的，聽了這解釋仍一臉不高興。或者問著母親不斷拉肚子是否該改營養品，或者隔壁的不斷咆哮導致的失眠……我旅行邊界與邊界，很少駐足櫃台，而母親流浪醫院期間，我駐足櫃台的次數超過我二十年旅行的總和。

我可能也得了焦慮症了。

流浪的旅程終有離與返，母親的衣物隨著冬日延展到初夏，季節清楚地幫我們標誌這段流浪的時間維度。

每回轉院，我們都得陪同母親再次受苦一次，因為她總是再度失望，以為可以回家，結果卻又回到了醫院。

漫長的旅程終結束時，才想到和母親一起流浪了冬春夏三季節，回想又歷歷在目又飄忽已遠的記憶，就像一個旅人在旅行時無法回憶，必須旅程畫上終點，回憶才進來，從午夜的高燒囈語轉成日常的人生。

苦痛邊境的大街小巷

那時我的流浪生活圈環繞在奇異的兩端，痛苦的病房與甜美庶民生活。比如在關渡醫院旁剪髮，在新北市聯合醫院對面的星巴克寫作，在陽明醫院旁的天母一帶的百貨公司美食街吃飯。在竹圍馬偕醫院的大街小巷，猶如一座繁華小城。醫院旁的咖啡館，客人的對話多環繞在身體話題，或者家屬約保險公司的人在咖啡館談保險，疾病的語言不斷傳入耳內的是中風心臟病腎衰竭肝硬化紅斑性狼瘡帕金森氏症腸躁症胃潰瘍免疫系統失調內分泌失調糖尿病甲狀腺……嗅覺聞著咖啡香，視覺望著幽微的燈光，聽覺卻充滿身體的腐朽感，這是環繞醫院的獨有話語。

流浪的醫院雖不同，但周遭景觀卻多有雷同之處，只是規模大小的差異。必然有的杏一藥店、屈臣氏、速食店、便當店、雜物百貨行、眼鏡店、藥妝店、皮鞋店、理髮店、麵包店、服飾店、牙醫診所、小吃店、素食餐廳、有機店、健康鞋功夫鞋、醫療器材行、按摩足浴店、內衣睡衣小店、修灰指甲、水果賣場、超商、菜場……臨時集結的攤販擺貨人也特別多，高檔與低檔貨物形成兩端，就像病房單人自費房到擠著三、四個人的健保房的差異，不過攤販都是賣廉價物，好像病人不需要用到高檔的，似乎認為病人在醫院時間不會在意美醜似的，或者認為離開醫院就想把這種沾惹著病房氣味的物品丟棄了。其中又以在榮總醫院一帶最像庶民生活，有時只是幫母親出來買個小醫療物品，但卻深陷整條街的物件召喚。手裡拎著很多塑膠袋回到母親身邊。塑膠袋裡頭經常裝的有蔥油餅、新疆餅、東北饅頭與炸物，許多北方麵食與零食，大概都是我可以用吃來治偶發憂鬱的東西，我偏愛北方麵食，因此榮總外圍的攤販很能滿足。偶爾會買的有鞋子、竹炭內衣褲、一百元衣物或一百元手錶（給看護臨時用）……整條街店家與小販和人來人往的人群在騎樓裡彼此錯身。每隔兩三家就出現一家醫療用品店，維康、杏一、健康一生、躍獅……因規模不同而有不同服務，一般人的生病所需都可以找到，但像母親這樣重度傷殘所需的物件就得到大型醫療連鎖店訂購。每一家都加入會員，會員價差吸引人，塑膠卡片一下子暴增好幾張，但多麼希望這些卡片全消失，再也用不著。

經常會遇到臨時叫喊著一件兩百九甚至一百元的擺攤人，但我並不想給母親穿廉價衣服，我想妳應該成為醫院的女王。但每回看到的是大陸看護讓母親穿一百元的廉價衣服，母親穿得像是女工般的在復健中心運動手腳，難怪那麼愛美的妳總提不起勁。

醫病馬戲團

常常心裡想著要去探望母親。卻不小心就開錯，跑到了上一家流浪的醫院。比如開到了關渡，甚至有時已經去到病房，才發現躺著的人不是母親，這時才想到母親已經轉院換到下一家了。

這和我旅途他方過久所產生的游離症很像。

八個月的流浪旅程，一直跳針閃神。就好像跑錯機場或者搭錯班車似的遊魂。或者八里塞爆了，一家開在北投的購物中心特惠活動，讓林口桃園新北的人從64號公路四面八方而來，擠爆八里，擠斷我看望母親的路。

這段時間，臨時組合的病人馬戲團團員經常更動。和我們一起流浪的還有看護與按摩師。龐大的流浪者，繞著醫病之間進行。家屬看護按摩師評估師，這些人就像參與一個某某病人的流浪計畫而短期遭逢的人，或者進行一場短期滯留在一起的醫病馬戲團。

看護隨換醫院移動要多付錢，按摩師則有所屬工作區塊。陽明關渡馬偕榮總振興，形成一個歐盟似的流浪地圖，他們通行在此。同病房的家屬彼此聯盟，一個在按摩，另一床的家屬也跟著過來瞧，使得按摩師的地理疆界隨著不同病人而擴大。按摩師在醫院裡流浪、移動，沒專屬病人時就擺起攤位，十分鐘肩頸一百元。母親和隔壁的阿嬤叫的按摩師不同，母親的按摩師信佛，隔壁的按摩師信主。他跟隔壁阿嬤說，我們常說老天爺請您幫幫我，老天爺就是耶穌。阿嬤卻只是一直在疼痛地哀哀叫，她只記得了疼痛。就和我母親一樣。

至於針灸師就很少一起流浪，因為他們和醫院的中醫體系會有所衝突，且因是外來的，在醫院若有疏失恐有糾紛。有家屬依然偷偷請，就像偷渡客似的前進流浪疆界，沒有護照通行，只能和家屬偷偷闖通關，如果發生事情，家屬也不能告醫院，因為是自己請的。

曾經幫母親按摩的有兩位，一位說是藝人明星的御用師，剛好同一個廊道的某病床跟母親的看護熟，看護跑去看了，想說大牌按摩師蒞臨，也請他給母親按按。但不到三十分鐘就結束了，看護說：「就這樣？」按摩師點頭，一千元沒了。據悉看護當著母親的面給了只按不到三十分鐘便閃人的按摩名師時，當場大鬧醫院。一直叫著，鬧著，直到看護弄懂原來是母親要她把那一千塊錢要回來。看護想給了哪裡能再要回來，母親為了按摩花一千元大鬧醫院的事，很快地也就傳到了我的耳朵。於是我佯裝追出醫院去要回一千元，其實當然是轉身從我的皮包拿出來一千元秀給母親看的把戲。

一千元太貴，於是我們仍然續用那位眼睛看不見嘴巴卻常話說不停的盲眼按摩師。他只要六百元，到府服務七百元。

盲眼按摩師的耳聰目不明，和母親一樣，他其中有一眼尚有些微視力，但總得臉貼得很近才看得見，因此每回他和我說話，我都會自動反射性動作地退後一些，免得被他的臉撞到。但他俯身和媽媽說話時，媽媽因無法移動沒辦法閃，且媽媽也是一眼還有些視力，剛好兩人各自用其中一眼尚可的視力對望，他幾乎貼著母親的臉喊著阿嬤！阿嬤！我心想他這麼老也叫母親阿嬤，好像阿嬤是一種通稱了。

盲眼按摩師說他原本不是按摩師，是個生意人，應酬太多，竟致亂食亂飲而傷身失了眼，我心想他是不是喝到假酒。有一次他開玩笑跟媽媽說，阿嬤，妳不是答應要幫我作媒嗎？我心裡一驚，何時他知曉以前事，媽媽以前是常當月老。接著他竟說，不然妳身邊這個女兒讓我帶走。

聽了我靜默，乾笑。妳女兒還沒嫁人，妳要好好的，不能丟下伊喔！我聽了心想，這按摩師的說法其實不錯，是留住母親的好說詞。但他在母親心中我想應該是那種討厭鬼，母親最不喜歡衣著邋遢的人了，還有母親討厭人家叫伊阿嬤，但在醫院裡，不論多大年紀的人都叫伊阿嬤。

終於有一天我忽然聽到有人竟然叫母親妹咩，這讓我的耳朵豎了起來，循聲看去時，蘋果綠的窗簾唰的一聲被拉開來，隔壁床換人了，新來的旅者是個婆婆，喚著母親妹咩的人是她，一張圓圓的臉看不出生病，很急著交朋友的樣子，開始叨叨絮絮說著話，讓我想起以前旅行時最怕同房時遇到這類的旅者，想安靜都沒辦法。一開始可愛，時日久了，就會覺得可恨。

婆婆叫母親妹咩，妹的尾音拉長，十分可愛，好像兩個是小時候同窗。兩人一間的病房就像旅館或旅途的伴侶，沒有第三者平衡，兩人關係就顯得緊張。好相處多了個伴，不好相處就多了個冤家。老婆婆起先很可愛，但一直重複說些話時，就很想要她安靜了。唯獨她叫母親妹咩時，不會想要她安靜。母親從小老慣了，因為長女，從來只有她叫別人妹妹的分兒。這次來了個大她兩歲的婆婆，一開始像是兩小無猜似的還會隔著床櫃手拉手，後來是連隔間紗簾都不願意拉開。原來老婆婆逐漸失智，大概也不知自己重複了多少次的言語了，一個一直嘮叨，一個是靜默如鐵，靜默與喧囂對比的傷心姊妹。

回想我的人生雲遊，很多人一生也只見一次面。

轉身就是一輩子，這也是醫病馬戲團的離別戲碼。

不說再見。

輔具中心的評估師也是醫院的流浪者，這些評估師常常受到輔具中心的外聘前來醫院評估病人情況，那日前來評估母親的復健師來到母親的病床前，他量著母親的小腿長度、量屁股寬度，母親很緊張，一直抓著我。（我心想母親這麼緊張可能以為這是在量棺材），因此我一直微笑地對母親說，妳很快就可以回家了，因為再也用不到醫院的設備了。

可憐的媽媽，我的母后變成一個孩子。臉又圓了一圈，身體也圓了一圈，腿卻瘦了，手也萎縮了。

我跟妳說是買輪椅要用的，回家就有自己的輪椅了。

我跟妳說妳傷到頭妳知道嗎？

妳聽了用手摸摸自己的頭，可見妳是清楚的。

我現在才知道我的小腿有三十九點五，我是標準上身短，下身長。

妳比我高，卻只有三十四，加上胖，難怪妳看起來比我矮，但站在我身旁，兩人都赤腳的話，妳比我高。難怪我看起來不顯矮，除非跟了個高個子站在一起。母親看我自己也在量自己的腳時，臉色整個才放鬆下來。

我是搗蛋鬼

我暗地裡被大陸看護叫搗蛋鬼，因為我來見妳時，妳就成了賴皮鬼。

但我還是來了。搗蛋鬼和賴皮鬼，我們母女二人組，在北台灣的醫院流浪賣藝，母親賣傻，我賣聾（雖然很想賣萌）。

搗蛋鬼又來了，我聽見大陸看護在廊道看見我時嘀咕著。

然後又聽她指著母親說，妳這個賴皮鬼，又賴在床上不動了。

我常會被強勢的大陸看護給趕出去，因為她說我在母親身旁會影響她的復健，她會依賴我而不想做疼痛的復健。

我常裝聾作啞，把大陸看護高分貝的聲音擋除在外，或者眼神銳利地回看她一眼，不管她。我必須比她還強勢，不然就被她牽著走。她告訴我，小妹，我敗給妳母親了，我生平第一次被打敗，因為在我手中沒有復健不成功的人，妳媽媽就賴著妳，不肯動，所以我已經看得出來妳媽媽將改寫我的看護成功史。她說得我愧疚極了，趕緊逃出來。

只好去探望母親時，我有時得躲起來，不被母親看見。女兒去看母親卻搞得自己像是小偷似的。

難道真的是我的問題，於是我試著在母親復健的時間偷偷到復健室外探望妳，但我發現妳還是老樣子，妳坐在儀器前不太動，腳常懸在半空中，好久才往前轉一下。妳受不了眼前這個管妳死死的陌生人，妳一生管人，卻淪落被管成囚犯似的，還常被罵懶惰、賴皮。

我想自己怎這麼好說話，這大陸看護也許跟每個家屬都這樣說，稱許自己像是英雄似的，這樣我們才會一直雇用她。也許在她手中有很多失敗案例誰又知道？她那麼強悍，病人心裡絕對受創。這樣一想，我就又來當她口中的搗蛋鬼了。

當了搗蛋鬼之後，我才甘願走出去透氣閒晃。我性格裡一直有這個遊蕩的成分。即使再忙，我還是會切出一段時光閒晃，一個人亂走，母親每流浪一家醫院，那家醫院的附近街巷就被我踏熟了。

泰半走累了，會想找一家可以坐下來好好寫點東西的咖啡館，但小醫院則很難找到這樣的咖啡館。倒是醫療用品店常轉個彎就看到，醫療用品店是流浪醫院的身體維修站，輪椅氣墊電動床氧氣筒血壓計血糖機擺在顯眼櫥窗或架上，尿布尿片牛奶就像超商結帳櫃台擺放的七七巧克力口香糖面紙，是那種隨手會有人在結帳時順手拎一兩樣走的物件。

買久的店家也都像是認識似的詢問母親好些了嗎？如果滿一千元可以快遞物品到家裡，連叫了幾回的救護車司機也開始從暗示到明示地說，他們有賣輪椅和病人所需用品，說完立即遞了一張名片。

醫院附近也有不少服飾店和美妝店，美麗閃亮的服飾和提供傷殘病的用品依存在同一個街區，甚至比鄰而居。

我偶爾在和母親流浪醫院時間，在母親休眠或陪診時光，也會漫不經心地透過電腦看著幾部年輕時期就熟悉的電影，因為是知道劇情的老電影，可以隨時離開不會錯過劇情，回來時又可以立即補位缺失的畫面，加上是喜歡的電影，看它幾回也不厭倦。就這樣反覆不知看了幾次的奇士勞斯基的《藍》、《雙面維若妮卡》，還有《巴黎野玫瑰》、《布拉格之春》。

看《巴黎野玫瑰》最尷尬，不小心就出現非常暴露的鏡頭，出現在醫院病房或者美食街是如此地違和，常得快轉。有一次因為臨時離開位子，想說很快就會回來，未料母親的事情有些耽擱，因此電腦上的電影還播著，正欲回到位子時，老遠就在美食街的走廊前方看見我的電腦前方竟聚集著一些目不轉睛的頭顱，眼睛發亮。我心裡清楚一定是播放到裸體的部分了。果然來到桌前，聚集人群用著很神祕的眼神對我微笑，一副很好看但又看不懂的神情。

反覆看了幾次電影《藍》，甫喪夫的鋼琴家一直都鬱鬱寡歡，直到一個懷孕女生出現，原來這女生是丈夫的情婦，鋼琴家才漸漸走出傷痛，和另一個鋼琴家彈奏譜出歐盟的新曲。如此的巨大痛苦因此被分擔出去了，另一個女生懷有丈夫的子嗣，這樣的存在竟是一種救贖了。但失去母親的傷心是無法被分擔出去的，母親是唯一的，丈夫可以換，母親不能換。

尋常中午在摩斯吃米堡，不巧翻閱架上的《康健雜誌》，封面有小小一行字寫著：不怕死，怕失能。這正是母親，也是老人國的未來恐懼。

從雜誌抬起頭，突然瞥見一個人從我坐的玻璃窗位子走過去，我忽然想起了M。M已經過世一年多了，而走過去的人是她的外國老公，牽著旁邊女伴的手笑吟吟地行過。那歡愉表情已趕走了憂傷。時間這帖藥，有時能治癒心，有時無法治癒心，有時僅能敷表面傷口，深層總是在某個情境對照時瞬間裂開，血流不止。

曾經和母親同病房的是一位原住民阿嬤，不知何時她也溜到美食街了。平常隔著蘋果綠的布簾，常聽到她聽的祖靈歌，我覺得頗好聽，母親卻常不愛聽地皺著眉頭。

一起流浪的人，包括這永遠未知數的同房鄰居。

遇到相同的病體流浪者和我的流浪版圖一樣，要在流浪的任意旅途遇到同一個人是微乎其微的。我有一個朋友在印度孟買那樣擠如蟻窩之地竟重逢了老情人，沒有因為任何惡質而導致分手的前情人，彼此依然保有良好感覺。在異地剎那重逢的瞬間，使他們之間的化學作用質變，他們不僅再次戀愛，且異地結婚。

母親的鄰居就不知換過多少次，有時候轉院再次轉回時，還會遇到相同的病人。這時候他們就好像認識很久似的打著招呼，關心對方病情，為彼此打氣。母親失語，因此她都是拍拍對方的輪椅，鼓勵著對方。

母親流浪在復健中心比較容易遇到熟面孔，因為復健時光漫長。病床空了一個晚上或者一個上午之後，下午很快就移進另一個新的病友。

痊癒者離去，此去江湖，再也不相見。看著他們能夠出院的背影，總是令我和母親深深地豔羨著。我們跟著這個旅程，細數過換過多少位病人了，來來去去，多是吵著要回家的。唯獨一個阿嬤不願意回家，因為她怕回家就會死去，覺得在醫院才安全，隨時有護士來量血壓與體溫。

流浪到淡水，隔壁放的歌曲，外勞聽得一愣一愣的。聽著隔壁也在討論外勞與養老院的選擇。老人國的來臨。隔壁婦人正說著大嫂的不是，說做人媳婦把婆婆送到養老院，還領她的錢。台灣對於養老院的方式與經營態度，實在有待改進。

我們流浪到淡水

母親過去很少來到北邊，生病之後卻一直流浪在北邊，關渡、陽明、竹圍馬偕。

馬偕醫院，竹圍變成一座繁華小城，往昔的工廠林立早已是母親年代的作業員時代的故事了，一個女工的故事，現在女工老了、病了。

隔壁床的老阿嬤一直叫護士小姐，看到我叫妹妹，看到母親的印尼看護阿蒂走過我身邊時說，那是妳姊姊喔。老阿嬤的看護應是臨時的，聽口音像大陸來台灣很多年的那種大嬸，但仍習慣大聲嚷嚷，她說妳別跟她說太多話，她意識不是很清楚。我關心地問阿嬤是跌倒嗎？她手上打著石膏。阿嬤點頭，但可能有點躁鬱，一直敲打床杆。喧囂氣氛也感染到母親了，母親也開始煩躁了，再下去，兩軍就要擊鼓交鋒了。門口忽然出現護理師喊了一聲，量血壓、血糖。兩個老人停止敲打，一起望向護理師。

護理師帶著某種關愛的威嚴，立即解除兩軍的叫囂廝殺。

妹妹，拜託拜託啦！她對我說。

如果沒理她，她就會改叫小姐，拜託拜託啦。

再沒理，她就改叫歐巴桑，拜託拜託啦。

我覺得她腦子滿清楚的，知道妹妹和歐巴桑的差別。

護士問母親的印尼看護是合法的嗎？我說是啊，當然。之前母親還在醫院流浪時，總是留心著看護中心的消息，而病床常常有人丟下名片在櫃台上，那不外乎是寫著醫院看護與居家看護之類字眼的名片，上面印著專業外籍幫傭，專業引進印越菲泰看護工／幫傭／廠工。不斷強調專業，但常常不合格；標榜誠心用心愛心，來的也態度不夠好，在台灣過久的多少都會油條。

有經驗的告訴我看護如果遇到的家庭不錯，通常會對第一個照顧的病患與家庭產生感情，之後即使對他再好也都會漸漸麻木。隨傳隨到，雖寫不合包換，但換很麻煩，家屬與病患一直在適應中。

這些字眼卻無法安慰家屬的心，因為這些字眼就和幸福快樂自信一樣充斥著空洞。

可能因為母親靜默，因此總顯得四周吵鬧。但這回隔壁的阿嬤是真正的吵鬧，每天大喊大叫著，即使每天都有很多家屬輪流來探訪她，因而病房像菜市場。但相對於我們這一邊的孤寂，母親卻很愛看隔壁人家的熱鬧。

母親不肯拉上隔簾，一直望著人來人往，甚至我來了也沒多看，眼睛一直盯著隔壁床的阿嬤和家人。尤其孫子們，看得母親眼神不移。

一看就是這個阿嬤一定初生病，因此每個人都來探訪，久了就會愈來愈少了。

連家屬都來向我詢問巴氏量表與外傭申請。我儼然從新手變成老手了。家屬的徬徨，無知……再次照映我們最初的模樣。

下午一點半到醫院看媽媽，妳見到我又敲打我又捏我的，原來妳生氣我這麼晚才來看妳。

但我已經擱下所有的事情趕來了，媽媽。我說。

這是一群短期遭逢者，轉盤式的人生，流浪在病痛的邊境，搭乘這輛列車的人是愁容滿面的旅者。

和我過去旅途時所閱讀的各色臉譜，是苦樂的兩端。好奇轉成靜默，熱絡轉成死寂。我總是想，床旁的機器蜂鳴聲是否可以轉想成旅館午夜偶爾傳來的麻將聲，是否能把病患的哀號聲轉想成玩心臟病的尖叫聲，是否可以把午夜的呻吟轉想成情侶的呢喃，是否可以把集體病患陷入的熱燒轉想成旅人的夢囈。

然而，轉移是難的，轉念是難的，即使轉得了一瞬，也轉不了一時。因為通往每一個房間的臉孔因疼痛而扭曲變形，因疾病而削骨皮枯，因無望而空洞無神，病體的尿騷氣味混著藥與酒精，家屬各自熬煮或者攜來的雜食便當充斥廊道。使我行經時，腦中不禁浮現著我在旅途裡無數青年旅館那些還有蘋果肌、嬰兒肥，殘存著白晝的疲憊與夜寢的酒精，殘留著邂逅的歡愉與別離的徹夜交談。

陪母親的醫院流浪，使我倒帶著自己如此任性的旅程時，我的心常被時間噬咬，回不去的種種懊悔。我彷彿是天父最疼愛的孩子，但卻流徙他方。在聖者留名的醫院，我總想雲遊僧與聖者，他們啟程為的是宣道，而我的啟程為了什麼？

我常常一個人像夢遊者般的走過廊道，像一架攝影機似的望著靠近床的病人，但這些病容只顯現了數字，還有機器儀表板跳動的血壓脈搏。無從看出他們健康時的人生故事，在制式的病服下，只剩男或女。一切的物質都被退去，換上醫院的物品，在此平台只有一個名字就是病人。

但病人的家屬會記得他們健康時的人生故事，如果陪病者有一雙穿透病魔的能力，能把他們的故事寫下來。問題是每個人背後所拖帶的那個世界是否值得被打撈上岸？

母親如果沒有我這樣的提筆者，也將悄悄地來到這個世上，悄悄地離開。然而寫下來又如何？在此人世，文字也如浮萍。

正在如此想時，一個黝黑皮膚的女性一直看著我，我也覺得她有點面熟，但卻又想不起來。等她看見母親時，她叫著一聲阿嬤，且張開嘴笑時我就想起她是關渡醫院和母親隔壁床的看護。這名印尼看護非常好，阿嬤被她照顧得很好，我看她來醫院竟無家屬陪同，這有兩種情況，一種是家屬完全信任，一種是家屬沒時間或沒那麼細心。印象裡，家屬很苛扣這名印傭的生活用度，據說一週才給她一千元，這一千元要養活她自己的三餐和阿嬤的三餐及交通費、採買費，但我每回見她總是笑咪咪的，她和同是看護的阿蒂開始聊起天，來醫院往往是阿蒂遇見老鄉的機會，她們不約而同選擇同樣的島國工作，但落腳的地方卻差異很大。

媽媽因肺炎和胃造口手術再次來到馬偕醫院時，因停留時間久，光是遇到過去別家醫院的病患、家屬與看護就有幾回，彷彿大家又旅行同一塊兒了，或者驚訝於有些病人竟還沒「離境」，滯留成熟客，連打掃歐巴桑都認得了。

彼此都會詢問近況，近況就是病況，問的是好點沒？怎麼又來了？看哪一科？

進行胃造口（又稱胃造廔口）手術的這回因必須全身麻醉，因是微創手術，手術時間並不長，但從等待手術到麻醉，從麻醉再到恢復室，卻整整讓我從早上七點半陪母親等到手術結束時已然下午五點（急診插進來的病患是最優先手術的，因此只能等通知），那日早晨我從關渡大橋開往竹圍馬偕時，橋上就連遇三場車禍（這真是一條危險的橋梁，機車和汽車爭道，不知當初的設計者是怎麼設計的？）當時見救護車在橋上閃著燈時，心裡就想，母親排刀的時間會往後，只是沒料到往後到下午了。

等候妳的名被呼喚

這裡有如過境室，卻充滿哀愁。

家屬休息室讓我想起機場過境室，在椅子上有人或酣睡或看手機或看電視螢幕，或者看著跑馬燈。只是休息室跑馬燈的是病人醫師名字，以及開刀科別，時間寫著等待中、手術中、恢復室中。而過境室跑馬燈閃爍的是飛機航班、航道以及準時或延遲。

家屬休息室廣播聲響的是家屬名字，過境室也常喊著尚未登機者的名字。

家屬休息室的每一張臉都像是上方罩著烏雲，等待結果。牆上有三個螢幕，病患名字其中一個字因個人隱私被圈起來，住院中手術中恢復中，代表三種狀況。漫長的等待，就像登機前等待時的昏眩，極度旅行後的疲憊，一聽到登機廣播即醒轉衝至入口。

休息室氣氛凝結，沉重。因此有的手持念珠，有的唸經，有的看著跑馬燈想心事，有的看著電視節目卻無神盯著，有的在低語，有的則手撫胸前十字架。

在家屬休息室，我看著螢幕跑馬燈秀出母親已經抵達恢復室時，我就像領航員準備她的降落。

接著就是要接機了，只等廣播喊著母親名字。我開始豎起耳朵，當廣播唸出母親名字時，我奔至恢復室。母親推出時看起來頗嚴重，由於罩著氧氣，又見著不少血跡，看起來滿怵目驚心的，果然推到病房，母親疼痛的表情超過我的想像，感覺母親要痛昏過去了。於是我和護士說著是否可以打止痛針，她說好，但也不能打太多，因為會昏睡。

晚上陪母親，直到醫院病房閉門。

好在隔日妳已醒轉，麻醉剛退，妳像是轉機過多而在旅館昏睡多日的旅者，一時不知身在何處。我有多回在旅館醒來時望著天花板幾秒時，心有著大片的空洞感，我望著母親那縮小成縫的眼睛，我急忙伸出我的手，同時出聲喊媽，我的聲音如引磬，逐漸引領妳的靈識回返人間。

母親妳被迫滯留苦痛的國度，苦境的苦境。

短期開刀者，住了幾天多半就能打包回府了，於是慢性重病患者常成了老房客。為期二十八天的一次流浪，再加上若感染發炎得延長的自費兩週，母親常一住就成了大姊大。住院時有時隔壁床搬走而一時尚未有人入住時，突然有入住自費豪華房的錯覺感。

大多是在流浪住院的尾聲，或者在初初遷入時，會因為時間重疊而遇到之前也在同一層樓的熟面孔病友，彼此問候的語句都是好些沒？要加油喔。和母親一起在醫院流浪期間也曾遇見之前同一間房的病友，不僅住到同一間醫院還又住到同一間房，如此緣分，因此彼此也恍如熟客似的打氣，祝福彼此趕快好起來，同時也希望彼此日後不要再見面了。

這樣的流浪，是以不再見面為期許，以不說再見為再見。

其中有一個婦人和母親同病房兩次，年紀比母親輕，六十七、八歲左右，因為她個性很烈，什麼都拒絕，連換了不知多少個看護，因而引起我的注意。後來聽說她被送去安養院了，因為沒有子嗣之故。

我和母親說了多少回，這將是她最後一次的流浪了。母親沉默點頭，表情似懂非懂。但我屢屢食言，因為哥哥認為母親還不是回家的時候，她必須復健，我們必須殘忍，不然以後就是殘念。母親想回家，我知道。有好幾回我突然來到醫院時，常看不見身旁的大陸看護，只見到母親坐在輪椅上，孤寂地杵在長長的廊道上，慘白的鎢絲燈下是她那垂下的頭，滿頭的白髮。我走出電梯門一彎入廊道就看見妳了，我的心頓時像被重擊似的疼痛，疾步走到妳的身旁，拉起妳的手時，妳一眼茫然，直到聽見我叫妳一聲媽時，妳才像從眠夢中醒過來似的也緊緊地握住我的手。廊道兩側不斷地傳來嬉鬧聲與大聲嚷嚷說話的音波，一群大陸看護形成集團似的群聚聊天，在這家醫院和護理站形成緊密組織，對於我到護理站的告狀或者我的到來竟視而不見。

我不曾想過母親妳的晚年會流浪在不同的醫院裡，我一直以為妳年輕時挨家挨戶跑單幫的旅程或者在大批發早市的旅程已是妳人生最苦最終極的流浪。

我再度加入妳的流浪旅程，重現兒時妳牽著我的手流徙在不同臉色的店家記憶，時光甬道的人物沒有更迭，換的只是角色、年紀。我成了母親，母親成了女兒，我牽母親的手，母親牽我的手，我們一同面對這些行走江湖已成老精老道的看護臉色。

母親一個人靜止在醫院廊道的孤寂畫面，讓我十分難受。我蹲下身，在母親的耳畔說著，媽，之後妳要回家了。母親點點頭，像個孩子的目光，拿到獎賞糖果的目光。

我沒說出口的是母親，期盼這是妳最後的一場醫病流浪，妳本來就不是流浪者。妳不喜歡出家，妳一直都在家。這天地太大，不適合只愛家的妳。

隨母親在醫院流浪是我旅行最苦痛的國度，母親的生命比我想像的還要頑強，有時又比我想像的脆弱，妳和所有滯留這苦痛國度的生命旅者都在進行著無比艱苦的戰鬥，病魔總是隨時準備大啖病者的意志血肉，讓脆弱的小羊不得不臣服於虎豹所咬住不放的肉身。如果有人（或神）能從烏雲滿布的天空中闖出金光燦爛，即使只是一瞬，即使只是幾絲金縷微光，我都會替所有的流浪者感激涕零。

以前為愛情流浪，換來的只是虛無。現在為母親流浪，換來的是擁有。失去母親的那種傷心是無法被分攤出去的，母親是唯一的，不可替代的。至於情人，微不足道。

流浪有時盡。

在這個醫病馬戲團的流浪終點，我才明白這世界能無條件愛我的人，唯有母親妳一人。

因此，我捨不得不見妳。

「生命如果沒有悲傷的平衡，那麼幸福這個詞也就失去意義。」—— 榮格

久劫遠來的生命，層層疊疊如荒原。
在沙漏將盡之時，每一粒沙都將看見大海的來處，在汪洋中，我們撐過孤獨，翻湧過滅頂、挺過大風大浪……在沙漏將盡之時，每一粒沙都帶著征戰過的悲傷氣味，如此才釀出真正的不凡幸福。

在苦境遭逢，
離別之後，
此去江湖，再不相見。

CHAPTER

4

母親的看護

看護的人生

她們每個人在離別時都說，阿嬤我會再來看妳。

她們都沒有再出現。

或許是因為這種離別，最好就是此去江湖，再不相見。因為除非真的變朋友，不然再見到她們，都不會是好事。如能自主，誰要看護。我常在想，看護人生會不會因為長期處於病苦癱瘓的肉身而有所覺醒？如果只是當作一份工作，或許很難。日久也會無感，日久也得鐵石心腸。一邊清完大便，一邊轉頭就食，彷彿幾乎已經到了嘗大便與吃蜂蜜無分無別的境界了。

但當我以為他們頗有功力，卻耳聽他們聊天的盡是病人與家屬之間的八卦時，我就知道很多人只是把它當作一份賺錢的工作。但我相信她們在最初時，必然有過很長很深的震撼期，就像我聽母親其中的一名台灣看護說，她因為太心疼病人，因此學得最慢，因為不敢放手做。光是一個抽痰，聽病人的掙扎與呼叫就很難把管子伸進去，但再慢也得學會，不然無法考過執照。

一個朋友本來快要拿到看護執照了，但卻在實習時破功，決定不拿了，從看護改成保母執照，從看顧凋零老人病人的絕望疼痛轉成看顧新生兒的希望喜悅。實習時她遇到三個病人，一個因為長期關節不動而壞死，手腳萎縮躺成了剪刀手剪刀腳。一個曾是將軍之類的高官，想尊嚴地死去，家人卻不讓他死，因為死了就沒有月退俸了。一個是老太太，失去意識與言語，但身體的吸收卻好得很，橫生被餵到抱也抱不動的巨大嬰孩症。

看護人生是隨著雇主流動的。因此他們也如變形金剛，隨時轉換表面的信仰。隨著雇主聽佛樂或者聖歌，或者無神論。雇主為了病人好，總是會放佛樂或聖歌，對看護而言，雇主信佛，他們就會擺一張觀音像，信主就放十字架。共用病房的人這邊聽阿彌陀佛，那邊聽福音，我也聽過祖靈歌曲。一間病房常有人為看電視節目而吵。也會一起幫雇主對病人集氣，跟著祈求病人安康，看護的欣慰也來自照顧的病人健康，但往往需要看護的病人都頗嚴重了，且幾乎都是要把屎把尿了或者要翻身要洗澡的，否則平常人家怎會請看護呢。有個朋友曾當過特別護士，去有錢人家家裡照顧老奶奶，且還遠赴加拿大，薪水一個月二十五萬，因為她是特別護士團隊的頭頭，照顧老奶奶的看護人數足夠抬轎。但她做了半年還是回到台灣，因為她說半年在加拿大竟都沒出過門，連那個地方長什麼樣子都不知道，每天只見到的都是儀器與藥物，還有家屬的碎碎唸，通常家屬團都會有幾個難搞的。

大陸來的看護嗓門都很大，年紀也多在五十上下，當他們隔著病床在說話時，我彷彿有種他們下放到田裡之感，各自守候自己的一畝田（病人），隔著床護欄像隔著水溝，隔著樹林，彼此喊說著話。誰誰如何如何，彷彿村裡的廣播。那樣高亢的聲嗓，那麼不體貼別人。於是病人之間沒有祕密，誰是因車禍受傷，誰是因中風，誰是因遺傳基因，誰是腦栓，誰是開刀失敗……誰的老公趁妻子生病外面應該疑似有小三，誰晚上會尖叫，誰不斷用手扒糞……母親的現象也在她們的嘴中流傳，因為她也被說中了好幾個狀況。然而這些言語常被家屬不小心聽到，家屬心痛如刀割。

他們並不認識尚未受傷前的病人，他們又豈知這些人的原有英姿與曾經的風采。或者他們知道家屬的心情嗎？他們知道有個人正在以寫作之眼之筆看著這個封閉劇場的殘酷人生嗎？

看護也不怕我們不要她，因為到處都有需要看護的缺。看護就像老闆，隨時擺臉色給我看，給她母親要用的東西她往往收在抽屜裡不用，對於我任何的建議都充耳不聞，她只有看見我哥哥才會笑，因為給錢的是我哥哥。

忍受個性強勢的看護是母親流浪在醫院的隱形痛苦之一，大陸看護的強勢，對母親其實並不適合，因為母親個性也強勢，但哥哥仍認為對母親有益，在中風的黃金期必須有強勢個性的人主導她，否則她可能會不想復健。

而看護的人生又如何？看護的人生往往比病人的人生更靠近八點檔。他們以聊家屬之間的八卦來打發時間的縫隙，那是某種不自覺的唾液流淌，並非是心懷惡意的言說，相反的是因為醫院的空間太沉悶，同一間病房病人至少兩個到四個，他們於是像是包打聽似的。

看護有自己的人生與解憂方式，他們每天和病人相處，必得如此才能逃脫這種煉獄吧。

或者有的阿嬤在黃昏時光就開始陷入眠夢囈語，聊得頭頭是道，彷彿床畔有老友似的，但其實卻空蕩蕩的，床畔除了病人並無其他人。看護聽著這些病人的夢囈，幫他們編織新的故事飛毯。

看護的夜晚，是由呼吸聲與夢囈組成的封閉劇場。

他們照顧別人的肉體，卻往往忽略了病人的心理空間。曾經有個無法說話的朋友生病後，每天聽著看護們說他的事情結果他後來竟好了，他說簡直是受辱卻又無法反駁的痛苦過程。

看護流轉在各式各樣的病體人生，有的到七十幾歲還在當看護，聽說有的走路速度都比病人慢了也還在拚了老命攢錢。有的看護做到自己倒下了，成了另一個必須被看照的病人，看護成病人，醫生成病人，他們是人，是肉做的，當然也會有生病之日。

他們有的和家屬成了好友，逢年過節還受邀到家屬家裡聚會。有的聊起照顧一陣子卻往生的病人也都會眼眶泛紅。但通常因為照顧的人太多，因此有時在復健室遇到人，別人朝他們說謝謝，謝謝照顧父親或母親的，他們早已忘了。看護工都有所屬的公司，而公司有所屬的合作醫院，因此母親流浪在醫院中，因而也遇到不少看護。打電話給看護仲介公司時，他們都會問病人的年齡性別與體重。很多人都以為我母親和我一樣小隻，母親算大隻的，癱了右邊因使不上力，就更重了。因此多半會來個有虎背熊腰的看護，才能照料她。

母親的大陸看護

母親剛倒下時，在病房等待看護來的時光，手忙腳亂地幫著換尿布。這邊扯那邊拉，這邊翻那邊握，搞得母親哇哇叫，也弄得一團髒亂。然後忽然下午時光見到一個婦人拉著行李箱走進七一六。聲音才落地，一聽就是對岸大媽的口吻。立即解除了我們的窘困危機。

就是這個大嬸級看護在她的工作已經下崗後，曾來探望過轉院母親短暫一回，她是母親看護裡年紀最大但也重情的福建阿姨。她雖然也胖胖壯壯的，但明顯要把母親半揹半拉到輪椅上時頗吃力，她對自己的體力下降也像是第一次發現似的驚訝，常跟我說這工作不能做太久了，要多休息了。她也意識到自己長年照顧別人，有朝一日也將走入這個奇特的生態組織。

看護阿姨叫我妹妹，或小妹。我這年紀還能被叫妹妹，實在有點奇異，不過因為她六十多歲了，叫我小妹也很正常。她是福建靠近浙江一帶的人，本來是來照顧獨居在台灣的叔叔，因為在叔叔的醫院遇見另一個台籍看護，台籍看護把她介紹給離婚的單身哥哥，促成了這段姻緣，看護阿姨在大陸的老公過世，兒子那時也成年了，她就想可以留在台灣，開展第二春。她的叔叔像是媒人似的，牽引她渡海而來之後就病逝了，她也開始下半生的島嶼生活，哪裡知道嫁去不久，婆婆就中風了。她的第二春沒享福，卻進入看護婆婆的屏東鄉下生活。

她連大陸的父親生病時都沒回去，她父親說妳別回來看我，妳照顧好婆婆就是照顧我。她說父親過世前知道自己即將走了，因此召集所有家人齊聚一堂，但家人不知道父親的用意，當時還有人沒參加，他就在現場一一說著，誰還沒來去把他叫來等等。把人找齊了，她父親就說何時他要離開人世了，要他們都別哭，只管唸經。結果就在父親說的那一天果然就往生了。她在台灣知道後，一直很難過，覺得沒看到父親最後一面，常常一想起來心就痛。她說父親冥冥中知道她的痛苦，因此就託夢給每個人。一天早上，家裡幾個和她要好的人，紛紛打電話給她，結果每個人做的夢竟都一樣，就是父親在夢中說他早已羽化成仙了，所以別再心痛啦。

這夢真有療癒性啊。

這一天我和看護稍微語言有點不快，這大嬸聲音總是大嚷嚷的。進電梯時，因母親還抓著我的手，她就嚷著說這樣會受傷，但問題根本不會，我跟她說要注意家屬的心情，我們的心情不一樣，妳不懂被母親抓著的感覺多好。

接著看護泡了麵吃，我跟她說到外面吃好嗎？因裡面太香，太折磨無法進食的母親了，看護阿姨倒是一聽就明白地說好，她說對，我應該要這樣。

母親隔壁床的人家已經換了好幾組病患了，只有母親還在。

一個割膽的，一個因膀胱，一個因脊椎，一個不知原因。

武漢來的看護悍將

轉至關渡醫院，另一名看護晚上八點終於到了。

又是大陸人，可見我們的整個看護體系幾乎已經難找本地人。

母親的右手都是瘀青。我問怎麼會這樣？

看護還說那要問你們啊？然後還跟她的老鄉也是另一個病人的看護兀自說著：妳看連家屬都不知道。口氣是好像我們不關心。

我心裡有點氣，因為昨天明明好好的。我說這是今天才有的瘀青，所以我才問啊。

後來看護自己才想起來，上午有打利尿劑，護士打針造成的。

看護的人生也都很奇妙，母親有過三個大陸看護，性格差異很大。之前那個福建阿姨比較是好好人，很怕事，所以不會勉強母親做復健。

這個武漢妞比較強悍，還要我白天別來看媽了，會干擾母親的作息。她說她自己有一套訓練母親的方法，之前一個病人和母親一樣狀況，最後至少都能夠拿著拐杖走出醫院。衝著這句話，我就趕緊跟母親說，那妳要聽她的話，她是為妳好的。

母親住院的大半年，醫院有探訪的時間，加上看護嚴格規定我在母親復健時間不能去看她，說是會阻礙她的復健意願，有時去了醫院甚至沒見到母親，只是把買來的一些東西擱在案上。有時候去了碰到看護還會遭她白眼，如果我因為想握母親的手而擅自把母親的手套拔掉的話，那肯定她會叨唸一番。

就是她都暗地裡叫我「搗蛋鬼」。看這搗蛋鬼又來了，她跟其他看護偷偷說著。家屬在某些跋扈的看護面前，簡直要低聲下氣，還要讓他們八卦，挨他們背後的罵。

連家屬都得受看護的看管，他們脾氣有的實在很大，我想是因為這份工作太高難度了。

好比母親隔壁床的上海看護，每天盡數說病人的不是，我握著母親的手，一邊聽她的數落，我很想告訴她這樣不好，但我想跟她這樣說的人一定很多了，她如能改變早就改變了。她叨唸她眼前照顧的這個病人很懶，一點也不想動，病人有天抓了枕頭想將自己悶死。

醫療體系的不健全，私人護理中心十分昂貴，接電話的口吻完全沒有去理解家屬的心情，一味地只是先提多少費用又多少費用，什麼耗材自費，什麼復健家屬要來陪，該付的都是家屬，醫院說的都是該收的費用，連問我母親的病情問都沒問，好像對一個付不起錢的人彷彿多說了一句話都嫌浪費似的。

月付八萬多元竟都未必能住下來，竟有這樣昂貴的所謂的醫院。看護甚且還不是一對一，是一對多，請的還是外勞看護，這簡直是坑人啊。

第二個大陸看護有個很特別的「盛」姓氏，她尋常臉上有一股睥睨他人的眼神，個性很強悍，若非因為哥哥居間，我大概早就把她換了，而她也說若不是因為我哥哥，她也不會做了大半年。

看護大體上都有爽朗特性，不然大概走不出這座病體囚籠的框架，他們得融入整個醫療體系。

我曾和她吵過架，我直言妳懂不懂家屬的苦痛。

她說她也是為阿嬤好。

曾有朋友告訴我某日她氣得發抖，因為不意間竟聽見看護罵她的父親白癡。當時我聽了感到傷感的同理心，直到有天聽見看護在我面前數落母親懶惰時，我本想回應，她就是爬不起來且又疼痛，這怎麼會是懶惰了。

然後她又常說母親搗亂。說我也是來搗亂的（我明明來探望母親，怎麼我也是來搗亂的）？

我的脾氣是燜燒鍋，最好別打開蓋子。

在我面前都這樣數落母親了，不知背地裡會怎麼說，或者和其他看護閒聊時又會怎麼說。

有回我一直擤鼻涕，她說妳感冒啊，可別傳染給阿嬤。

我心想妳沒看到我一副是剛哭過的模樣嗎？

他們只有一個任務，就是下崗後病人是沒事的，不要有任何死亡紀錄在自己的手上。

和這名大陸看護還沒鬧翻時，她說起曾看護一個病人，因為血糖沒控制好，半夜突然往生，她好自責，哭得唏哩嘩啦。她又說起還有一個是用枕頭蓋住自己，想要悶死自己的病人，她如何用力把她的手扳開，搶救她。其實有好幾個時刻我曾經非常喜歡她，可惜那樣的感性時間非常少。

彷彿不管遇到多大歲數的看護都習慣對著生白髮的老人叫阿嬤或阿姨，有時覺得媽媽聽了內心一定很氣。媽媽平常語氣嚴厲又直爽毒辣，她對自己的期許與認定一向很高，但語言區受傷，使她無法說話，這究竟是怎樣的苦痛？

無言的結局，無法回嘴辯駁的苦楚。

母親在醫院請的看護都是陸配，母親沒想到她最後的人生會和她口中的阿陸仔在一塊兒。她曾經非常討厭的對岸人，竟成了她晚年的陪伴者，且還幫她把屎把尿。麻煩的是這些彼岸來的看護不會說閩南語，因此常聽見她們說的閩南語是歹勢，失禮，叨謝。大概就是這幾句了。

母親的看護最常掛在嘴巴的是：「煩死了！」

她告訴我來台灣的因由。

因為在大陸貪汙，她很大方地把貪汙兩個字吐出來，就好像這兩個字是很正常的字眼。

我想可能因為太累了，她接手看護母親的工作幾個月從未休過假，漫長大半年時光，過程都沒出過問題，卻在快結束時擺爛。母親接回家後屁股紅腫，已經褥瘡。是否因為和我吵嘴過兩三回而心懷不爽？

第三個大陸看護是來到我八里的住家，當時請的台籍看護因為要帶自己的母親去醫院看診，因此在徵得我們同意後找了一個大陸看護代替兩日。台籍看護打包票這大陸看護非常好，來台灣二十幾年，根本就是台灣人了。結果來到我家後，其實我也很不適應，因為這位大娘老是在講電話，把母親像個家具似的擱在床上。偶爾我見到她還開玩笑地拍打母親的屁股，狀似親切但其實是母親不喜的輕佻動作。

在找不到看護時，護理師朋友還偷偷不安地問我，如果來的是男看護可以嗎？就是我願意，我母親也不會願意。

終於來了台籍看護時，母親卻不願意讓她照顧，我後來才搞清楚，母親把她當男生了。這名台籍看護剃著比男生還短的短髮，穿短褲，平胸，聲音有點啞，確實像男生。她進病房時第一句話跟我說的就是放心我是女的。但媽媽仍沒搞懂為何她是女的。適應了很多天，媽媽才知道她果然是女「身」，才接受了她。

當一個作家變看護

後來，連我自已也成了母親的看護了。

一邊是母親的尿袋，一邊是我要喝的咖啡，一邊是母親的便盆，一邊是我的便當。隨時在打字中，可能要快速抓起醫療用手套，幫突然拉肚子的母親清理。這是我的新書房，充滿病愛的氣味，渴望救贖來到的天地。

活著的每一天都是危險的。戴洛維夫人走在倫敦街頭，她要去買花，她這樣想著。我也這樣想著，而我想著的是今天要去買護墊與尿片。母親那狂拉的肚子像拴不住的水龍頭，可以一天用掉半包護墊，用得非常凶。一生沒當過家庭主婦，現在是天天愛買，時時家樂福。一箱箱一捆捆一包包，很快推車就不夠裝了。這樣的採買行為，使我看起來就像一個職業媽咪，我的作家身分在母親重病的此時此刻，完全使不上力，文學如窗前的海岸線，退得老遠。

年輕時的母親是否用過我現在買的這些尿片尿布東西？

沒有，她的年代貧窮，何況她是一個沒有母親的母親，她一出生母親就過世，因此她不知道如何才能當好母親。而我一出生就是女兒，到老也還是女兒，也不知怎麼當好母親。

我連尿布都沒看過。

江湖的新手

母親流浪醫院超過半年之後，即將從醫院返家，但原來的陸配看護不願意居家看護，而申請的印尼看護又還沒來，期間還曾託一個做長照的看護朋友幫忙尋找，想改尋台籍看護，卻都仍在線上，還沒下崗。好不容易透過朋友問到一個台籍看護，一開始說是兩千四百元，後來卻又改索兩千六百元，不須被仲介抽佣金，還獅子大開口，我就沒有用她了，主要還是那顆會趁人之危的心，我無法接受。我甚至透過臉書問朋友的印尼看護是否可以租借幾日，答案當然是不可能。

就這樣，找啊找的，不是時間不合的，就是嫌八里太遠的，我心想八里哪裡遠？過個關渡橋就到了，而且她們不知道所謂居家其實就我和母親而已，不像有些居家是真的處在一家子裡，上有病人下有小孩。我還貼出八里臨河的窗前照片請看護中心朋友轉傳，但好像沒有吸引力。我想也是，看護都是老手，她們知道那些居家的風光她們未必享受得到。

合適且願意居家的女看護沒下落，心愁著，眼發直，驅動兩腿移動的是本能，千山萬水世界之大，竟找不到一個合適的看護。時間不對，地點不對，個性不對，性別不對……

於是決定就自己先去見習吧。

在醫院即將要趕母親出院的前兩週，透過一個朋友的幫忙，表示北投一家長期看護中心願意教我，且有實際的老人病患可供我實際練習。來到安養中心時和中心主任聊天，聊到我的工作時，我說其實我的正職是寫作，所以對看護非常陌生。他聽到寫作兩個字點點頭，表情就像聽到會計或者祕書之類的稀鬆平常。接著他說他的父親也是作家時，我瞥見他的胸前名字有個很獨特的姓「桑」，我立即知道他的父親是誰了。

教我的女看護名字叫路得，我說是受洗的名字，她說對，旋即又說自己不配這麼聖潔的名字。她示範給我看如何換尿布時，我的眼睛一直被她手背上的刺青閃爍得無法專心。她剃著平頭，身體很壯，刺青的圖案卻很溫柔，一隻蝴蝶。她帶我上去頂樓，穿越成排無神看著電視的老人，經過廊道時，有人抓著我的紗裙，也有朝著我嚷說著小姐，新來的嗎？若是沒對我這個闖入的陌生者好奇的泰半都是因為在打盹或者躺在床上。

彷彿經過神遺忘之地，或者該說是人間遺忘之地，有時連他們也遺忘了自己。但家人不會忘記，家人只是老了，老人照顧老人，形成時間的複沓，命運的迴圈。

在有如外太空漂浮的靜止之地，看見落地窗前有個坐在輪椅的背影，朝他盯看的方向望去，一輛重型機車停在門外。原來那是他生病之前最愛馳騁天地的野馬，那是我看過最傷心的背影。

路得在頂樓曬衣場說了自己的故事。她的父親是外省老兵，媽媽是原住民，她深愛父親，卻一直沒告訴父親，從小很叛逆，父親生氣對她說妳有天不是死在路上就是被抓去關。結果她被抓去關，回家未久，父親忽然過世，她懊惱到每天無法出門，肚子餓就往門外洞口丟錢，讓姪子幫她買吃的，當宅女當了兩年。沒錢了又跑出去混，她說以前在新竹開了好幾家夜店。之後又被抓了，進去關了幾年要被放出來的那天下午，她在監獄的窗前往外看，看見一個戴著帽子的婦人緩緩地走在高大圍牆的陰影下，步履蹣跚，似乎關節很疼痛的樣子。她聽見有其他的女子受刑人正在聊著窗前的這名婦人，有人說這老婆婆不知來監獄門口接誰，看起來好疲憊好可憐。她也因眼前這個身影感到一股淒涼感時，有人來叫她，她可以離開這個鬼地方了，結果監獄大門一開，那可憐的婦人從低低的帽簷下抬起頭來時，她見到了母親，可憐的母親大老遠地換了好幾班車、走了好長一段路來接她，她心裡忽然感到痛，從未有過的痛，當下決定要痛改前非。哪裡知道沒有多久，母親生病了，她答應不讓母親身體插管子，結果母親生前身體卻插滿了管子。

路得抽菸看著觀音山，而我看著她，心裡知道她的苦，女兒的苦，女兒的悔，這也都是我心的倒影。

我會緊緊攬住妳

母親為小孩吃的苦，從她懷孕開始。

我從母親下體吐出的那個午夜，母親說了好幾次，大約形容像是暴衝的車子，煞不住，午夜就在萬物寂寥的村子裡只聽見母親的哀號，然後是我的啼哭。她全身濕透，嬰孩也濕透。她是汗，我是血。找剪刀，用力剪斷母女的連結。她說的時候英勇至極，我想像那股穿透心扉的疼痛。但那個過去親自剪去自己臍帶的母親，現在卻極端怕痛，有好幾個醫生都說她是他們見過最怕痛的病人，她竟連日日換鼻胃管上的貼布，僅僅只是緩緩撕去膠帶，她都會用雙手遮住臉，不讓貼。每天跟戰鬥似的，必須抓住她有力的左手，但這一抓雖可使工作順利，卻要花一兩個小時修補關係。她會生氣，將我要談和的手甩開，直到她自己受不了寂寞，才會輕舉著手，招呼我過去。

她說過幾回關於我的哭泣，說哥哥帶著我走到水田來尋她和父親，正在忙著田中事的她聽見後方有哭聲傳來時，她轉身見到我們兄妹倆。哥哥見我在家一直哭個不停，因此揣著三歲的我來尋母親。母親手裡正忙，而隔著水田，我們兄妹倆只能立在岸邊看著父母親，這時母親就要正好走上工寮的父親看我是怎麼回事。父親上岸後，也沒看我怎麼回事，據說他從工寮一路走到村口的小店鋪，然後手裡抓著兩根冰棒回來，遞給我們兄妹倆吃。我才吃一半就又繼續哭了，父親很不解，但仍繼續抽他的菸。這時候，母親終於看不下去，她將摘一半的菜擱著，一路從水田上岸。她盯著一直哭泣的女兒一會兒，忽然想到什麼似的拉下女兒的褲子，她很生氣地轉頭罵父親說伊放屎褲底了，你還買冰給伊呷。接著她把女兒手上的冰棒倏地丟掉，並拉女嬰到工寮洗了一陣，她說才洗一半，妳就睡著了，可見妳洗完多舒服，難怪之前哭鬧個不停。

在幫母親洗澡時，我想起她說過的這個畫面。

起初，幫母親洗澡又是一件難事。要將母親抱到輪椅，因母親比我重很多，且鼻胃管餵食更容易發胖，又躺在床上沒動，身體軟癱，更增重量。因此聽朋友建議買了原床沐浴，結果很難用，因為也許安養院的看護團組才好用，但對只有一個人力的小小看護，就很忙碌。要提水倒水，來來回回，又怕到浴室時沒看好母親。因此還是用回便盆與沐浴兩用的不鏽鋼輪椅，小心練習著臂力，同時訓練腳盤的抓地力與穩定性。抱母親需要的是技巧而不是蠻力，再加上移位輔具，開始可以幫母親洗澡了。

把母親的手放到我的頸部背後，要她抓著自己的兩手。然後用腿稍微踢她一下她較有力的左腳，要她自己也出點力。接著以穩定的語氣告訴母親，媽，放心，我會緊緊攬住妳。

原來母親的身體這麼美

原來老人的身體可以這麼美，幫母親洗澡，解除了我對老年身體的恐懼。

買嬰兒用沐浴洗髮精，洗著母親白皙肌膚與白髮，她常常會用好的左手自己也揉揉擦擦的，她自己也很忙碌。我看著母親乖乖坐在便盆椅上，她因為安全感而舒服著，也因溫水洗淨身體而舒服，這比在床上擦澡是清爽甚多了。我邊洗時，也不禁回憶起往昔。在我幼年自己還沒學會洗頭時，母親都是將幼小的我仰躺在她的大腿上，長髮如亂麻糾結，她用大刷子梳理一番後，旋即舀水淋在我的長髮，然後用耐斯洗髮粉抹出泡沫，抓沖之後，把我放正，用毛巾擦乾。有一陣子母親太忙，我自己開始學著亂洗，有回和母親出門做生意，傍晚日落時分，公車巴士哐噹哐噹地載著我們回家，我累得趴在母親的大腿上，結果只聽母親尖叫，長頭蝨了。

母親，我是不會讓妳得頭蝨的。

吹風機吹著母親柔細的髮絲，心裡這樣想著。我幫母親擦拭屁股時，也常邊想起荒涼的小泥路上走著哭泣小女孩的身影，我之後倒在母親身上睡著的模樣。此刻眼前這個巨大的嬰孩也睡著了，我在母親耳邊說，媽，舒服了吧，很乾爽呢。

接母親從醫院回家，回家後拆開母親的尿布時讓我頓然傻眼，整片紅腫褥瘡。母親被一個陸配全天看護了大半年，過程都很不錯，不知為何結束時擺爛？於是我只好讓母親當豪放女，不包尿布，母親的褥瘡才加速痊癒。但過程得很細心，不時翻身，還有搽藥，之後聽了祕方，於是去花市買了一盆蘆薈，將蘆薈取出果肉後，將仍含有一些果肉黏液的葉片貼在母親的屁股上，就這樣來來回回大半個月，終於戰勝難纏的褥瘡。肉身是一座迷宮，埋藏如此多的機關。藥粉藥物都沒有治好母親的褥瘡，幾片蘆薈竟使傷口逐漸癒合。

我開始長期處於屎尿之中，很快也能轉換極端的香臭氣味了。美食與屎尿一線之隔，隔著病床，隔著三寸舌根。

於今我的看護手藝日漸熟練了，已經不像第一次做任何事情的慌亂，不會把屎尿與尿片弄得亂七八糟，也不會讓空氣跑進鼻胃管，不會讓泡沫滴進母親的耳朵或者眼裡了，一眼就能看出倒的水有幾CC，量血壓與測血糖都專業，不會像第一次連針都跑不出來，或者不敢刺母親的手腳。練習刺針時，我狂刺自己，直到熟練上軌道。血壓多少，飯後飯前血糖數據，已很有概念。看護程序日漸熟悉，我有如一個寫作老手，嫻熟照護技藝。我先是帶上醫療級手套，接著拉開電動床旁的抽屜，拿出必備品：濕紙巾、衛生紙、乾洗露、蘆薈露，母親的房間模擬醫院配備，三層櫃裡什麼都有，隨手拉用，非常便利。戴上手套後，先將母親的尿片護墊摺疊，免得漏到床巾。電動床搖平，把床上所有床上枕靠等物擱到一旁，將病人雙腿交疊，然後在她耳畔喊著：媽，翻過去。幫助母親知道要側身，讓她學著用手抓住床杆。側身後，清理順利，從外圍向內擦拭，由上而下。濕紙巾擦拭過後，乾洗露上場，衛生紙輕輕抹，接著塗上清爽滋潤蘆薈露。

乾爽是臥床者重要的關鍵字。

申請來的印尼看護阿蒂來到家裡後，立即加入密集訓練。我先和台籍看護學習，她先在一邊看。台籍看護有一天晚上跟我說，她母親生病得走了，因為想到自己的母親生病，而自己卻在照顧別人的母親，就感到不安與不忍。我可以理解，於是說何時呢？本來我們是說好她預留幾天，和阿蒂重疊，我們願意付兩邊的錢，只為了讓阿蒂有更直接的完整訓練過程，且母親一時之間也還無法接受新來的阿蒂。結果她竟告訴我當晚她就要離開了。

突如其來的錯愕，使我趕緊打電話給仲介的印尼翻譯，至少請印尼翻譯隔天來家裡，把阿蒂不懂的主要關鍵事物和程序先翻譯給她了解，之後整個母親的新居所就剩我們仨。還好之前在空窗期去看護中心短期觀摩了一下，又和母親一同在醫院流浪了大半年，許多環節也目視觀察了不少。初次抵達島嶼的印尼看護阿蒂也是第一次使用包大人，她在貧窮鄉下用的都是她親手車的布尿片，可換洗可重複使用。台籍看護無預警撤退，阿蒂趕鴨子上場，由我來盯她。為了讓阿蒂之後能順利接手，我和阿蒂及母親就這樣關在密室裡整整五天，從日到夜，全程緊盯。首先是備好五天的糧食，母親的糧食就是亞培牛奶、果汁和藥。我也很簡單，蔬果、麵、零食。阿蒂也很簡單，她說只要不是豬肉就可以。

檢驗阿蒂合格後，我才發現我們仨關在一間房子多日。每天照課表操兵，從七點醒來，一切就繞著母親轉。之後我動口不動手，完全讓阿蒂操作，直到她熟悉與明瞭我的意思。看她按摩母親的手是否太重或使力錯誤。她太矮，連家裡窗戶都關不到，也比母親矮，這有點傷腦筋，好在她力量大（農婦扛水粗工經驗，心眼又老實），因此她抱母親時在我牢牢叮嚀又叮嚀後，她知道要先將一腳跨進母親的兩腳之間，以加深底盤穩固。

按摩她學不太會，但幫母親泡腳則顯得俐落。教她判斷血壓與血氧，甚至教她氧氣機，教她看母親下床的雙腿顏色。母親的腿常是黑色的，血液下來後很難被心臟打回去，所以每天計畫讓母親僅下來兩回，減低抱的危險，也減低她的雙腳血液回彈不佳的狀況，而這些都必須教阿蒂判讀。

我在當專職看護多日後，第一次出門時，看著街上熙熙攘攘，忽然心情掉拍，像闖入異質境的時空旅者，之後我去喝了一杯蘇門答臘咖啡。

我想像遠方，想像阿蒂的村落，想像她將兩歲的嬰兒交給自己的母親，獨自來到島嶼照顧我的母親。我成了母親的小小安慰，而她卻是整個家庭遙遠的物質渴望。

蘇門答臘，咖啡飄香。

自此我家多了一個我旅行過他方的異鄉人。

等待異鄉人

等待她的到來，我就像是一個在等待郵購新娘的人。

幾個月前，瀏覽著圖片，腦中閃過台籍細心但拿喬，陸籍肯做但粗魯，印籍乖巧但笨些，越籍溫柔但不專心，菲籍靈巧但常意見很多……這些被仲介公司刻板化的簡便形容，盤旋在我的腦海。在印尼、越南和菲律賓之間徘徊。

終於還是選印尼，蘇門答臘的小鄉村。

原先要來接手短期的越南看護，還是沒來成，於是外籍看護裡，照顧母親的緣分還是落在印尼。

小時候有個堂叔娶了印尼新娘，每回經過他家宅院時，有時會聽見飯廳傳來印尼新娘的尖叫聲，因為她不小心吃到豬肉了。童年那個會尖叫的印尼嬸嬸已然回自己的原鄉多年。我的島嶼生活不再出現異鄉人，直到母親，我的生活裡才又再度出現印尼這個地理名詞。

母親有過三個印尼看護。

我第一次被叫「老闆」，這種老闆是最哀傷的，無法跳樓大拍賣。

有一次醫院護理師初到病房時，劈頭就問我：「老闆呢？」我一時沒反應過來，她還繼續揚聲問老闆嘞？

我開口說話時的標準國語她嚇到了，換她一臉迷惘。這時我才搞清楚原來她把我當成外勞看護了。

第一個印尼看護只做一天，做最短的看護。仲介說是印尼華僑姓張，但電話裡她說的中文聽起來很不順。約在關渡醫院，結果她跑去和信醫院。打電話又急匆匆的，我屢屢話還沒說完，她就好好掛了。不知是否怕電話費太貴。因仲介沒有帶她到醫院，竟被母親的大陸看護給嚇跑了。因大陸看護不願意跟回家，而申請的印尼看護又還沒到，因此我希望仲介先釋出一個短期印尼看護給我們，條件是希望會說中文的印尼看護，如此好讓大陸看護交接給她，而她可以交接給我們申請初次來台灣的同鄉看護。但這個印尼華僑看護卻只待了一天，慌慌張張就收拾包包不做了。我跟她說別管大陸看護，她仍堅持離開，仲介也沒解釋原因，只說張小姐無論如何不肯。當時我不在現場，不知道她們的衝突是什麼。

大陸看護說的是這個人沒有證件，不是合法。但我和仲介明明千交代萬交代要合法的，他們說不可能用非法，因為會有高額罰款，且對方是外配，當然合法。演變成羅生門，不知是發生怎樣的不愉快。但我可想而知絕對是母親請的這個大陸看護的嘴巴利得很，常如一把刀，看護和醫院整個護理站掛在一起。

第二個短期印傭叫阿琳，長得很漂亮，算得上是印尼正妹，長得倒有點加勒比海地區的深邃模樣，鼻梁也挺，眼睛晶亮，更是有一個迷人的尖下巴與翹臀。唯獨缺點是腰部有游泳圈，我以為她是亂吃零食的結果，結果沒想到是因為生了一個小孩，已經三歲，而她也才二十四歲。印尼人的人生都開始得早，二十歲就已經經歷結婚生子，到了三十歲，若用假結婚名義拿到合法居留權的幾乎個個都成精了，家事未必一把罩，但一定很會算鈔票，母親住院時，我每天買三餐給她，但她還是跟我額外每天要了兩百元，說是她要買吃的。忘了跟仲介公司說不能太年輕的，太美的（很多雇主都要求不要年輕又好看的，因跟家人同住，畢竟還有先生。難怪在台灣看到的外勞女性和我在當地旅行所見是很有差異的）。

阿琳漂亮，但個性非常兩端，高興與不高興都很直接地寫在臉上。

這是好事，但也變成非常難以指正她，因為才說一下就嘟著嘴，而我這個人又不喜歡勉強別人。其實住到家裡的第一天半夜我就被母親的哀號聲嚇醒了，她卻睡得鼾聲四響。我一直起床安撫咳嗽與失眠的母親，反而我比較像看護。

母親其實是被她照顧到出事的，但我也有責任，因我不知道母親不能那樣吃。而醫院責任更大，怎麼可以在出院那天把鼻胃管拔掉，讓家屬措手不及。然後屁股竟然褥瘡，這些都是第一天出院才知道的，不知道出院要檢查一下，尤其又是看護換了手。

母親出院沒幾天就因短期印尼看護阿琳餵食速度快，我又沒經驗，白天母親吐出食物時，我還沒警覺，驚覺不妙時，已經是晚上九點半了。緊急找無障礙車子，送急診（我不再送母親去關渡，改送馬偕）。非常嚴重的肺炎，胸腔感染，母親肺發炎，尿道發炎，因為母親喝水會嗆到，不敢給她太多水，結果就發炎了。且這一發炎，來勢洶洶。從居家到醫院，才回家四天。血壓一整個晚上都很低迷，心臟呈現衰竭，用了好幾瓶點滴還是沒起色時，醫生把我叫去，問我是否有心理準備？

準備什麼？

他問母親有簽署不電擊不氣切？我說有。

他說總之先等病房通知。

可以回家嗎？我低聲地問著。

不好吧。他搖頭，眼睛一直盯著電腦螢幕，不再理睬我。

急診室的護士總是匆匆忙忙，中重度病房的自動門開開關關，護理師拿著藥單之類的在門口喊著某某某家屬時，像是上帝在點名似的讓家屬緊張。母親整個身體像是冰塊，頭部一直盜汗，濕透了好幾條枕上的毛巾。一直昏迷中，緊握她的手整晚。晚上吐時還清醒，一到醫院卻陷入昏迷。熬了兩夜，母親險境終於稍退。住進馬偕醫院之後，隔天醫院的值班護士說，妳的印尼看護有點懶惰喔，叫她做什麼她都不太情願，護士說因為是家屬請的看護她們比較不會去盯，如果是和馬偕合作的看護中心她們就會盯著，做不好會反映。

我當下覺得母親已經在受苦了，應該立即換掉阿琳，因為阿琳的動作常常太粗魯，用力過度，可能之前是照顧男病人吧，她使母親吃了更多的苦。一開始打給醫院所屬的看護中心都沒有看護願意跟回到家裡的，他們都只能在醫院裡。最後還是問到了阿琳所屬的仲介公司，一開始說所有的台籍看護都在工作的線上。後來說晚點再打給我，結果找到一個，我心裡鬆了一口氣。

仲介公司來接阿琳時，我已經把她的行李箱帶到醫院了，把行李箱交給阿琳時，還是和她抱了一下，其實我心裡滿難過的。看著這個異鄉人下一站又不知漂流到何方？她把三歲小孩丟在原鄉，讓她的母親照顧，在台灣當看護期滿沒回去，而以假結婚名義留在台灣繼續當看護，她的心或許因為太年輕而不知感傷吧。就像太年輕時面對父親死亡，我非常傷心難過，卻很快就被外境牽引，心情來不及惡化，就復元了。年輕的心抵抗力好，可以抵禦這樣的離別。

印尼看護能夠與自己的孩子和親眷離別，我這個僅僅相處幾天的「老闆」，在她眼裡只是無數眾多台灣人的一個面孔，她叫我「姊姊」，我亦以姊妹相待，但這都是虛字，只是她希望我雇用她的甜蜜手法，但通不過殘酷的看護照料過程的嚴謹。

看護的工作是很困難的，他們照顧的是和生命時間賽跑的人，稍一差池，就是生死兩岸。

阿蒂終於來了

印尼，雅加達，是我年輕時曾經旅行的城市，除數次旅行與轉機之外，還有落腳過境旅館。雅加達只是阿蒂受訓的地方，她的家鄉距離雅加達還要搭船、搭巴士，或者飛機。六個小時旅程之遠的蘇門答臘藍磅小鄉村。

我們非常確定不用「承接」的，希望母親是異鄉人面對的第一個如母親的親人，雖然這樣的希望很遙遠。因為看護的工作是非常折磨體力與心力的，要視病如親，難上加難。但至少可以不帶進在別家的習慣。沒有另一個家庭養成的習慣，我要第一次來台灣，第一次就來我們家的人選。這意味著語言將完全陌生，心裡其實不免忐忑以後要如何溝通。這樣想的時候，人力仲介公司的朱先生剛好也來到電梯口，和他一起坐上老舊的七樓電梯時，他問你們一直住這裡嗎？他邊說邊環視著空間，眼神充滿著感情。我說這裡是哥哥的房子，確實住很久了，哥哥的孩子還在幼稚園就搬來這裡了，後來改成公司的辦公室。朱先生說一開始看到妳傳給我的地址還嚇了一跳，因為這住址也曾是我的住址。原來朱先生的父母親就住在哥哥同棟的樓下，但因為朱先生高中就搬離了，加上他的父親過世後，他們就搬離了這裡。

朱先生遞給我們的是關於申請文件表格，問我們要菲律賓、越南還是印尼？他開始分析他們的特性，當然都是一些統計過後的說詞，或者刻板印象。比如菲律賓靈活，反應快，但因此可能比較不聽話。越南乖，但很容易交男朋友，不專心工作。印尼溫順，但有不吃豬肉與飲食宗教等要注意的問題，我本來選菲律賓，因為可以用英文溝通。但哥哥說媽媽脾氣倔，找一個聽話的比較重要。我們家吃素，所以沒有豬肉等問題。選定印尼看護之後，開始收到朱先生寄來的看護履歷與照片，看著陌生人的照片。上面的資料不外婚姻、小孩、丈夫、年齡與體重身高，身高多一百五十幾，一百五十三最高，體重四十幾。都太瘦太矮，我想抱媽媽會有問題。

看這些履歷，像是在逛人力網站似的，相片看起來都和藹可親，乾淨異常。但在醫院看了太多各式各樣的外勞看護工，太年輕的常常是電話講個不停，太瘦小的常把老人抱跌個鼻青臉腫。寄來的履歷，二十出頭的不少，最後選了一個三十五歲的，看起來高一些，有看護經驗。等了一個半月竟傳來這個印尼看護體檢沒過關。於是仲介又寄來了新的一些履歷，我們再次篩選掉二十出頭的年輕看護，她們總讓我想到在空窗期來照顧媽媽的阿琳，等著用假結婚停滯台灣，等取得身分證之後，她們的薪水兩倍跳。於是再次選了履歷中年紀最大（三十八歲），處女座的，應該很愛乾淨，很有秩序。我自己是雙魚座，因此知道雙魚的毛病很不適合做看護，不是太感性就是太無章法。無法信任自己的太陽星座，但很信任處女座。因為自己有幾個重要的星座也落在處女座，所以我常很矛盾，且容易被誤會。比如外表看起來好像很浪漫很隨興，但真到節骨眼，處女座就跑出來了。年輕時開關常沒按對，讓對我有意思的男生傻眼，以為我到最後關頭耍他們。總之，其實我外表迷糊，做事模糊，但重要事情卻是很有主見。

如照台灣叫法，選定的印尼看護可以叫她阿蒂，後來才發現這阿蒂是菜市場名，結婚有小孩，個子也很矮，這天生問題好像很難解決，因為年輕的也矮。至少阿蒂看起來壯一點，上面的資料寫著有看護經驗，以前是農婦。

等待那個僅憑照片挑選的印尼看護抵台的時間可等得真久，因為中間剛好卡到回教新年。入境隨俗，雅蒂變阿蒂。

擠著一億多人的爪哇，擁擠的島與島，擠著出去幫傭打魚討生的村與村。

阿蒂因為兒子要上大學，因此接受已經來到台灣的朋友建議來台當看護，至於看護資歷，她只有在印尼照顧過三年老人，最遠曾經到過馬來西亞三年，六年就是她的唯一資歷了，三十八歲，在外傭看護界已屬大齡女人，但我們打從心眼就信任她，這是很奇怪的直覺。在電腦螢幕中滑動著許多看護者的資歷，照片都是穿著潔白的護士吊帶裙，笑容可掬，一副「選我選我」的可信任模樣。

當她來時，見到她的人（甚至大樓的無障礙計程車司機因自家開安養中心，看過太多外籍看護，他在阿蒂剛來的第三天，因載母親去醫院，他見到阿蒂反應遲鈍，笨手笨腳的，立馬跟我悄悄說這個不行，要馬上換掉。還有當時還沒離開的台籍看護也提醒我，我在場時她才比較認真……），但我都沒放在心上，最多就是點頭知情做做樣子，讓阿蒂知道我是有在觀察的。但其實她只是不懂語言而顯得笨（我們聽不懂別人的語言時看起來也都很笨），至於我在場她比較認真，後來我發現是因為我讓她放心，因我的聲調與姿勢都讓她不緊張。

看人要看本質，因為本性難改。其餘都可以在時間的訓練下逐步就位，我想到來台多年的短期看護阿琳，才來幾天就把母親照顧成肺嚴重發炎送急診。她靈敏聰明，但不是母親要的人。

自此，阿蒂這個異鄉人要開始接續母親的看護工作，從此要和我們母女綁在一起生活，如果來個難搞懶惰的確實很煎熬。阿蒂來到家裡時很訝異，這空間只有一個老母親與女兒（後來看到哥哥輪流幾天的晚上會過來守夜，才看到家裡有男人）。

爾後，我自己也開始學習外邦語。

起初和她的代號近乎是一套解碼系統，從A到Z，代表不同的工作與意義，透過身體動作讓她了解代號的意思，我像是個舞台的表演者，而她和母親是唯二沉默的觀眾。

A拍背，B翻身，C曬太陽，D量血糖，E關節運動，F點眼藥水，G量血壓、心跳及體溫，H灌飯前藥……起先阿蒂和我的溝通是比手畫腳加代碼生活，接著是谷歌大神的翻譯，直到她學會了每天要運用的單字。

她每回過來問我小姐，吃什麼？我都搖頭說，妳煮自己吃的就行了。

有時跟她說不行、不行時，她流露出很關懷的眼神望著我。我才知道原來她以為我「頭痛」，不行的發音在印尼語如頭痛。

當我說散步，用手比畫著腳步移動時，她就明白我的意思了。

灌代替了吃，因為母親只剩下鼻胃管連結著食物與她的身體了。這個動詞，轉變成傷心字詞。

但是母親的口腔仍有慾望，如果把所有的東西放到她手上，她都有可能往嘴巴放，香蕉不知要剝皮，東西連塑膠袋都放進去咬。

褲子和果汁的發音在阿蒂的印尼語言是很像的東西。所以她常搞顛倒，變成穿果汁，喝褲子。

台灣：對。

馬來西亞：不對不對（是台灣「對」的意思）。

印尼說對或是：撥得。

英文最容易，一句OK，大家都明白。

曬太陽是「折磨」，午餐是「夕陽」，晚餐是「馬爛」……這語言的轉換，代表著背後的心智感傷與折騰。

在醫院聽許多大人朝著孩子喊：安靜。阿蒂不解，因為安靜的發音在印尼話是「狗」的意思，朝著小孩喊狗，這太有意思了。

要：貓（毛），洗澡：瑪莉。

阿蒂貓瑪莉：阿蒂要去洗澡。

她說當初在仲介安排下，在雅加達待了三個月，接著就直奔台灣。連家都沒有回，我說妳都學些什麼中文？她拿筆記本給我看，全是中文的英文字母拼音。唸起來就是阿公要洗澡、阿公要吃飯、阿公要散步……

怎麼都是阿公？我笑說著。心裡卻想著這些年輕女性幫島嶼查甫郎照料下半身的起初尷尬與難堪，還有不時耳聞的被性侵事件，心裡感到經濟主導一個國家、一個人的命運關鍵性。

阿蒂忙說有的，後面就都是阿嬤。果然我翻到筆記本後面都是阿嬤的拼音了。

發音是最難的，老師變老鼠，吃棉被換麵包，棉被與麵包的混淆。印尼文的「朋友」聽起來像是「高彎」（但家人聽了大笑一團，原來聽成睪丸，散步聽起來像是夾蘭，家人也有人覺得聽起來像是台語不雅的吧卵），難怪以前的通譯官角色的翻譯一不小心會引起雙方的誤解，甚至招來殺身之禍。

朋友說他家佛桌上的祖先神主牌有一天被泡在洗潔劑裡，外傭不知何物地清潔著，看著神主牌在泡泡中載浮載沉時，他尖叫著忙去撈起。

這個印象太深了，因此阿蒂來到家裡不久我就開始教她認識我的壇城，我的神。

給母親聽反覆唱誦的佛樂，現在阿蒂最會說的話恐怕是阿彌陀佛。

我最怕接到阿蒂的電話。有一次她連續打了二十通，從清晨六點多打到九點多。但我不可能睡到聽不見啊，當然有可能是我手機放稍遠了點，但也不至於全然聽不到，還有個可能是響一兩聲她就掛掉。第一次接到她的電話還滿恐怖的，她急切地說著小姐，阿嬤不好了。問怎麼不好，她就聽不懂了。我只好趕回去。我趕回家才知道又是鼻胃管掉了。

嚇死了，不好了，這三個字有很多的想像空間。

我要她分辨何時才可以說這三個字，但發現還滿困難的，因為說「不舒服」，那也不用急著打電話。我教她鼻胃管三個字，鼻子nose，我指著鼻子說。後來有一次又接到她的電話，電話那一端沒有急忙喊說不好了，而是說阿嬤的nose掉了，阿嬤的鼻子掉了。鼻胃管，不是鼻子，我在電話那頭兀自笑著。

沙門，soap。肥皂台語和印尼話竟然一樣，都是採用外來語之故。她說「粽子」和台語「肉粽」也同發音。

阿蒂有一個哥哥一個姊姊一個弟弟，嫁的丈夫卻大她十歲，二十一歲出嫁時丈夫已經三十一歲，她開始耕田，做農婦。

每天晚上，母親睡覺後，她會讀一下中文與印尼文的雙語冊子，冊子很舊，應該是在蘇門答臘時仲介給她的。

常常電話一直響，丈夫來催她匯款。說大兒子要學費，小兒子要奶粉。她離家鄉愈來愈遠，離我母親愈來愈近。

她說她以前也是耕田的，雙手比畫著耕田的鋤頭。我點頭說阿嬤也種過田喔。種什麼呢？她翻翻字典說空心菜。她的印傭手冊裡有一句中文：我的丈夫是農人，這很像母親的年代語彙。

她還會自炒咖啡豆，在她的家鄉她是農耕時代的萬能者；在島嶼，她是看護新手，中文新手，現代科技新手。要教她電鍋、烤箱、微波爐還有烘碗機等。

我跟她說阿嬤也種過空心菜，她聽了笑了。谷歌翻譯幫我們解決不少問題，不過就像中翻英，有時翻起來很搞笑。我看不懂印尼文，有時看到阿蒂的疑惑表情，我想也是吧。

因為吃素關係，我的食物沒有任何香噴噴的肉品，都是蔬果，所以她打開冰箱都可以吃。至於魚肉，放另一層，畢竟她是吃葷的，得替她備著。

有一回我用英文說mouse，我自己住的地方出現老鼠。她沒聽懂老鼠，她聽成老師。鼠和師，發音太近。我指著自己說是老師，指著地板爬的才是老鼠。她還是聽不懂，後來用了翻譯軟體，她笑著點頭說喔，Mickey Mouse。我請她煎一塊肉，要香噴噴的，準備放進籠子抓老鼠。她聽了一直笑著，可能以前也常做這件事。

因母親無法行走，所以阿蒂多半在家裡，問她是否要休假也搖頭，她說來台灣就是為了賺錢，不然怎麼可能拋得下兩歲的孩子。還好母親才六十歲，可見她母親生她時才二十二歲，真是一個提早經歷人生一切過程的年輕民族。阿蒂最大孩子十七歲，最小兩歲。第一次領薪水她就急著匯回印尼。她住的地方在鄉下，我幫忙跑了好幾家銀行都匯不成。只好託仲介匯，就匯成了，阿蒂接到家裡電話說收到錢了，很高興。她跟我說大兒子要念university，我嚇了一跳，原來英語妳嘛ㄟ通。也不早說，可能她也以為我不會英語。不過我開始說英語後，她仍聽不懂，說只會一些單字。原來她之前在馬來西亞做看護的那三年，照顧的老奶奶一度去美國就醫。

直到阿蒂跟著母親去醫院就診，她才逛大觀園似的看著外面世界。我也才知道阿蒂這個名字是印尼的菜市場名，遇到好多叫阿蒂的女生。叫阿蒂時，許多人都回頭了。

她也才搞清楚，我們住的八里和淡水馬偕就隔著一條河流。

在醫院她會碰到同鄉，可以說幾句家鄉話，看得出她很高興。將手邊的老年人擱置一下，嘰哩咕嚕和陌生的同鄉人短暫地說話。

阿蒂遇見阿蒂，她們笑得很開心。彷彿從笑聲裡飄來了一座島嶼的茉莉、魚露、咖哩的鄉愁。

推母親曬太陽。讀讀海水的詩。
母親，妳看，這地方，不屬於任何人，也還沒命名。

昔日生死不渝的感情，成了一道傷口。
曾經叨叨切切的母親，成了失語者……

CHAPTER 5

失語者

我與母親的摩斯密碼

我和母親合演一齣人間默劇，不是卓別林式的喜劇。

這空間有三個失語者。

一個是身體的失語者，一個是異鄉的失語者，一個是精神的失語者。異鄉的失語者是阿蒂，剛抵達島嶼的印尼看護，只會叫我小姐小姐，還有阿嬤阿嬤。精神的失語者是我，一個寫作者的失語，文學的失語，作家成了午夜的喃喃自語者，在當代不斷說話卻是少有人懂的失語者。

若沒有言語，能否什麼都明白？沒有文字，如何表達思想？明白生滅將在無情風雨的夜裡告別，在光暈裡共舞，在隱含的憂傷中，一切化成碎片。

起初我也跟著進入沉默的銀河，忽忽只剩下淚水，難以言說。逐漸地母癱之事才對外說出來。幾場已經答應的講座，更是很難穩住心的動盪。

身體的失語者是母親，我和她的摩斯密碼是抓我的長髮一下代表（是）或（要），兩下代表（不是）或（不要）。於今才發現留長髮有好處，方便她抓，讓她表示她要或不要。我告訴她，抓一下要，抓兩下不要。

母親只能不斷用好的左手撫摸我。左手成了唯一的表達工具，她成了永遠的左派。失語後，她的手顯得很重要。左手是她的表達工具，生氣捏我，或者招手，或者比畫。

她常把我的手握得很緊。然而大部分時候我去醫院看見她時，她的手都被套上乒乓球拍的護套而動彈不得。

不認識字真麻煩，曾經母親這樣對我說。現在更麻煩，因為失語之後，連書寫都無法補救。

因母親受傷的是左腦和語言區，又傷及聲帶，導致右邊癱瘓。舌頭往內縮，捲進去變短，無法說話。之前在加護病房還聽過幾次，後來就逐漸失去最後一點聲音。母親開口的第一句話是我的名字。

我最後一次聽母親說話的聲音是一月二日，新年過後的第二天。

那是很奇異的感覺，新年才和朋友互道平安，不久就接到母親昏迷的電話。而前一通是母親打來問我喝她煮的中藥湯身體有沒有好一點。

我想起母親說我嬰孩時安安靜靜，不哭不鬧，乖得像是個啞孩子。她說當時在鄉下差點把我養到餓死，所以說不說話也沒緊張過。我開口的第一句話是什麼？她也忘了，說應該也是媽媽爸爸吧。我在醫院裡，總想著母親如果重新開口說話，她會說的第一句是什麼？哥開玩笑說可能問家裡瓦斯關了沒？

總是漂流。但記得母親說過人吃一口氣，無論如何也要死在自己的信念上。什麼樣的信念足以讓人生讓人死？

我找個地方坐下來，看著流逝的人世風景，想弄懂母親的信念。

我們大多在眾人的注視裡長大，衰蕪、荒朽，最後真正可以成為自己的部分是那麼地微少。

當夜裡無盡的哀傷流淌在身體的所有血液時，點上一盞燭火，身體映在屋內白牆，像是一束白光下，待放映的膠卷，投射著靈魂的優雅狀態。

我是唯一的觀者，獨自看著過去，一部顧影自憐的影片，一部孤芳自賞的影片。但誰想孤芳自賞呢？連上帝自己也不想如此這樣孤單，有人說祂造人、造景就是祂也不想孤單的。生比死艱辛，但這艱辛卻又是為了修得「好死」。當我寫作時，我動用了最大部分的靈性，在那裡看見人的處境與卑微和透徹。

女兒這個寫作者的萬言，不如母親的一默。

刀劍與玫瑰的語言

母親有著刀劍與玫瑰的語言。
以前是我沉默，她說話，現在是她沉默，換我說話。但以前她語言如流彈，而我的語言如流星。
母親的語言如刀，母親的沉默更如刀。
握有刀劍血色與玫瑰芳香的語言。
以前我寫，妳就是有辦法毀掉我的一天，當時因為妳的鋒利的語言。
現在依然，妳仍是可以毀掉我的一天，現在因為妳如此靜默的無聲。
我願意被妳的語言割裂，撕傷，也不願意妳如此喑啞。
沒有語言的妳，猶如失去牙齒的老虎，現在我不害怕妳的語言，但卻害怕妳的靜默了。還有妳連笑容都失去，嘴巴無法動彈。

媽媽是安靜，我是不靜

朋友送來兩個虎枕，虎媽媽受傷頭殼仰躺上面，媽媽也像那虎枕，只能躺著了。失去森林領地的虎王，躺成了一只虎枕。這秋末出生的女人，烈性如虎。她常說虎媽生了個貓女兒，我是她最鍾愛的貓兒。

阿蒂常聽我無奈地說著阿嬤好安靜。

印尼話狗的發音是安靜，而貓是不靜。因此阿蒂說，阿嬤不靜，小姐安靜。

我聽了笑，阿嬤是貓，小姐是狗。

母親陷入失語時光，靜默如閉關。她把一生的安靜都總結在這個小小的方寸之床，而我把一生的話都吐露給她，我想過很多回她的晚年風光，但從沒想過屬於她的風光會是如此寂靜，彷彿一臥千年，千年一臥。

而我成了絮叨者。

以往母親常說把我放在任何地方都靜悄悄的，常常一個人靜靜地看著遠方，從幼兒時就不會哭。任我坐在板凳上，也沒吵著要吃東西，也沒從板凳上掉下來，就好像一個雕塑或物件，只有眼睛轉溜溜的。後來我上了學，也仍常黏在椅子上，不上體育課，不跑步不遊戲，不知怎麼擺動身體。由於說話聲音小，被同學取了個外號，老鼠。老鼠滿街叫，有一回幾個男同學經過我家的防火巷，朝我家的窗口叫著老鼠！老鼠家住這兒！那回剛好媽媽在家，踩著縫紉機的腳停頓了半晌，朝坐在地板上就著茶几寫功課的我說，唉，妳被叫做老鼠啊！飼老鼠會咬布袋耶！明明妳是貓貓啊，整天窩著。

妳小時候那麼乖靜，沒想到長大卻是最任性的孩子，和妳爸同款，父女同款。媽媽為妳這個查某囝哭得最多，妳讓媽媽流了最多目屎。

其實我也為母親哭過很多回的，只是她或許故意遺忘或真不記得了，我多是背對著她流淚。我為母親哭泣的時間就是童年與母癱的時間。

每個孩子都怕失去母親，因此會哭泣找母親，多是忽然母親不見了，感到被遺棄，或因不安全感而哭泣。

雖然母親說我很乖從沒哭過，但在我的記憶深處卻曾經哭過一次，且哭得很慘，天天哭，哭到身邊的人都煩了，趕緊打電話要母親南下把我接走。那是約莫五歲左右，單獨和堂姑南下後就一直住在鄉下，每天住在嬸婆家，卻不見母親，一天盼過一天，感覺被母親遺棄了。於是開始睡醒就哭，睡覺前也哭，嬸婆家的人大概都哄不住我了，連堂姑都說奇怪，伊無曾這樣過。我一個人坐在三合院的稻埕，每天看著通往村外的小路走動的人影。有一天終於出現母親身影，她燙著新髮，穿著白色襯衫和短裙，很亮麗地奔到我眼前，聽堂姑說著我如何地吵著要找媽媽，如何每天一個人坐到門口張望小路，如何嗚咽地傷心哭著……媽媽聽著滿臉的笑，她覺得被我想念很幸福，一直抱著我，笑著哎喲，找媽媽，想媽媽了。

長大後每回我很久都沒有想要見她的意思時，她常會提起這個畫面引誘我，也順便安慰她自己，她總是說妳現在不愛媽媽了，妳都忘了妳小時候一刻也不想離開媽媽。

我當時聽了心裡發笑，一個五歲的小孩把他丟在任何地方，他都會很想念媽媽的。

那是一次和母親的小小旅行。我是看黑白照片和母親的述說才將回憶拼全的。

那回來接我的母親並不急著北上，她先是在村莊逗留幾日，有目的性的逗留，她加入村莊的賭局，那時小村莊四處都設有小賭局，農暇時娛樂，玩十二點半、十八、四色牌。

母親贏了錢，被不少村人見她就虧說錢攏給台北來的好業人贏去了。然後揣著些錢，她帶我跟著堂姑去旅行了一些名勝及順道訪友。我們去了曾文水庫，去台南山上拜訪親戚，去了阿里山……但我不記得是誰幫我們拍照片的，我的兩根長辮子變成赫本頭，隨著初夏到盛夏，我們仨到處遊走。後來北上，連堂姑都跟我們回家，那時這個姑姑還沒結婚，決定聽母親的話。母親說在鄉下沒出脫機會，不如到台北工作。這個父親的堂妹就先住在我家，那時只要從南部上來的親眷幾乎都住過我家，母親在這方面像個男人，從不吝惜讓別人借住。堂姑後來在一家歌廳當會計。那時我很喜歡母親帶我去找她，因為我們都會跟著坐下來聽歌，她很晚才下班，我們就一直免費地聽著台上的小歌星唱著各式各樣的歌。那時候雖沒有所謂的牛肉場，不過偶爾小歌星著得薄紗涼快衣服也是常有的小插曲。母親好像沒有注意到這一點，因為她常常都在昏暗的光線下打盹，否則她應該不會讓我一個小女孩也坐在那裡看著清涼秀。

後來母親還幫這個堂姑姑作媒，把她給嫁離了我家。

母親做媒人，憑靠的就是她的語言，她的語言生動靈活，她觀察力敏銳，她常一針見血地直言，犀利至今人生畏。

語言炸彈失去了引線

我人生搭的第一輛車子是堂叔們開的聯結車，不用花錢的車子，經常接送我來回台北和雲林鄉下，接著就是搭父親的貨車。貨車是父親的第一輛車子，他考了三次才拿到駕照，這也曾讓母親數落很多次，她覺得這麼簡單的事父親都可以考三次。

母親就是屬於肥皂電視劇裡的婦人，會一直以言語激怒對方，毫不知人也有底線，狂踩底線之後，母親卻是加碼對抗，從不服輸。這讓沉默的父親很無助，他一直希望語言是拿來對話而不是拿來相罵的，但母親的語言是火藥，她就這樣炸毀我們的一天，她有能力摧毀我和父親的每一天。直到父親倒下，她的語言炸彈再也沒有引線，她成了被拔去銳利牙齒的老虎。

直到母親自己也倒下，她的語言最後連炸彈都移除了。她開始如碎片般的漂浮在外太空，這樣的沉默，如死寂的靜默，依然持續地摧毀我的每一天，因為悲傷。

我在母親倒下後才明白，語言的利刃總比拿掉語言好，這靜默的母后，如此讓我難以適應。

玫瑰與利劍的語言，都是母親。脆弱與剛強都是她。

我聽了她大半輩子的語言炸彈丟來丟去，忽然戰火乍歇，不習慣的竟是我。換成我每天話多，一天到晚在她耳邊說話，說東說西，好像一個八卦新聞主播，讓她可以得知外面世界。以前我就是向她不斷報告城市變化的臣子，現在竟還是這個報馬仔角色。

母親訓話時，一定要忍住口舌竄出，不然不免會火燒母女關係，且我必然是吃她幾頓狠削後而鎮日委頓的敗將。

千萬不要回嘴，我總是這麼提醒自己。但常常最後關頭沒忍住，想為自己辯白，卻讓母親的語言刀劍揮舞得狂烈。

我一直被母親的語言刀劍刺得死死的。

母親就是沉默也還是具有殺傷力的人。

母親聲如洪鐘，我音小如鼠。母親說話，老遠都聽得到。我以前說話，靠近我身邊還未必能聽得見。媽媽說話如武將，大聲大氣，這使說話像含一個滷蛋的我在母后的陰影下，在家時光總是有如躲在叢林的小兔子，用無聲的保護色來隱匿自己，當母親大笑得天地震動時，街坊鄰居也都同時耳聞，而我戴上耳機聽音樂，封閉耳蝸甬道。

以前她有時會推開我沒拴（不敢扣上）的房門，看我埋首書堆的姿勢，她會說妳低頭看書的樣子親像妳老爸，姿勢像懶貓。

於今我就是大開耳門也聽不到母親的聲音。

最後錄下母親的聲音是她說「阿彌陀佛」。這聲音我反覆放，如誦經似的放送著，直放到我沒有想要流淚的感覺為止。

第一個進入我耳朵的聲音即是母親的疼痛聲。她說第一次聽我嬰兒哭聲時，還心想完了，怎麼跟小貓似。打從我有聲音的記憶，是母親帶點雄性的嗓音，因為她做生意的關係，還有少女時務農的關係（在廣闊的田埂裡必須扯開嗓門說話），母親的聲音都像是唱北管般的大腹音，絕不是南管式的婉轉，所以我說話她常嫌太小聲。

於今，母親沉默了。

以前那麼艱苦，不都一一撐過來了。母親曾說。

但現在臥床的母親，卻苦苦撐著。有時候看她眼睛瞪著天花板，用她剩餘的微火照著這塵世的幻滅無常，我已然無法知悉母親在想什麼了。

她不認識字，否則尚可筆談。我第一次看見她簽名不是簽我的作業簿或是考卷（都是自己代簽），而是她簽署不急救同意書。

寫作者需具備同理心，但擁有真正的同理心是何其困難。沒有真正的經歷，其實都是架空的想像。

母親即是缺少了能夠傾訴的對象，承受了太多的壓力，身體也因此產生病痛。現在開始珍惜與她相處的機會，還有很多想說的話都還沒有說完，她卻已經關閉了對話的通道。

回想自己在許多的文本裡寫過母親的犀利語言，於今對於那些自己描寫過的母親銳利的文句，我發現母親才是最好的小說家，我以為我不像她，其實我只是掩藏，不若她直接，但本質上我們都是難搞的人。因而父親怕母親，而我怕同住一個屋簷下的人。

沉默的母親，才和我同住到屋簷下。依然可以割傷我的母親，其語言犀利和沉默的成分竟然如此相似。

我在內心裡產生了雷電似的感觸，我和她竟是有著極為相似的本質。

看母親被囚在一具壞掉的身體裡，我的心裡會瞬間湧起無限的孤獨。

母親以前是那種做什麼事動作都很大的人，不遮掩自己的人。笑聲很大，是那種一笑就無法遏止的人。罵聲很大，是那種一罵就要罵到對方承認錯誤的人。當然包括啟動身體的一切也都動作頗大，眼耳鼻舌身意，樣樣昭顯她的存在。小時候她打噴嚏，我若剛好在旁邊做功課還會被嚇到而寫歪了。她老說沒給我生膽，但當我航向天涯海角時，她才發現原來我膽大至包天包海。

中風後，母親只有笑過幾回。她的眼睛再也流不出淚水，只能乾嚎。哭笑不得。

這使得她原本憂愁的那張臉更顯得苦惱苦楚。

放心，媽媽做鬼也會保護妳

如果我走了，妳會很痛苦。

放心，媽媽做鬼也會保護妳。

母親連倒下前的話語都如此驚天動地，每當我回味她的語言，常覺得那刀鋒像文學，文學即使在當代看似失語，但其本質十分銳利。

母親的話語曾是我極欲丟棄的刀槍，急需纏裹的傷痕，但最後她的語言卻彷彿是告白的愛，成了我晝夜收藏的體溫。

她那有如預言的末語，使我像個語言追憶者，不斷回溯她曾經吐過的語言，她的語言成了我時刻的渴盼相思。但她的語言過去其實是我心口上懸的刀，即使過了很多年，風吹雨打，生鏽了，它仍是刀。尤其是她年壯時的語言，總燙得我高燒不退，舌頭打結，只好把自己圈在無聲音的場域，我的筆名應該叫「莫言」才是，因為我只要當時膽敢跟母親回嘴一句，就如手榴彈似的炸毀一天、一週，甚至一個月……雙方才會有一點和好跡象。

那都是些很底層很庶民很粗礪的語彙，往往指向身體生殖器官的語言、指涉粗魯傷害的字詞，她在暴怒時射向我，使我燃燒，氣憤奪門。但一個小孩可以躲去哪兒？最先是躲到屋頂。靠著樓梯的牆面咬著手指頭，望著天際，望著遠方，望著可能的逃離路徑。然後天黑了，起風了，心裡有點害怕，卻仍強硬著不下樓，直到上方的聲音揚起，叫嚷著袂噯咕（吃）叨緊落來，或者威脅著不吃以後都別吃了之類的話語。

緩慢下去後，走到陰暗廚房，母親早已跑去沐浴，留下我一個人含著眼淚含著飯粒。

但母親晚年，只要不談及我匱乏的金錢與感情，我們兩個倒是有不少話題可以聊，因為我滿喜歡聽她那直白的語言與豪爽的批判，還有無盡的家族枝枝葉葉的碎片故事。

未料母親被禁語。

如閉關似的禁語，自此不打妄語，不說狂語，不吐囈語，不燒烈語。

什麼最大，「業」最大。當業來時，排山倒海，勢不可當。業如何形成？我在這共四張病床的病院，身處這苦痛之最的邊境，耳聞這靜默之極的邊境。邊境之外是廊道，用餐時間，年輕的外籍看護與揚聲說話的大陸看護形成高低頻差異的打屁打鬧氛圍。醫院窗外，淡水河起霧，波浪迤邐，我的臉孔凝結在玻璃上，和靠窗的母親影像重疊。她已經闔上眼睛，身體歪斜，老虎已然投降，蜷曲成一團毛球似的貓。

忍住不流出的眼淚，化成鼻涕，我擤了擤鼻子，聲音使母親睜眼一會兒，她揚起手，要我靠近她，走近她，緊緊握住。欲哭無淚，母親的臉如此告訴我。

別難過，媽，我只是鼻子不舒服，我彎身跟伊說，按摩她的喉部，使她將口水吞進去，但鼻胃管使她不舒服，她勉為其難地嚅動著嘴巴，像是咀嚼著某種艱難吞嚥的東西。

後來我才明白，母親拒絕吞嚥。看護說復健老師說她可以吞，但卻怎麼樣都不願意吞。為什麼？為什麼？為什麼？我心裡自問著。

因母親無法說話，所以只能給選項讓她點頭，問是因為會痛？她沒反應，沒搖頭也沒點頭……忍了好久，我終於問了她最不想問的問題：媽，妳不想活了，對不對？她點頭。

我兩行眼淚掛在臉上。我說知道妳的痛苦，但妳其他器官機能都還行，我不能替妳決定啊。我說妳求菩薩好嗎？妳跟菩薩說好嗎？

但是妳以前教我要勇敢，要努力，妳都不要了。

我去買海苔看看，妳以前最愛吃的。她沒反應。

看我吃麵包，可能她覺得我都沒吃正餐。她指著我兩邊的臉頰，意思是說我變瘦了。

我問不美嗎？

她搖頭。美嗎？她點頭。

但妳究竟在生氣什麼？我問。她食指指著我的鼻尖，生氣的眼神。

猜不透。唯一能猜的就是，她覺得我竟沒帶她回家。

簡單字彙或者點頭搖頭。無法明白每一個表情的含意。

媽媽今天要我推她回家。她要逃走，逃離醫院。

我回到家裡才慢慢拼出母親的意思。

以往的日常生活，常常被母親的語言激怒，因為她常以「負面」看我。

小時候，語言暴力是常有的，或者情緒的威脅。還有就是恐懼母親的「消失」。

父親天生沉默，有一種孤獨的氣質，和母親的喧囂入世形成很大的對比。

如果父親看到晚年的母親生病之後的失語與沉默（失語者未必沉默，因為他們仍然可以呻吟或者哭喊），但奇怪的是母親很少發生這樣的情況，除了很多天沒見到我之外。沉默這個字眼也終於屬於母親的字詞了，沉默再也不是我和父親專屬的詞庫了，母親加入其中，而我卻越發嘮嘮叨叨。

我的家族有天生失語者，大舅的兒子，我的表弟，被大舅取名大衛的表弟，是無語的大衛，因為兒時燒過頭，燒成了失語者。我們必須學手語才能和他溝通。

有精神的失語者，祖父和叔公都算是，他們是精神被閹割的左派，在島嶼徹底失語，被拿掉發言權，甚至交出性命。

或許因為得了政治失語症，也影響到後代，父親極其沉默，且凡事不親。他和原生家庭最親的一件事可能是有一回他偷偷抱走他的么妹，因為聽說么妹要被送走，他把妹妹偷藏起來，表達對母親要將妹妹送人之舉的百般不願，據說因此祖母就放棄了。這個父親的么妹也就是我的屘姑，少女之後是個大美人，到老也還是個美人，她對我們還不錯，可能是基於少年父親曾偷偷抱走她的感激之情。但那是父親對家族唯一的親密了，在我的印象裡，他不曾抱過任何人，不曾有過任何言語的溫度。母親最常掛在嘴裡的就是老掉牙故事：我三歲放屎褲底時，父親竟也不碰我，他只是去買了一根冰棒給我吃，以為如此可以止住我的哭泣。母親離家不見時，我曾央求父親帶我去買國一開學要穿的制服，那是我和他唯一的一次父女同行，他走在我的前面，我跟在後面，那是我們最近的距離。

母親不一樣，她渴望的東西都寫在臉上，比如母親渴望走在路上時能一起手牽著手，但我和父親卻都不給她牽。

有好幾年我和母親常去苗栗的九華山朝拜。

九華山的住持禁語，那時母親還納悶說她不解為何要禁語？

我就之前閱讀得來的理解，以及自己參加過的禁語內觀還有禪七等經驗，轉而對母親說禁語是因為要節制自己的任性，沉澱自己的思緒，不對外放任的時候就會逐漸內省，將外界的雜音封鎖在外，是為了更清楚地聽見自己的聲音。禁語表面是不說話，但真正是要靜觀守心，看住自己的心。中醫把脈的訓練，據說要先摸出石頭與塑膠的初步區別，之後逐步做到可以摸出樹葉的紋理差異，甚至觸摸水紋所蘊含的不同觸感特性，此都是內觀自省的訓練。

當時我自言自語了半天，轉頭母親早就不知溜到哪兒了，我一想就知道她一定是去吃齋麵了。

像母親這麼隨意就吐出話，想說什麼就說什麼，容易患惡口妄語兩舌綺語，傷人的話語如劍刃，在旁邊聽的一位陌生的出家人也坐在母親旁邊，她跟母親這樣說，母親就聽明白了。我說一堆什麼內省沉澱之類的，她霧煞煞。那位出家人又舉例釀造醬瓜是不是要將罈口密封，等待醬菜日後的鮮醇。禁語就像是釀造醬瓜，要先封口。母親邊吃著齋麵，邊點頭。用吃的比喻，母親最能明白了。

我去內觀十日的禁語體驗是收攝身心。因說話非常耗體力，平常參與講座還可以，要獨撐一場兩小時的演講時，往往精疲力盡。禁語是休息，攝心、八關齋戒與禪七的禁語在我的經驗裡，似乎都帶著某種刻意，被空間氛圍感染，因此也容易收起嘴巴，但收起意念則非常難。內觀十日禁語一結束時，我印象深刻的是立即有個讀者跑來和我認識，她說打從內觀一開始就從牆上貼的名單裡見到我的名字，她說當時她心想哇，作家有來耶。之後她說這十天裡，我的名字常浮現在她靜坐的意念裡，形成懸念似的干擾。

除了閉關的要求而禁語外，我也有過短暫失語的經驗，只能回答是或不是。如果多說了，眼淚就要溢出眼眶，狂泗漫流了，類似憂鬱症傾向。因此選擇失語，對發生的一切靜默。

母親是被迫的失語，傷到語言區，連帶吞嚥也沒辦法。

她的外表像是閉關僧人，無須禁語即能禁語，但她的意念卻是盤根錯節的，她的禁語充滿著哀愁。

我有個朋友說她在某中心被要求禁語，有一回她跟我說這點毫無困難，因為她根本不想和某些人聊天，被要求禁語彷彿掛上免戰牌，自此不會有人因為她的冷漠而覺得不適，相反的會說，這人好精進喔，要她不開口說話就能不開口說話。

以前母親走過之地經常是屍橫遍野，因為她的語言如刀。

而我就是那個最常被她砍傷的人。

以往她的語言總是不斷轟炸我敏感的生命土地。老挨她的罵，隨時語言炸彈從空中丟向我。

比如母親會突然說要搬去安養院，還要我給她一百萬，語氣不是老人，倒像是一個堅持求去者向另一半威脅的贍養費。當時我黑著眼眶，放下飛行了二十幾個小時的行李與浮腫的腳，坐在母親的老窩客廳，望著牆上的日曆，想起因為飛行經過國際換日線而被跳過的生日，母親生我的受難日，彷彿被空氣吃掉了。頓時面對母親爆發的怒氣攻心，我心裡萌生一陣哀感。看著家裡的擺設，從童年至今母親的擺設都差不多。到處充滿著回收物，我八里的房子當年也都被她侵入過，在她口中鬼畫符的畫作也被她當垃圾丟掉了不少。

她說我去住安養院，我就不信你們不怕鄰居笑話。母親以往的語言機關槍不斷掃射：我要自殺，我要出去給車撞……讓你們一世人背負罪惡感。年輕氣盛的母親，口出恫嚇之語。

我的烈性天可汗，於今變成巨嬰，原來輪迴不用等下一世，就在此世此刻。

她像個無辜的孩子，又無法開口，只能用那僅剩零點幾的視力求著我，有時眼睛乾涸無淚，但其實她的心在流淚，我知道。我就解開她的手套，看護進來就會以嚴厲的口吻說，妳又解開了。等會兒她會去拉鼻胃管，又不願戴手套了。她的意思是我這樣會讓她很難照顧看護母親，但她不理解做女兒的心痛之情。一切都為了便利、管理，實在很難說服我。

只是站的位置與想法不同。我認為時間不多，要把握每個機會，母后已老，還要受這種折磨嗎？但她們認為萬一母親有可能會好，或者也不能再糟了。我也同意，因為就怕萬一可以更好卻錯失機會呢，但萬一她不好卻又走不了，那豈不是躺著更受苦。我怕她一直躺著，一直失語。

母親經常說，妳做紅嬰囝仔時，真乖真乖，總是靜靜地一個人坐在那裡，不哭不鬧，非常好飼養。女兒老，老女兒，母親卻不老了，母親停下時間，躺在床上忽成嬰孩，她竟也是個不哭不鬧的孩子，發不出聲音的喉嚨，流不出淚水的眼睛，只是她的不哭不鬧是被迫的無奈。

嬰兒與老人，醫生最棘手處理的兩種年齡。幼兒因為一切都還在生長，還在變化。而老人是一切都在衰敗，持續凋零。很多老人最後也都回到嬰兒狀態，他們開始大量躺在床上，時間彷彿失去重力，從幫寶適到包大人，從嬰兒床到電動床，從牙牙學語到無語問蒼天。時間的輪迴，身體的輪迴，命運的輪迴，感情的輪迴，得失的輪迴……原來輪迴不是教義，它是現象；它不是未來，它是此時此刻。

從來不知道有一天母親會失去說話的能力。

母親，沉默的母親突然慈眉善目，威嚴的天可汗如俘虜。

她如此沉默，和鄰床的阿嬤全身難以動彈卻僅剩嘴巴可以罵人成了最大的對比。

我安慰母親說，不能說話我們就不要說話。

只是沉默的母親如此不像她。

辣媽不見了，那個每回都恥笑她說話細如鳥叫，膽小如鼠的女兒，在她的面前突然聲音已如獅吼，必須在耳邊輕語才能不驚擾她，她耳根仍通，但失去語言，我終明瞭愛語柔語之必要，說的話都是讓她舒服的，她才不用因為無法抗辯回應而痛苦。

沉默的母親，我如此陌生。以前和好友訴說母親的語言利如刀，友人總安慰就把母親的話當寶啊！那時怎麼聽都無法當寶，我的耳朵當時必須長繭才能減緩母親語言的挫傷。於今才能感受什麼是把母親的話當寶，不是她的語言真的是寶，而是她能說話是一件多麼美好的事。

試想過母親晚年會發生的可怕情景，比如完全失明（因為青光眼加上視神經枯萎多年，視力極其微弱），未料她的語言一夜就失去，她那銳利的口條，她那對人事地物毫不保留的批判力，忽然像拔掉插頭，完全失聲。

有一回她呻吟了幾聲，且咕噥了幾句，我在病床前聽了竟跳起來，搖著她說：媽，妳叫，妳叫沒關係，大叫吧！但她就只呻吟幾聲，彷彿知道自己發出的聲音是很羞赧的，且咕噥的話近乎天語，沒人有反應，她又沉默下來了，且不僅沉默，更緊閉著嘴唇。

我頹然地又坐回病床旁家屬看護的椅子上。一直反覆想著，母親剛剛說的是什麼話？

三寸舌根可以是刀子也可以是魔杖，可以鼓舞人心地救人，也可以如刀劍般砍傷人。母親的舌根大概是都有的，有時她伶牙俐齒，有時她如領軍帥將給人力量。

猶憶鍾家祖祠新落成，祭祀祖先時，道士如作法式的發出連珠炮語如：子孫大富大貴大攢錢，有否！母親總是喊得最大聲的，連聲的有，彷彿回答有，就真的有了。就像上帝說有光就有光似的篤定語氣。

是這些細碎的往事，勾起我的痛感。

如果人沒有相處就沒有這些記憶，沒有勾動逝水年華的畫面會刺傷心。難怪要出家，出離家，離開家，減少相處的記憶，就沒有執愛或執恨的畫面了。

鮮少聽某個朋友提及她的母親，原來她的母親跟隨她的姊姊移民到巴西，快十多年沒有相處了。她說母親若走了，她應該比較不難過。但她說父親就不一樣，她父親特別疼她，因此父親六十出頭就過世時，讓她傷心好久，一想起就哭。

我想起父親剛好相反，會傷心傷懷，但不至於傷慟。

愛，反而是後來會反撲我們的東西。現在每次有人說很愛我時，我臉上微笑著，但心裡卻說著你可別再害我了。

據說人最真實的幻想會在夢中顯現，而我在夢中卻想見母親而不可得。我在入睡前用心靈深處和母親溝通，我在心裡說著媽，妳雖無法言語，但可以入夢跟我說話。

在這我們以為真實的世界裡，還埋藏著全然不同的世界嗎？叔本華認為一個人能夠把萬物當作是純然幻影和夢象的人，這種稟賦往往是哲學才能有的標誌。存在的現實如夢，如夢卻是現實。如此一來，生活就是一部活生生的《神曲》，除了歡愉還有許多的悲愴苦痛陰暗憂鬱焦慮，被我們招致身邊的際遇，活生生地踩踏我們，但卻得視為如皮影戲一般。

我的整個佛學中心的學習有個重點之一即《金剛經》偈言：「應無所住而生其心」，「一切有為法，如夢幻泡影，如露亦如電，應作如是觀。」

而我多麼希望母親生的這病是一場夢，就像在夢中遇到危險時大喊著，突然驚醒過來才發現是夢，然後很安然地繼續睡，告訴自己要把它夢下去就好。我也曾經在夢中做過恐怖的事，最恐怖的一次是夢見自己把舊情人殺了埋在天花板的隔板上。

後來這個舊情人卻因癌症而過世，還在中壯輩年紀就走了。後來我去北美館看他的展覽，原本是一場大型展覽，突然就變成回顧展。

我想起了那個夢。原來夢裡有隱喻。

這一生沒有過這麼沉默的母親，語言的犀利如刀割過的字詞彷彿被蟲蛀掉似的喑啞。

急性子的辣媽，心臟不好，因為急。

我總是在她的耳根旁唸唱著六字大明咒。

我跟母親說，牢記著，那是我們日後相逢的淨土。妳放下擔憂，不要煩惱。

換我苦口婆心，因母親就是婆心也無語了。

我想起畫家孟克母親在過世前耳提面命地跟當時才五歲的孟克說一定要信奉天主，這樣日後我們才能在天堂相逢。

為了讓她點這個頭，我彷彿等了一個世紀。她會繼續以無聲之聲唸著觀世音。我每天給母親喝加持過的甘露水，期盼我們在淨土相逢。

龍華三會再相逢。

我對母親的感情被她的壞脾氣遮掩了，被我的自由感蒙蔽了。

母親，這世界我僅剩的唯一牽絆。

我跟她說，媽，我只剩下妳了。

我終於明瞭為何她在倒下前的不久曾突然跟我說，沒有我，妳會很難過的。我當時聽了心想怎麼會，我會悲傷，但同時我也會覺得自由。我沒有體認到我的自由感其實是建立在擁有母親的安全感上，我不曾擁有真正的自由，我的自由只是一種逃脫，心仍牽掛許多東西。無所牽絆，才有自由。

只剩下母親了。

世界這麼多人，但都跟我沒有關係的。有關係的兄長，自然有他們的妻小為他們牽掛。

只剩下母親了。

世界這麼多苦，但多是旁觀他人的苦痛，能感同身受已屬難得。能勾痛血肉之痛裡最深處的核心，就數母親了。

神的暗號

母親倒下前，她的老屋前來了舞獅。

一對舞獅，黃舞獅與紅舞獅。

那是一個奇特的午後，如此高彩度。

彷彿報信者。

解碼的鑰匙，遺忘開啟的密碼。

月圓時要許願，星星劃過要許願，春天第一聲打雷時也要許願。

經過水池也要許願，經過廟宇更要許願……母親說伊很不會跟神明說話。但她從小就教我要記得許願，她說許願至少是個開始。

神語透過扶乩在桌面上寫字，海在水面上寫詩。

書寫，亦是不說話，保持靜默，發出安靜無聲的吼叫。

關於解碼，神給的暗號有時候是難以當下理解的。常常必須事過境遷，才恍然大悟神來過。

曾搭過一輛計程車，司機他說我一定會天語。我會天語，我不會啊，什麼是天語？我問。司機竟然乾脆將車子停在路邊，他看著後照鏡的我，然後彷彿入定似的竟就開始說起一堆恍如外太空的語言，在密閉空間他一直說下去，我也無法下車，只好等他從天界返回人間。

我和母親曾經有一回去參加一次奇異的宗教活動，母親去是為了有免費的餐點可以吃，但一個人太孤單，所以她那天中午就沒有煮飯，說吃外面。那時我已經讀小六了，感覺母親那天特別慈眉善目。但我們在巷子裡兜轉好久，只聽得肚子嘰哩咕嚕叫著，後來看見巷口有人在進出，一問才找到位在老舊公寓的頂樓。頂樓很寬敞，我和母親吃完素齋後，母親本來就想溜走，但在門口遇見和藹可親的婦人，兩人在市場就認識，婦人摸摸我的臉頰，跟母親說等會兒還有水果甜點。於是母親又留下來，但我們坐到板凳後不久，卻有一個面目清秀穿白衣的少女開始「說法」，那些冗長的對仗詩文出自白皙的少女時，我聽得目不轉睛，母親卻累得打盹。吐完冗長詩文之後，少女祝福著與會大眾。但瞬間語畢，少女卻「暈」過去，把我嚇了一跳。

很多年後我才知道少女是靈體，吐出的詩文不是出自她，而暈過去是「退駕」。這是我和母親同時聽見天語的初啟，當時在台上開示的師父還說著你們這些親眷，要發願將來去同一個地方，不然有人在地獄受苦，有人在天界享福。因母親聽不懂詩文，她只想去吃東西而已，所以她就不相信剛剛是真的有菩薩來。而我是一個意志脆弱的人，聽說要到天界就很歡喜。台上的一位傳道者就說，你們當中相信和不相信的人將來去的地方是不一樣的。我永遠都記得我聽見這句話時，難過得快哭了，母親當時還問我是怎麼了，怎麼吃飽了還一副哭喪的臉？我當時難過以後竟然要和母親分開，因為靈魂要去不同的地方而感到十分的傷心時，忽聽見母親說吃飽了怎麼還難過時，就又笑了。

母親的務實，永遠敲打我的浪漫。

母親的話語曾是我極欲丟棄的刀槍，急須纏裹的傷痕，最後她的語言卻彷彿是告白的愛，成了我晝夜收藏的體溫。成了我凝望的永恆風景，成了我在寒冬枯葉落盡的養分，於是我在悲傷中握有神諭的密碼，開啟著人生四季的遞嬗，確信縱有榮枯，根部恆在。

CHAPTER 6

母親的感官世界

每一天對她都是靜止的存在，
整個我、整個家因她而動起來，只有她是靜止的，
感官的一切，微幅如底片。
世界是如此靜默，窗外白晝有飛翔的十姊妹飛過，
夜晚有閃爍的千萬盞燈火，炫亮燈火中的人們都在
營生，兀自進行日常的一切，進行得猶如一切都將
這樣流轉下去似的，不知生不知死。
母親把自己躺成了一具標本，她以標本之姿來到了
我為她準備的看海的房間。
自此，臥成一只繭，蝴蝶在冬眠。

再看我一眼

我那天穿著某一年在倫敦買的「Superdry」的外套，「極度乾燥」就像母親的眼睛。流不出淚的母后，無法咳出一口痰的母親。生命已成荒土，極度乾燥。

母親一生的關鍵時刻都和眼睛有關。

她先是看錯了媒人婆手上拿的相親照片，然後人生的一切自此就回不來了。感情的受風面永遠是暴雨或者枯竭。年輕時她哭泣，因為嫁錯郎。壯年時，她又為這個看錯相片而決定嫁給他的男人之死而哭瞎了一眼。再之後，她說伊常暗夜為我哭泣。為妳這個查某囝，哭很多。我當時不明白她的哭泣，為何母親要為我哭泣？我到底做了什麼讓她傷心的事呢？我當時一直百思不得其解。後來才明白，我不斷地離開她，對她就是一種無言的傷心。我每一次的離家，她都隱藏她的傷心。她嘴硬地說，妳要飛天飛地，我是管不了妳了，妳錢花光光，老了妳就知道。我也嘴硬地回答，我不怕這天這地，就怕什麼都沒有體驗就虛度了時間。

現在我嘴不硬了，我怕和母親沒有時間去彌合裂縫。而母親嘴也不硬了，她根本連說話都有困難。以前她每回抱怨，妳怎麼跟別人說話輕聲細語，和我說話卻壞聲嗓。其實她不知道因為和她得用閩南語說話，我一使用這個語言就會顯得用力而不溫柔。

不過母親還是說對了，我果然如母親說的，老了就知道。知道什麼呢？知道懺悔，知道母親只有一個，知道母親不會變心。

我們母女都非常感情用事。

母親，原來我們是母女同種且同根，而不是妳經常罵我和父親的父女同種。

就因為太相似，必須轉身，必須背對，同樣火種，容易點燃。

母親的眼睛長年因流淚過多而成枯井，在時間光陰的摧殘與生活競爭的肅殺和感情的揪心裡終於目盲，目盲於一切，她最後終於背對自己的歷史。一月八日，母親的淚水在這一天結束了。她把流眼淚的工作交給了我。她的眼睛不知為何再也流不出淚水，即使她很想流淚。

她把流淚的工作交給了我。

觀世音菩薩一眼流淚化為白度母，一眼流淚化為綠度母。淚水化為慈悲與智慧，而淚水對我像是一種精神的洗滌。

反覆的哭泣之後，淚水有如洗滌了傷口。我在各種場合，反覆地述說著母親突然倒下來的苦痛，之後我也逐漸克服了說著說著就會流淚的情境勾動。就像米蘭・昆德拉寫過的一篇短篇小說，大約是寫一個因為父親過世，而反覆聽著布拉姆斯的男人，在聽到第十幾次之後，布拉姆斯的音樂聽起來就像是巴西國歌了。因而很多事我們都得重複練習好多次。

重複而能有同樣的熱情是最困難的。

重複卻仍有同樣的悲傷是最癡迷的。

我的眼睛也遺傳了一些母親的病灶，至少比大我很多歲的哥哥還差，我很早就眼花撩亂（閃光嚴重），大哥至今卻還不用戴眼鏡。

我有很多眼鏡，母親更多。母親抽屜不知有多少眼鏡。配到沒有一副可以看得清楚時，她才知道眼睛根本不管用了。

國中時戴眼鏡，跟母親說上課看不到黑板。妳坐第一排還看不到？她疑惑著。我開始斜眼，開始瞇眼，開始看不見黑板的字。她帶我去路口開的一家眼鏡行配眼鏡。我永遠記得第一次戴上眼鏡時的場景，戴眼鏡看出去的街景好像活生生地被鏡頭拉到眼前，非常清晰。但戴眼鏡卻常頭痛。後來大一就改配隱形眼鏡，母親說隱形，聽都沒聽過。但她讓我成為我們同儕中第一個戴隱形眼鏡的人。

有一回帶母親去振興醫院檢查，醫生也要我立即掛號檢查，說女兒遺傳母親青光眼的比率高。母親聽了擔憂著，一直在回程的時候說，妳要是瞎了就完了，看妳怎麼寫字。母親都把寫作說成寫字，她這樣說的時候，彷彿我的寫字工作無比重要，我從不知道她這麼看重我的寫作。我以為她會說，看妳以後怎麼嫁人。

我不嫁人，因為晚年我將成為妳最鍾愛的導盲犬。

常怪妳都不去大醫院看病，鄉村診所亂看，眼睛太慢治療。

她常說怎麼天一下子就暗了，其實這是一個警訊。就像她走路會歪斜，就是腦神經的警訊，但我以前竟毫無接收這些警訊的配備。

母親的眼睛神經乾涸，一如樹根乾掉。無法逆返的。

小時候就常看著母親的眼睛掛著紅色的血，微血管破裂，眼睛流血。

母親的眼睛就像她的感情，激烈而易傷。

每回離別時，母親總是很認真地看著我。好像轉身我就會消失在光的背後似的，或者她會在窗前對我揮手。

這個遊戲從小玩到大，只要我下樓，上課離家或者住宿學校，只要走幾步回頭往二樓窗前探看，母親幾乎都在窗口前看著我的背影。有時母親沒有在窗前朝我揮手，我都會感到失落。

我成了不斷回首的羅得之妻，化為母親晚年支撐的鹽柱，一根脆弱又堅強的拐杖。

現在臨睡前唸誦小時候阿婆教我的《眼明經》咒語祈福母親：人裡魔眼裡魔眼睛雲霧盡消磨……人裡明眼裡明生生世世眼光明。

成為母親的導盲犬，不斷延緩她雲翳的眼睛能有一絲微光，只為讓她再看我一眼，讓她模糊乾涸的微光裡映著我的存在。

耳朵裡的小宇宙

母親失去眼睛的光明，失去嘴巴的飲食言說，失去雙腳的行動力，失去意識的完全清醒，但她的耳朵沒有失去聽覺，她的鼻子也還能聞氣味。尤其是耳朵，偷偷背著她說話還會被她用沒壞掉的左手捏了一下。

眼耳鼻舌身意，母親的五感人生以耳朵最好，耳根通達，所以不能說她的壞話，或者一點風吹草動，她即使臥床都能微微感知。

耳朵小宇宙像是太陽。音譜像是光譜，環繞著母親。

晚年母親最好的朋友是收音機，只要我回到其住處，她總是在聽廣播。桌上擱著許多補品，我知道都是她從電台的介紹買來的。我並沒有阻止她向電台買那些維他命，因為這幾乎成了她的小小樂趣。

母親的生活一直有一台收音機，收音機樣式換了很多款，幸福牌、新力牌、歌林、聲寶、飛利浦……母親和我一樣不喜歡被綁住，所以晚年多半一個人住在老家，陪伴她的只有收音機的台語廣播節目。她對電台說的話一直都深信不疑，我常常笑她信奉的是電台教。這些玩笑的話語背後，其實是對母親的心疼與憐惜。

不識字的母親，到老還是愛收音機，收音機是她最親密的機器物件。

收音機確實是她的小宇宙，小小空間，大大世界。她不需要ＭＰ３，不需要ＣＤ，她只需要收音機的聲音與訊息。
她到現在都還記得她的童年第一次聽見機器發出音樂的情景。
那時候全村的人都跑到稻埕廣場上，且頭皆仰著望著天空中某一個搖晃點。這群人正看著大戶人家留學歸國的兒子在屋頂高處綁住了兩枝竹竿，再從中拉出一條天線，連接了擴音器，上面掛著上萬瓦特的大喇叭，音樂聲於是傳得很遠很遠，許多人瞬間都被這擴散的音聲給震懾住了。
母親說接著她見到這個人從屋頂下來，跑到他家的客廳，扭開一台機器，機器吐出日本演歌，那時母親才知道這個機器叫拉日耳——收音機。
我在童年時曾有一次被收音機裡的音樂撞擊至心海，那是在某回我胡亂地扭轉著調頻器。忽然我的手定住了，機器不再傳來雜音，而是清楚的歌聲，歌聲帶著一種悲悵感。那時連在客廳車衣服的母親都停下了動作，說這演歌真係好聽啊。
很多年後，我又在收音機裡聽見這個旋律，才知道歌叫〈壽喜燒〉，很老派的演歌，不知為何童年的我會被迷住，整個耳朵都貼到音箱上了。高中時收音機對我而言，已多是為了學美語，準時在某個時段聽《空中美語》幾乎是學生時期對收音機的回憶，現在多半是開車時才聽收音機。
我很喜歡扭轉式的復古收音機，扭開收音機，聽見雜音不斷地從小盒子裡蹦出來，漂浮在空氣中。以前還沒有液晶體螢幕和自動選台，慢慢調著頻道，在AM和FM的波段裡轉換，千赫兆赫短波長波，有如鏡頭在對焦，差一點都不行。但礙於地理空間，有些頻道像是消失的金三角，怎麼樣也收不清收不到。
母親的童年第一次聽見擴音器傳來音樂，那時天線幫她開了另一扇想像的窗口。我在童年時常將耳朵貼到收音機的音盒上，覺得這機器幫我連通了另一個空間，心想此時有多少耳朵正張開著，和我一樣在吸納著機器傳來聲音的神祕。

我喜歡偶爾聽聽電台節目，那種突然扭開時，不預期被放送至耳朵的音樂或者雜音常撞擊著耳膜，「不預期」是我現在扭開收音機的一種開放心情。偶爾出新書時也會上上廣播節目，聽著自己的聲音透過千赫兆赫，奇異地漂浮在空氣中時，我的耳朵聽了自己的聲音卻感到陌生。

我且喜歡電台空間，錄音室多昏暗，空氣冰冷，近乎無塵，走出隔音空間，連耳朵都變得敏感了。在電台錄節目，孤獨的房間裡，彷彿一個人的喃喃自語在那個時候抵達了眾人的神界，這予我十分曼妙的想像。我喜歡在那個暗色調的冷空間，一個人靜靜地播放音樂，戴著耳機朝麥克風說話，望著螢幕上閃動著如心跳的波段。

這真是一場喧囂的孤獨啊。就好像母親可以邊聽著拉日耳，邊進入午睡的眠夢裡……拉日耳的聲音撫慰了她的晚年寂寞，即使只是賣藥的聲音，她都感受到另一個空間的存在，而她需要在她獨身的晚境擺上這道風光，讓屋子充滿人聲的一種存在感（只是這些電台幾乎都在賣藥，她被這些電台毒害且花費不少冤枉錢。原來不識字不只不方便，還會影響健康）。

在我安排的新居所，母親聽著我放藏語的觀世音菩薩唱頌，她完全沒表情，改放中文觀世音聖號她才聽懂，於是把屬於高原唱腔的藏語版收起來，讓母親回到平原。後來乾脆自己唱誦一卷給母親聽，母親的表情很放鬆。

音波環繞聖號，形成磁場。觀音的加持，母親未必解，但女兒的加持，母親最明白。

秋老虎的虎牙

關於身體，最先，母親失去的是牙齒。

很年輕時母親就有了假牙。

媽媽很早就沒了牙齒，當年搶時間賺錢，只要牙疼就去鑲牙師傅那裡把牙齒拔掉……竟然因為沒時間去慢慢治療牙齒，找了無牌照密醫鑲牙師拔牙以解決牙疼，她不知道往後用假牙的後果。難怪我記得以前見到母親開口時常滿嘴銀燦燦的，銀牙在口腔的黑洞裡和口水一同散發著光。

聽母親說起拔牙時，我的心裡凜凜一驚，深知母親後來所受的苦和她沒有受教育其實有著很大的關聯，因為她往往無法做正確判斷，她常道聽塗說地做了很多奇怪的決定，且因求快速與有效而走了偏鋒，這些辛酸與困苦聽在我的耳裡，只有無盡的心疼；也讓我明白母親過往的急躁和強勢，是因為她太忙太累所致。

原來媽媽中年時就開始掉牙了。源於過去的無知，源於她以前常奔忙賺錢，她說沒有時間進行漫長的牙齒治療療程，而拔是最快的，為了省錢，她又去了沒有執照的鑲牙師那裡拔牙，鑲牙師為了賺錢當然要替她裝上假牙。她年輕的時候太忽略照顧色身，竟然只是蛀牙都是用拔的。她年老時又因為太重視色身，因無知而買了很多廣播電台賣的藥。她因為無知而吃了不少苦，我當時還小，不知道母親竟然這樣做。

假牙泡在水中，擱在餐桌旁，以前我看她的牙齒總是覺得很超現實，水中搖晃著粉紅色的牙齒，有如一張嘴在自言自語。

母親中風後，我要躺著的她練習張嘴，但她緊閉的雙唇有時必須用手幫助她打開。幫她輕刮舌苔時，她的舌頭縮著，蜷在黑洞裡，牙齒全落光。

看到那空洞的口腔，我心一陣劇痛。

瞬間想起以往聽母親說起拔牙的往事，當時腦中浮現的是馬偕博士在台灣拔掉的兩萬多顆牙齒。我想他們是否也只是疼痛就拔掉了呢？也想到兒時脫落的牙齒，在轉成恆齒之前，牙齒鬆動，為了分離牙床而疼痛，小孩不解這種分離，總要挨上好些日子才願意被拔除。各種拔除的方法，有將一端的線綁在鬆脫的牙齒上，再將另一端綁在門把上，門一開牙齒就被拔掉了。或者每天搖一點，慢慢搖，搖到外婆橋。

因為不願意被母親拖去拔牙，以至於新長出的牙齒如板塊般地擠壓著尚未脫落的牙齒，新長的前齒被推擠著，於是我的門牙往外長，成了有點小齙牙的前傾風貌。這成了我長相的小小遺憾。

十八歲的夏天，有一天我偷偷跑去牙醫診所想要整牙，醫師檢查過後說要拔掉四顆牙齒，好讓牙齒有空間移位，縮回它的位置，費用我聽了永遠記得，十二萬元。很驚嚇的數字，很無能為力的數字。我回家後找了天母親看起來心情不錯的日子，對她說明想要整牙的渴盼。母親也沒阻止，竟沒對十二萬元感到驚訝，她只是說，拔掉好好的四顆牙齒，不是很可惜嗎？如果妳真要整牙，那大學讀書的學雜費就沒了，看是要選擇美一點還是想要多讀點書。我當然選擇多讀點書，誰想要只是高中畢業。後來，自己有能力後，卻從沒想過要整牙，可能要拔四顆牙齒的記憶一直纏繞心中不去。但我拍照很怕拍側面，凸凸的牙門躲藏著往日的風景。

再後來是有一回得牙周病，母親說，妳不要和垃圾查甫郎親嘴，嘴巴不清淨，親了會得牙周病。我聽了笑很久，覺得母親這說法很有意思。但卻也在我心裡種下陰影，總覺得唾液牙齒都非常不潔。

母親的一切總是讓我沒齒難忘。

陪母親拔掉最後一顆牙齒的那天我還記得是個秋天的時節，夏日的炎熱火焰已經稍微退卻，牙齒的火焰卻總是熾熱焚燒母親夜裡的疼痛。母親張開口，有如孤立在懸崖上的牙齒，搖搖欲墜，且十分孤單。牙醫師輕晃幾下就拔下了最後一顆牙齒，我把母親的牙齒收在盒子裡，她的牙齒是為這個家付出辛勞的肉身最後印記。整個口腔沒牙齒，母親看起來老了十來歲，豐滿的臉頰頓時凹陷。直至整口牙齒做好後，母親戴上又顯得年輕了些。有時候和她出門，望著她的臉會有一種奇怪感，看了半天才想起母親忘了戴牙齒之故。

有一回也是買了一堆零食卻見她許久不動聲色，張開嘴才發現她出門又忘了戴上假牙了。隨著時光，逐漸被取走了日常生活的能力，一點一滴地消失，最後無影無蹤。我看著母親的嘴巴，牙齒一顆顆地連根拔起，彷彿嬰兒的嘴。

整口牙，上下排，泡在碗裡的假牙，粉色牙床與白色牙齒在水中呈微笑狀。

好幾回陪母親做牙齒，她甚至回到鄉下做，說便宜又技術好。但每一回戴上嘴裡後，她卻又說不舒服，勸她花多一點錢做牙齒，她總是聽聽就又置之不理。

最後一次做牙齒也是人家介紹的（我常懷疑母親交的朋友是否也和她一樣，亂走江湖），我帶她去時也找了頗久，尋到地址一看，招牌又是熟悉的兩個字「鑲牙」。做好了，母親照樣嫌不好戴，不舒服。

聽說阿公撿骨後，張開口卻仍滿口牙齒。

百年後牙齒依然銀森森的在歷史的陰風中微笑。

聽說留下很多牙齒不好，因為會繼續吃後代子孫的財富。那無牙的母親肯定是要留很多給我們哩，我天真地想著。至於我，沒有後代子孫讓我關心留或不留。我輩，送終之輩，也是孤身之輩。

偽象鼻財神

耳朵與鼻子，母親僅存的感官世界。

還有左手。帶母親去針灸，她竟用左手將右手的針自行拔掉。

母親鼻子多了個管線之後，和她拍照就要用馬賽克，不然沒辦法給她看。

而她的左手也不斷地會去拔除鼻胃管管線，照顧者與被照顧者都處在神經緊張與痛苦之境。看護且常和我抱怨，母親夜晚動手拔鼻胃管，綁住的手不斷地拉扯，最後還將穢物沾滿了床。她認為是我帶給母親依賴情緒，因我只要一到醫院，就拆開母親綁在手上的手套，這手套長得像是乒乓球拍，由於底下是如球拍的硬板子，因此手掌一旦套進去就無法移動手指。

簽約束合約，只要一換醫院或一進醫院就得簽署同意約束合約。母親就剩一隻手可以動，加上皮膚容易癢，防她抓，因她不知力道，總是抓破皮。但又希望她保有尊嚴，至少擁有左手的自由。

多少夜晚，我不知道母親在醫院受到這大陸看護如何的語言凶惡的對待，或者態度的強硬強迫。

大陸看護告訴我，妳必須狠下心，不然妳母親不會好。

但結果是讓看護狠下心，母親還是沒有好，且度過更煎熬的漫漫日夜。

有時候常解嘲，母親的臉上多了一個長條形的鼻胃管，乍看有點像是象鼻財神。但真如是，母親這樣的人一定會受苦也願意廣施兒女錢財，願受苦當象鼻財神，但她是壞掉的象鼻財神，只有象鼻，無財，非神。

這管子讓她不舒服，所以她下意識總是去拔它。鼻黏膜因為老是拉扯而受傷。每一次拔出又得再伸進去，她又再次受苦。理應這種對苦的記憶會遏阻她重複拔除它，是下意識或是故意？

結束大陸看護七個月、台灣印尼短期看護半個月、台籍看護一個月，漫長時間都沒有辦法讓母親進食拔掉鼻胃管，且還數度進出醫院，當申請的長期印尼看護來了之後，母親欺生，趁阿蒂還很不熟悉，因此她拔掉鼻胃管的頻率加深，居家護理師來家裡裝，或者我送她去急診的次數增多。

壞掉的象鼻財神已然從她的蓮花坐墊走下來，不再聽眾生的勸告。

有一次回家見到母親還滿嚇人的，嘴巴竟咬著鼻胃管的線，鼻胃管被她咳出，因此管線從嘴巴咳出來，掛在嘴巴上，口水直流。

劇烈地咳，不能怪象鼻財神要拔掉象鼻。

但我知道，我該下一個決定了，換掉鼻胃管，改讓母親的腹腔長出新的嘴巴，如一尾魚，腹腔有嘴。

長在腹腔的嘴巴

煎熬，再煎熬，熬煮苦海人生。

母親的臉才恢復「本來面目」。

母親從偽象鼻財神變成彌勒佛。

她的整個外觀上自此像是從象鼻財神來到了大肚能容的彌勒佛。她開始吃得有點小肥，食物往肚子裡餵去的容量大些，每回掀開長在腹腔的這只人造嘴巴，感覺就像將錢幣丟進彌勒佛的肚子。母親又有點像是長著鰓的魚族，那嘴巴橫看像是魚肚上的眼睛。

我喜歡自己如此想像著母親身體的新器皿。

大千世界如此多樣，為何一定要從嘴巴進食？我跟母親說沒關係，我們從腹部吃東西，只要妳舒服。傳說摩耶夫人是白象入胎，從脇下誕生悉達多王子，脇下——多具有幻想力的畫面。

源於我對醫學的無知，因此才讓母親當了很久的「偽象鼻財神」。

開始翻閱書籍，發現歐美日改採胃造口，但也有反對這種延命醫療的措施，人為長照是讓臥床者的另一種折磨。病人折磨，家屬也磨心。但母親意識清楚，年齡七十七，並非老到可以不為她延命，因此醫療仍必須往前走。我當然不願意因為心中不捨而不讓她離開（實情是她更捨不得我，我常必須不斷地在她的耳畔說著：媽，妳要放下一切，沒有什麼好再執著不捨了喔。她雖點頭，但手仍緊緊牢牢地握著我不放）。如果由她自選，她的首選一定是離開，次選是換成胃造口，最壞才是鼻胃管。但離開的時間表不是我們子女可以決定的，尤其在母親意識清楚的狀況下。

生死開關在其命運轉盤。我所能是為她擇次要之路走。

我問她多回，媽，將鼻子的管線改放到胃部好嗎？她點頭，每一次都像是得到獎賞的點頭。

這條管線已經使照顧者與被照顧者擔心難耐了。多次在外面，才剛點好咖啡，電話響了，母親拔掉鼻胃管，趕回家，叫無障礙計程車（另一個難題），送她去急診（怪的是拔掉鼻胃管通常都已過門診時間，即使有居家護理師到府的長照服務，但過了他們的上班時間，也是只能到急診室處裡。一到急診室，不是掛回鼻胃管就可以了，得走整個流程，且急診室以緊急為要，只是來放鼻胃管，當然不急。因此來回耗掉四、五個小時是常事，且母親去急診室會再次掉入她以往在此的恐懼氛圍，奔忙叫喊，蜂鳴器不斷響起，點滴藥粉氣味，哭泣與哀號……）。

說上一千次的：「媽，妳不可以再拔鼻胃管了喔！」也沒用，很多時候她是不自覺地拉扯，而我不願意用約束帶綁母親的手，她僅存的自由就是可以任意抓癢與握東西的左手了。有一段時間，在母親入睡時，我用烤箱手套套住母親的手（這套著烤箱手套的手，是再也無法回到廚房了），但她那被約束時所發出的無辜老小孩模樣，實在折磨著我的心。

台灣恐怕是用鼻胃管最多的國家，曾聽聞一個個體戶護理師一天賺外快就是到安養院插鼻胃管，最高紀錄曾一天插七十幾個病患。台灣可以說是只要有任何一點吞嚥困難的症狀就開始插管（鼻胃管管線的廠商生意真好），有人一插竟是十多年，也曾在醫院目睹一個老太太都已九十幾歲了（家屬還不讓她好走），她無論如何都不肯吞口水（插鼻胃管時必須吞口水才好插入），被子孫硬是插了滿臉鼻血，這讓我看了好痛（心裡暗自想一定要響應身體自主權）。也有聽聞印尼看護見到照顧的阿嬤拔出鼻胃管後竟自己將管線推回去，結果將鼻胃管推到氣管，插到肺部，引發嚴重肺炎。

聽到這個案時我心裡也跟著一驚，因有一回我在母親病床旁寫作，阿蒂也只是倒頭午休一下，我一抬眼，看見母親的鼻胃管已經被她拔出了，緊急跳至床邊，阿蒂也同步跳起，我拉母親手，她拉管線。鼻胃管拉出約十公分，印象這樣的長度還可以試看看自己慢慢推回去，那天是週日，不僅叫復康巴士不可能，週日也只能急診，心裡一直穩住，手更穩住，果然推回去了。推回去後，要母親把嘴巴打開，如果推對了位置，嘴巴裡面不會有管線（食道和氣管在入喉之後分家）。

對於無法吞嚥的病人，鼻胃管是每天每月進行的事，因此緩慢的痛苦是一種折磨，既無外表美觀、無自尊與自由。

一條管線沿著鼻子到胃裡，彷彿萬里長城難征。

日夜難行。

用胃造口來取代鼻胃管，除了舒服，還考慮母親一直非常重視外觀，自從掛一條矽膠軟管在鼻子上後，她每回都不想抬起頭來，當然更不用說和朋友見面了。有一次我驚訝地看著她和來探望她的兩個姊妹伴說幾句話未久，就開始用手蒙住自己的臉時，我心想有一天一定要幫助母親拿掉這條掛在鼻子的矽膠軟管。但自己畢竟是照護母親的新手，很多醫療知識匱乏，加上醫生建議方案時未必是我去聆聽，常常醫生傳達給家屬的聲音有時是由哥哥接收到，因此我當時一直以為拿掉鼻胃管是母親唯一的方法。當時照看母親的大陸看護也收到我們這樣的期許，她每天開始熬煮稀飯，很得意地跟我說，妳媽今天吃兩碗，妳媽媽聽到我說可以吃就可以拿掉鼻胃管，因此願意吃，但喝水仍嗆。

但有一天陽明醫院找哥哥去開會。如果那次我有接收到醫療建議訊息，母親的鼻胃管就不會掛在鼻子上那麼久。是直到有一天我和一個老友聊天，他是導演，但後來沒有拍片，人生幾乎都縮在一個小小方寸，那方寸就是中風的父親與逐漸衰頹老去而臥床的母親。他成了我討教的照護老手。聊到每天都在防著母親拔鼻胃管，每天早上換鼻管貼布也都像在打仗，到了晚上更是提心吊膽。往往都是在未預料的時間被拔掉，比如看護想阿嬤很乖，印尼看護有聽從我說的盡量給阿嬤自由，因為她只剩一隻手可以動了，若還綁上約束帶，實在很可憐，但她去上個廁所，一出來就尖叫了。插鼻胃管的母親睡不好，因為喉頭不舒服，她也常積痰，曾把鼻胃管咳出來……他聽了，就告訴我何不改作胃造口手術。

回憶裡的母親，也是如此地照料著我，雖然常常為了不同的美感經驗，必須逆叛於她，比如她選的顏色或者樣式，並非是我喜歡的，只是喜歡的美感差異而已，或者源於個性的不同導致喜愛的事物迴異。但愛美耽美，我們卻是一樣的。

童年的我必然穿得美美的出門。有時候突然長高了一點點，使得洋裝快淘汰了，而她依然不死心，因為洋裝很美麗，只是稍微短了點，她去買了件短褲，讓我套在洋裝下，形成一種獨特的穿著樣子。我永遠記得她幫我套上短褲時說的話，這樣大腿就不會被看到了。

如此重視美麗的母親，即使倒下來了，即使長期臥床了，每一回出門前走到她面前，她總是先看我穿得好不好看，不好看就搖頭，好看就點頭。有一回我還沒走到她的病床前，她就瞧見了我的衣服，可能因為桃粉色的亮度，所以她能看見我的穿著，但她卻大力搖頭，且發出嗚咽的聲音，不知情者以為她很傷心，我聽了知道她是很不喜歡我的打扮。桃粉色不是問題，而是樣式，原來母親不喜歡這件上衣的肩袖口處挖了好大一個洞，是流行的款式，但可能挖的洞太大了，她看不習慣這種彷彿破了一個大洞的新款。

即使母親臥床，也不能忽視她的美感習慣，不能挑戰她的美感經驗。

其實我只是想試試母親是否意識清楚，從這一點判斷，是如此清楚的，然後我轉身偷笑著，看著滿牆的衣服，從中挑選一件美麗而安全的洋裝套上去，再次轉身到她眼前，她伸出手摸摸布料，老習慣沒變，然後抓我的長髮，示意我靠近她一點，然後她要我轉身，看我的背後。連阿蒂都笑著說，阿嬤喜歡。

換了幾趟衣服，母親鬆下抓我的頭髮，讓我出門了。

一個如此注重外表與尊嚴的母親，她的晚年竟成了布袋和尚（尿袋）和象鼻財神（鼻子長出一條塑膠軟管連通到胃的鼻胃管）。光是這兩件事就有損她的美麗。

首先要幫母親去掉尾隨的尿袋。

我開始為母親訓練兩三個小時綁尿管、鬆尿管的訓練。母親成功拔除尿袋後，接著我聽聞有鼻胃管替代方案，美國大多採用胃造口，一種經皮內視鏡的胃造口手術。

母親這麼愛美，藏在衣服下面的管線因此不會被看見，她也比較願意出門走走，或者見見朋友。加上每天得擔心她拔掉鼻胃管，我開始考慮著母親的外觀尊嚴與舒服程度。

加上先前大半年的餵食訓練，在七月底母親再次感染肺炎時功虧一簣。母親吞嚥困難，連喝一點水都會嗆到了。長期走下來，鼻胃管成了一條長在臉上的豬尾巴。

愛美的母親不再看鏡子，很不願意我們推她出門，出門時口罩帽子都要戴上，有回戴上口罩了，因此沒有預防母親會偷偷拔管子，口罩一拆下，母親竟微笑著，我一時沒有意會到發生什麼事，只瞬間覺得母親變漂亮了，然後才突然想到天啊，母親又拔管了，少去了管子整個臉龐露出清晰面目了。

得知胃造口手術後，可以減低母親這類因中風導致吞嚥困難而需長期要仰賴鼻胃管灌食的病人的痛苦，為此，我立即研究母親改鼻胃管到胃造口的可能。

為了母親顏面的美麗與免去每個月得頻繁抽插鼻胃管的痛楚，在母親的鼻子長出一條管線快滿一週年的前夕，我要為她做一件事。

還我本來面目

於是母親再度回到以傳道者命名的醫院，為了我的一個決定：拿掉掛在鼻子上十一個月的矽膠管線，那不斷被拉出又插進的管線，尾端有個柱錐狀的有蓋小容器，供牛奶與藥粉水灌入。決定在她生日到來前，給她一個「還我本來面目」的美麗禮物。我以為應該要終結鼻胃管的日子了，舒服美觀好照顧都是我與哥哥溝通的有利基礎。

這是我為她的晚年尊嚴與舒適打的一場身心煎熬的仗，煎熬是因為母親年紀大了，又有中風與心血管疾病，麻醉有風險，還有她能承受術後疼痛的多大限度（中風後失去運動神經，但感覺神經反而敏銳，因此極怕痛），且手術前後都必須停掉抗凝血劑，這使我下決定時承擔不小的心理壓力。還有母親接受全身麻醉與手術後狀況，都是難以預料。因此雖然決定了，但心還是毛毛的。

手術前我特別去心臟科門診詢問，老醫師口氣不冷不熱回說：可以手術啊，如果沒有不幸發生二度中風的話。

醫師一定要這樣回話嗎？我心裡犯嘀咕。這樣的話，讓人聽了心裡毛毛的，因為畢竟誰能預知幸與不幸，人子只能盡力而為。

馬偕居家護理師黃雅惠小姐則非常溫暖，她來電詢問我若還是要幫母親做此手術的話，可以掛馬偕胸腔外科黃文傑的診，這項手術他很有經驗（這語氣真好，肯定有力）。但黃醫師到淡水的門診只有星期二，其餘在台北馬偕。趕緊掛號星期二的門診，但卻是代診醫師，代診陳醫師看起來年輕，他看母親狀況，認為是可以進行的，且也詳細告知手術的情況。怕我覺得他太年輕，忽然笑著對我說，我很老了，只是看起來年輕（這話讓我很有感覺，因每回護理師叫母親名字，我推母親進去時，常有護士以為我是孫女）。陳醫師說放心，我排好手術日期了，手術那天我也會在。我想他應該是住院醫師，幫主任醫師看診。

手術名稱：經皮內視鏡胃造瘻術，閱讀醫生的聲明、病患的聲明。簽署同意書，最常簽的就是關係欄：病患之「女兒」，或關係「母女」。看著紙面上刻意被用螢光筆塗抹的文字，寫著可能發生之風險或併發症的病況，讀來心驚膽跳。必要時可能會「輸血」，勾選「我同意」。

去掛門診，排病房。

等待幾天的病房終於來了通知，母親看我又要把她送到醫院露出茫然的眼神，我不斷指著鼻胃管告訴她：因為妳不舒服，十一個月來妳都沒有適應過，每晚不是偷偷扯下就是每天上午拒絕更換貼布。還有妳那麼愛美，怎麼可以讓妳臉上掛一條豬尾巴。象鼻財神已經變成豬尾巴了，沒有人膜拜妳只有嘲笑妳。

住進醫院後，卻和原先說的隔天手術不一樣，原先說週五進駐，週末動手術，但一住進去卻改成週二才能手術，問護理師說那要這麼早進來住嗎？她說病房很滿，當然要早點進來。

在醫院時，同病房的看護問著，阿嬤是開什麼手術。看護聽了多半會省略我說想要讓母親臉上美一點的想法，聽的人多半只挑選我說的讓母親減少拔管，長痛不如短痛，讓母親可以舒服一點的說詞。

之前住過的醫院不需再次身家調查了，不需要再次被詢問母親的隱私了。這次主要是得簽署同意麻醉書。從母親倒下後幫母親簽署過很多的同意書，同意麻醉書的文字有很多被圈選起來的螢光字眼，都是讓人感到害怕的，我想醫院總是會把每種可能發生的情況都寫下來，且寫的字眼往往是最恐怖的狀態，免得屆時有糾紛。

那些字眼令人忐忑不安。

再次等待。

遞給我的通知單上寫著八點，於是我早上七點就趕緊爬起，七點十五分從八里出門，上關渡橋時因前方車禍而大塞車。到馬偕時，母親已經開始打點滴，從昨晚的禁食到上午，明顯看到母親像是瘦了一圈。也不敢在母親面前吃東西，免得勾起她的慾望。

卻一直等到下午兩點半才通知幫母親穿好褲子，不久就有推手術床的護理人員進來。隨著床移動時，母親一直拉著我的手，唯恐見不到我。推到手術室時，接手的護理人員簡單確認病人的名字，她不知道母親無法說話，看媽沒反應有點擔心，我在旁補充說著，護理人員了解後說她意識清楚嗎？我點頭。那請妳到手術房之外的家屬休息室等待，我們會廣播。

在手術門之後就只能留下她一人了。

但是在恢復室門口等待護理人員推出母親時，心裡還是揪了好幾下，看她痛得哀號，且還戴著氧氣呼吸器，心想自己會不會做錯了決定。

整夜都在母親的哀號中度過。

打了兩次止痛劑，慢慢地她成了陣痛。睡一陣，嚎一陣。

連同病房的一名看護都來說多教母親唸佛號，迴向給冤親債主，這樣才會好得快。無助時，相信就是力量。

中午護理師帶領一群來實習的小護士，因為胃造口是比較新的照料方式，很多學生尚未見過，幾乎一天都有三班來做示範護理教學。弄得母親哇哇叫的，因為膠帶必須撕開才能讓學生看見什麼是胃造口。我只好告訴母親說這也是一種無形的布施，讓學生有機會學習，藉由身體的割捨，藉由承受身體的疼痛。母親，這是神的暗喻，讓妳即使在病中也能慈愛他人，分享他人。

可是這樣說著，仍無法減低疼痛。身體的疼痛是那樣真實，如何覺得不存在？我每回都在母親耳畔說著如果痛就想別的地方，想佛想菩薩都好，甚至想妳最喜歡的事物，就是不要去想那個痛點。母親聽了似懂非懂，因為眼神迷惘而無辜，痛起來時眉毛和眼睛幾乎黏在一塊兒。

佛陀在祂的某一世被歌利王節節支解時是如何承受這種巨大的苦痛，耶穌被釘在十字架時，又是如何地痛楚？神光法師為求法，達摩祖師說天下紅雪才傳給他時，他立即斷臂，血染雪，如天降紅雪，這又是何等的堅決？是為他人他事時是否痛苦就可轉移？把念頭轉向他處就不痛苦了嗎？因為慈悲就不會痛了嗎？是念頭引發的心痛還是身體痛？為何有時候光是想起一個畫面或者一件事就覺得心痛？我的念頭閃過如電光石火，伴隨母親疼痛的呻吟如海浪時低時高地傳進耳膜，我望著醫院窗外的燈火通明，每一盞燈下都有幸福者與不幸者，但只有醫院的這方燈火顯得如此哀冥傷感。

隔日上午，護理師再次來到母親的病房前，她告訴我請放心，這決定是孝順的，因為長期插鼻胃管是非常不舒服的，且食道久了容易受傷潰瘍，而失語病人卻無法表達裡面的痛苦。現在這個痛是短期的，忍受這幾天，之後慢慢癒合就不會痛了。

聽她這樣說，我就放心了。醫護人員最大的施予就是讓人止痛與放心。

去了醫院幾天，母親仍吊點滴。喊痛的頻率明顯降低了，但情況仍比在門診時醫生所說的難度還高些，醫生當時說得很輕鬆，住院一天，手術一天，再住院兩天，就可以出院了。

經皮內視鏡胃造口術，在醫學網站寫著的資訊是此手術是透過經皮內視鏡胃造口術來灌食，胃造口手術是醫師以胃鏡方式將胃造廔管由胃腔拉出至腹壁上，整個操作過程約莫不到半小時。患者在腹壁上約有一點五公分左右的小傷口。好處是不需常換管線，約六個月換一次，且管徑粗，可餵食較多種類的食物，讓患者營養更充足。

醫生手術操作過程很短，但走上這個手術台，卻是一個漫長的等待。要走到這一步路，要放棄許多的盼望，原本盼望母親能自行吞嚥，語言治療能恢復的希望破滅。

母親的傷口有進步，疼痛感不斷減低的頻率已使我感到安慰。對於母親這樣的重症患者，我所求不是痊癒，而是減低她的痛苦，讓她通過最短的痛苦而獲致比較長遠的舒服，與擁有最起碼的尊嚴。

然而要讓這個長在腹腔的嘴巴適應食物，其實要費上好幾天的功夫，首先必須用糖水開始餵食，由於每次的流速是控制在二十ＣＣ，無法以人工餵食，因此必須靠儀器控制流速。這樣的流速如點滴，一秒一滴，新的時鐘，滴答滴答，分分秒秒。

儀器之後，人工上場，試看母親是否會拉肚子。如此下來，在醫院又過了一週，兩週的時間，而非是三、四天。護理長在母親剛動完手術的前三天，每天帶著三、四組實習的護理學生們來觀摩如何照料胃造口，它像是一個新品種。當紗布揭開時，孩子目不轉睛地盯看著，只是紗布撕開時，總弄得母親哀哀叫的。母親成了教學範本，既被觀看又弄了疼。

在醫院時，病房和護理站的通話按鈕，護理人員交代如果機器不響要按鈴。

阿蒂按了，她說機機掉了。

我聽見按鈕那邊傳來笑聲，我也噗哧一笑。雞雞，機器的器字對她有點難發音。我跟她緩慢地說著，器就是生氣的氣。她好像理解似的點頭。但和機器連在一起發音就是會發成機機。偏偏母親進行胃造口的手術之後必須先以機器餵食，比貓食還要緩慢。

結果母親在術後疼痛難耐，且住院期間不料還引發癲癇，為此昏迷好些天，讓我每日都心驚膽跳。母親回到家後也經過將近十多天才慢慢清醒，面對哥哥們的眼神，雖然大家都心知肚明本來母親的情況就很難預知。但我心裡就是有點忐忑不安。但也不能因此就不替母親做決定，只是決定之前必須詳細了解，比如我除了大量閱讀關於此項醫學知識與手術之外，因是由我擔任主要照看母親的角色，門診也大多由我去，因此我比較能掌握母親的狀況。在身心最好的狀況下做手術，才復元得快。門診我就跑了三個醫師，心臟科醫師、胸腔科醫師、內分泌科醫師。

母親在快出院前發生的狀況卻和這三科醫生無關。母親一早突然發作新狀況（當時不知是癲癇），緊接著在醫院立即被送去電腦斷層掃描，馬偕醫院處理得很快，九點半左右就有醫師助理來說電腦斷層掃描比對之前中風的照片，沒有發生新的中風。腦神經科醫師也很快就上來探望母親，聽看護描述（隔壁的看護剛好是第一個看見母親有異常的），醫師說是癲癇，問有無此病史，我搖頭。他說要再觀察，同時照腦波，因為不知道母親抗癲癇藥物所需的劑量。他又說一旦發作過癲癇，自此一生都要吃癲癇藥才保險。自此母親又多掛一個腦神經內科門診，這確實是疏忽，因為母親在大半年醫院復健期間，主治醫師都是腦神經內科，回到家裡照顧後，我們擔心的都是心臟科糖尿病科，沒有繼續追蹤腦神經內科門診。

我想當時我的臉部一定看起來很懊惱的樣子，因此醫師忽然輕聲地說著，人的腦神經系統是非常複雜的，就像銀河體系，而我們當醫生的往往是know everything，但卻do nothing。這安慰到我了，因為即使我幫母親掛了該看的診，也常常是無法有任何作為。

生命的奧祕也在此。

當時醫生看我的擔憂，於是加開幫母親照核磁共振。推母親去照核磁共振時，一度負責攝影的人都要放棄了，拍攝室門開，他們叫著家屬。對我說，妳母親一直動來動去沒法拍攝喔。我說可以將頭固定嗎？他笑著說已經固定了，護理小姐也在旁強調一直動的話是沒辦法照清楚的，照了也沒用。眼看要放棄了，心想好不容易才把母親載來這裡。我說那讓我進去和母親說說。他們叮嚀我手機手錶等金屬類除去才進去，進去拍攝室，對著母親說，媽，不要動喔，一下下就好了，忍一下。等會兒關起來會有聲音，不要怕，把聲音想成是阿彌陀佛。聽我這樣說，護理人員微笑地看我一眼，我又補充說，或者想耶穌，祂很偉大喔。我步出拍攝室，和阿蒂坐在拍攝室外的塑膠椅子上。拍攝室的門沒有再被打開，直到三十分鐘之後。我想母親應該至少有不動的片刻吧。門開，護理工作人員對我說只能這樣了，至少有幾組是有拍到她沒有動的時候。

家屬在旁邊說話彷彿是定心丸。

未料母親後來卻仍因此吃了不少苦頭，此去醫院竟住了二十一天，本來胃造口手術只需約一週，排手術時間就占了些天，而母親在出院前的早晨突然發生前所未有的這個巨大癲癇症，整個身體像觸電似的壓不住，醫生無法判斷情況，施打劑量以最高計，此後她昏眩多日。

我每天穿過「耶穌聖手」牌樓，每天去「福音機」前抽幸運籤，每天誦《藥師經》……我想東西方的諸神們聽我的祈禱大概耳朵也都癢了，因此讓母親在她的生日前夕終於回到家。

隨著時間胃造口形成了，終於拿掉鼻胃管，除去象鼻似的軟管，臉回復乾淨。那個原本長在臉上的長鼻子從鼻腔裡被拉出來，沾染著黃色的體液。

除卻象鼻，母親多了一個衣服下的祕密。她的腹腔多了個嘴巴，餵飽需索無度的胃。長在腹腔的嘴巴，只消衣服遮住就是永遠的祕辛。我感覺母親的肚子裡躲藏著一隻咕咕鳥，時間到了就會開門，讓探出頭來的咕咕鳥咬走門口的食物。

那是一隻我特地為母親打造的送食鳥。

昔日的送子鳥，今日成了送食鳥。

可憐的母親，食物一直是母親從小的渴望。她捱過飢餓的童年，度過忙碌的亂食人生，於今還是無法享受口腹之慾。

以前她曾眼眶差點飆淚地對我說，年輕時總是忙到天昏地暗，差點把妳飼死了，不是媽媽沒有奶水，就是忘了餵妳食，把妳飼得瘦巴巴。厝邊說，妳這樣忙，早晚這查某囝會夭死，妳看媽媽真傻。

我當時聽了笑，彼時我們聊天的桌上到處都是食物。

我心裡說著，媽媽，我絕對不會讓妳飢餓的。長在腹腔的嘴巴，食物的吸收甬道，躲藏著色身的渴望。

不管生命還能走多遠，每一天的舒服與美麗，都是我按照母親過去自我要求的高規格所走的一條路。

那是我熟悉的母親的樣子，重視尊嚴與美觀之路。

沿著這條路走，就會遇見母親，遇見美麗。

我再也不能從妳的嘴巴取出字詞，
但我能用全身的骨頭撐住妳。

臥床者也有春天。

女兒的體溫與母親的體溫融為一體，
啊！冷酷與溫暖對撞的體溫，
這早到的病愛，這遲來的救贖。

CHAPTER 7

重返十八歲時光

孩子張開藍眼睛，
水晶體倒映人世的第一張臉：母親。
我是她的青春，她燃燒青春，而遺忘了自己。
母親永遠有四恩：授體之恩、難行之恩、予命之恩、教導之恩。
她總是任霜露沾濕鞋，以星辰為氈帽，長途跋涉在攢錢的路途……而我，總是背對著她，航向自己的世界。
於今才明白，母親是我最後的情人，不變的情人。
我為愛擱淺——我是母親永恆的初戀。

幫母親洗衣服

從醫院帶回的母親的衣服，洗衣機靜靜地轉著。十八歲之後，不曾幫母親洗過任何一件衣服。

高中時我自己洗曬制服，白制服如酸菜未抖開即掛在陽台，她見到時不免叨唸甚久，她總會重新掛晾衣服，抖衣服的姿態就像魔法學校的校長，引來一陣薰風吹拂，我看著衣袖和風共舞，聞著洗衣劑的人工香氣，望著母親背影，覺得很安然。

陰濕的島嶼秋日，母親提早刷洗冬日來臨要蓋的棉被，沉厚的水分子在秋陽中陰乾了。我在書房手寫著字，空氣中飄滿冬日織物的香精氣息。

一整年，只有幾日母親會從忙碌的工蜂生活中回到日常。

她洗刷著家裡，洗刷著衣物，洗刷著自己。

於今因母親的右邊癱瘓，因此穿衣服不方便，且長期臥床背部容易出疹，因此我要阿蒂為母親把衣服反著穿。內衣當然自此絕緣。某日返回她的舊家打開她的衣櫃，看見一整層衣櫃裝的內衣都摺疊得非常整齊，我撫摸著排釦內衣，彷彿撫摸著母親的脊椎神經，揚起整個塵埃的記憶。

那束腹內衣彷彿神奇的翅膀，繁複的胸罩，一整排排釦，或者鉤鉤，勒緊著母親的腰身。為何如此中性的母親會穿這樣的排釦內衣？以往我一直不解，直到我自己也穿上過，才明白母親不是為了身材，而是那束腹的力量可以撐住母親勞動的背脊。

母親的內衣多是訂做的，不過一年大概就訂做個兩件吧！因為要花不少錢的。我總記得沐浴後的母親邊以毛巾拭著汗，邊以左右手合力扣著從腋下至腰間的十來顆鈕釦。如果穿的束腹是在背後得鉤住的款式，母親常會喚我幫她忙，我卻老是癡騃地走近她。

待挨近了母親，我聞到了母親的體味，氣味原來也有階級，母親的氣味是那麼的藍領，滲著勞動者的汗水混著香皂的體味，直接而醒鼻。這種束腹，限制伸展自由，如廁時，我曾偷偷看見門半關的母親總得彎身才能扣到底褲下的三顆釦子。常見母親手洗著束腹，刷洗時總是聽得到刷子刷上整排釦子和布料時所發出的摩擦聲響，輕微得像是靜電，摩挲著耳朵。我最喜歡「聽」在洗衣板上她刷著自己的束腹內衣，刷子和成排的釦子彼此來回撞擊，發出颯颯如風的聲音。

母體是我少女體味啟蒙的感官經驗，也是獨特的氣味地圖，它指認了母親的肉身帝國所在。我像是小動物，聞母親的氣味才感到安然。

母親開始復健後，就可以穿著自己的衣服去醫院的復健房了。

她的第一個福建阿姨看護都是把母親在醫院換掉的衣服交給我回家洗，很本能地遞給我，可能因為女兒吧，她不會把母親的衣服交給哥哥。我拎著一袋可能還沾著母親糞便的衣服回家，並非糞便可怕，而是氣味的背後連結的是一股哀感。再也不聞母親身上的香水味，她喜歡的香水味過去都是我畏懼的奇香，現在我捧著衣服想聞也聞不到了。

每晚洗衣機滾動著母親的衣物，在轉動的聲響裡，忽然一句詩跳進來：質本潔來還潔去，心想還是林黛玉通透，曹雪芹總是賦予她的詩最好，可能病體多恙者覺悟也深。

母親逐漸變成女兒。我擦拭著她的尿道、陰道。看著自己最初肉身吐出之處，輪迴實在令人畏懼。母親在的地方就是家，我逐漸感到我已經無家了，但俗世之家也逐漸轉為心靈之家，自性之家。和母親的記憶就是家，有形的家消失，無形的家卻無處不在了。

自家的洗衣機，轉動得最勤勞就是在母親住病房的時日。從醫院帶回的衣服，丟進洗衣機，然後曬在客廳的鐵架上，一早從陽台引進的陽光會烘焙懸掛的衣裳，等待我再次幫母親穿上。

我回家多已夜晚了，常摸黑在無電燈的陽台洗衣，洗了幾回就非常熟悉洗衣機的操作模式，摸黑也能完成。有時候在曬衣服時，還會在黑暗的陽台發呆一晌。聽著洗衣機放水與滾動的聲音，像是海底的聲納。

第一次洗母親的衣服就是她被送到急診室後被脫下來的全身衣服，因為昏迷時尿失禁，當時護士還要我幫忙脫，才發現她昏迷前還穿著平常穿的傳統束衣，很多排釦的那種。當時邊脫我就邊哭了，惹得年輕護士都不好意思看我。

又因沒經驗，不知薄被要和衣服分開洗，洗衣機洗到一半一直當機，再開再洗還是洗一半就會當機，我把薄被拖出時，發現薄被四周車著絨面邊線，整個被機器攪拌後先是脫離棉被，接著邊線如繩索，把衣服全綑綁在一起，因此機器攪拌不動了，停機後，洗衣機水箱滿滿的是沒排掉的水，撈起衣服如海藻纏繞，沉重得如海底打撈的沉船物，時間的鏽蝕，醫院與母親的氣味還沾染其上。

衣被纏繞，只好用剪刀剪去，重新歸位，衣服歸衣服洗，棉被歸棉被洗。棉被已然脫線，而衣服有一件領子也破了。

重新啟動洗衣機後，終於洗衣機不再罷工，可以完成至脫水的最後程序了。

換我幫母親洗衣服，以前是她幫我洗，她最後一次幫我洗衣服，就是剛剛替我買了這台洗衣機時，她把所有我放在浴室的衣服全倒進去，那時她的眼睛已經開始退化了。

母親的衣服尺寸L，在夜市時，阿桑聽我說要買給生病的母親時，她建議我買大一點的比較好穿脫。XL，一開始掛在母親身上還好，但逐漸地母親變瘦了，尤其沒有動的腿都瘦下來了，衣服就顯得過大了。有點水淺船大的模樣，世界僅剩下一點點呼吸的可能，連衣裝都無用了。

乀露，L號。乀姆，M號。天晴時，我洗著母親的衣服，邊想起她的發音。

將淡雅色的睡衣抖開，展平在鐵杆上，從河面吹來的暖風吹拂衣袖褲管，舞擺著春天的花色。我的衣服和母親的衣服多年後又重逢在這片陽光之下，久違的花色系。多少年來，我只穿黑色灰色白色，尤其是黑色，永遠是最愛。母親怎麼說都說不聽，我就是一身黑。曬衣服時，就像一排黑鳥停在電線杆，在風中展翅著十分孤寂自傲的模樣。母親生病後，顧及醫院的人不愛老穿一身肅喪似的黑衣人，也終於明白自我可以放下，如能彩衣娛親，如能博得母親一笑，那是我的榮耀，也是我最廉價的責任。黑白衣成為偶爾穿的配角，洋溢春天的花色與斑爛織繡的美麗民俗風衣物又再度取得主權。我又回到年輕時常有的波希米亞風、時尚風，然而時光催人老，我心早已失去浪跡天涯的氣魄，那種無所謂漂流到哪兒的氣度全失。

陽光下，花衣服飄著色彩，為何有一度我會排斥穿花衣？可能和我去打坐有關，一開始總是以為要收掉這些高彩度的衣服，這樣才像個準備修行的人，才有收心的模樣。就像有一次和一位同世代詩人去某個學校的文學獎場合，來接待的中文系教授個個都是唐裝式的優雅，白色棉布，中國結鈕釦，若氣質真是仙風道骨倒也契合，但人衣不合者居多，倒顯得雅不可耐。

詩人在我耳邊悄說，中文系有些老師為何都喜歡穿成這樣？我說就跟某些設計師喜歡穿得極簡黑一樣的心態吧。但黑衣真的是好搭、百搭。也實在是割愛不了。彩衣或者民俗風就很看人穿，穿不好就變成俗不可耐。和中式衣服穿不妥顯得雅不可耐，正好是兩個對比。大概也跟寫文章一樣，有人咬文嚼字體例對仗分明而失之鬆緊調控。有人卻媚俗至極而僅得俗。穿黑衣就和寫至情至性的親情散文，不至於太多失手。穿高度彩衣就像挑戰多層次寫法，稍不慎就眼花撩亂。

我在陽光下，望著天空擺舞的衣服，想著峰迴路轉的外型打扮，其實也隱喻著我們人生的歡愉與苦楚。

時光轉回此刻，轉了幾座山，航進幾座海，才明白收心不在形式上，而是在真正的心之依止處。

晾好衣服，我拉張椅子坐在客廳移進的陽光中。

下了多久的雨了？

除濕機不夠用了，每天空氣中散發著洗衣精的味道。

洗衣劑香精撲鼻，島嶼的陰濕之春，冬衣鋪蓋之物沉重至極，掛在陽台久久難乾，母親說我小時候尿床。

現在是換我說媽媽尿床，她的床單濕了一片，漏到電動床。水混著尿的分子，在八里沿河居所蒸出一層水墨涼色。我推開正抄寫的《金剛經》，字句落在「無我相無人相無眾生相」，墨色字體飛揚，如窗外佇立樹梢的墨羽翼。母親現在用的衣物都很可愛，毛孩子與可愛之屋交錯，清一色的療癒色系，童年的我重現母親身上。衣架上，我懸掛上自己的衣服，紗質輕盈，空蕩蕩地在風中飛揚，一件絨灰色的美麗諾羊毛外套有點縮水地撐在衣架上，劣質廉價貨丹寧褲將屋外陽台地板滴成一條藍色海洋。

母親的新居所沒有洗衣機，用手洗自己或洗她的衣服，都讓我回到她洗衣服的手工年代。

當子女的（或者角色倒置）總有無盡的「還有」可以說不完，而母親的下一個篇章，她自己已經寫好了劇本。

藍色血液，在我們的海。母親的海，女兒的島。

穿母親買的衣服

法國作家莒哈絲在她最著名的《情人》一書裡提到十五歲半那天她穿著金絲高跟鞋，戴著男用軟呢帽子，穿著母親給她的那件陳舊得幾近半透明的黃絲絹洋裝，洋裝無袖、胸口開得很低，她腰上繫著皮帶。帶著衝突美學的少女莒哈絲，帶著成人與孩子的混血模樣，女兒穿著母親的洋裝，性感而魅惑，在泛著金光閃閃的湄公河上，女孩倚著欄杆，吸引著從高級轎車走下來的中國情人。

一位純粹為了絕望而絕望的母親，在幸福時也有絕望升起的母親，這種奇異的精神風姿形塑了莒哈絲的寫作特質，但莒哈絲的絕望是一種抵抗似的強韌，並非真正的絕望，是一種反作用力的上升，因此她說即使絕望也要寫作，即使她死了，也仍然在寫作。我年輕時迷上莒哈絲，我整個人被她穿著母親舊洋裝的模樣與至死不渝的寫作燃燒著，十分地吸引著年輕時無所事事的我。而她的母親也幾乎是我的母親再版，奮鬥一生但常感絕望，眼底經常流露無限的疲憊與突然湧上的暴怒。童年過年時，因過年氣氛的影響，她覺得應該要帶我出去遊晃一下，或者應該是禁不住我的要求，她會帶我去台北新公園，但我印象最深的卻是她帶我進入公園之後，就會開始尋找椅子，然後跟我說妳自己到處走走吧，接著她就將自己的皮包往懷裡揣著，然後竟在冬陽下打起盹來。

我有時候沒有離開她，坐在旁邊看著樹葉和光影遊戲，寂寞地等她醒來。有時候會轉去公園出入口，玩著旋轉門，有時候會把腳跨在鐵條，擋住別人要過的路。或者坐在公園掉漆的模型動物身上，或者看人餵食池魚。有一次跑出去買冰淇淋吃，才吃一口就被一個大人撞到而掉在地上，看著冰淇淋在陽光下融化後，我才跑回母親身邊，彷彿在等著證據的消失。如果跟母親說，她可能會問我是哪個人撞倒的？妳怎麼沒找他賠？母親很容易將發生的一切換算成數字。

往往我因疼惜母親而想靠近她，但卻又常被她的脾氣給推得遠遠的。我們之間是想靠近又怕被彼此燒炙燙心的那種既綿密又疏遠的愛。

我的母親是這樣，而我也是這樣的女兒，我年輕時就想創作，一心想離開她，等到十八歲之後，我就把母親一個人留在原地。

十八歲之後，我以為我再也不用穿母親買的衣服了，直到我這個女兒也都走入人生後半部了，我才發現竟一直保留著母親曾買給我的一些較為精緻的衣服。

我把近幾年母親買給我的衣服全拿出來，其實也沒幾件，因為當我們長大後，就會拒絕母親為我們打扮的樣子。

那是什麼樣子？粉色系的，像甜霜似的洋娃娃般。

童年時，最怕和她逛街。因為很少有好結局，總是開開心心地出門，卻極為疲憊恐懼地歸來。才買的美麗衣服，她就揚言要把它們全剪破了。

那時我總不理解母親為何會暴怒。夜晚醒來一直看著衣服會不會被剪破了，甚至抱著衣服睡覺，難怪我長大有嗜衣癖，去紐約讀美術時，一度想改學服裝設計。

然後母親給我的衣服壓力是她討厭學校制服，因此她很久才妥協，才買制服給我，這使我童年最初有上學恐懼症。

接著是不買體育服，這也導致我不敢上體育課，總不能穿百褶裙吊單槓跑步吧。

但母親有獨特品味，她從年輕時就覺得學校是為了賺錢才讓學生買一堆制服，學校名堂很多，她不買帳，且她說制服體育服都是浪費錢且不好看的衣服。

小一上學時我穿了好久的洋裝，最後才在老師不斷地最後通牒下換成了制服，可以想像我穿著洋裝杵在一群白衣黑裙的小孩之中的獨特模樣。這獨特沒讓我感到驕傲，反而是一種恐懼，恐懼和別人的差異，恐懼別人的眼光，恐懼老師的殺氣騰騰，於是上學成了恐怖之事，常常是心裡默默流著淚。

直到母親妥協，買了制服。解除我的獨特性，我開始無聲音地埋藏在群體裡，成了安靜的小小孩。

我還曾經擁有一雙高級手工訂製鞋，那是母親在一家手工鞋店前擺攤做生意的緣故，大約是那幾天生意不錯，而鞋店老闆娘和她感情亦好，她帶著我進入店裡，以大富豪口吻揚聲說要給這個小屁孩訂製一雙娃娃鞋。那是一雙黑色皮鞋，漆亮的黑皮，有金屬釦環，帶點高跟，綴飾著黑色蝴蝶，手工縫線如星辰點綴皮面，雕花紋路具穿透性。那雙鞋我一直保留著，捨不得穿，把它收藏在漂亮的盒子裡，直到有一天母親作媒成功，要帶我去吃一場喜酒時，我才發現我的腳竟套不進那雙手工鞋了，我不知道我的腳竟會長大，為此我還好傷心。我保留那雙黑色手作皮鞋很多年，直到有一年颱風浸濕了皮鞋，才被母親丟了。我難過許久，彷彿它是我身體的一部分。後來黑色真皮所製作的各式各樣鞋子可說是我的經典不敗款，怎麼買都是挑黑色的。

母親到老都還偶爾會買衣服給我，款式倒非老派，她的美感很不錯，又很重視面子的人，因此質料也佳，只是她買的不是我喜歡的樣式，如果我是一個乖孩子，拘謹而制式，或者哈日（當時她喜歡到舶來品店買日系品），那麼應該會喜歡母親買的衣服。我喜歡穿自己買的，她最討厭我穿多層次的什麼波西米亞風，她覺得看起來很沒精神很邋遢，尤其衣服沒有車邊或者裝飾流蘇，或者破洞刮痕的破牛仔褲，那一律是她的眼中釘。還有她討厭性感的衣服，凸顯女性胸部或臀部的衣服，她也一律覺得刺目，覺得發春女孩才會穿出去招搖。我可以拒絕性感衣，反正也沒有值得露的地方，我覺得全身最性感的地方是看不見的「腦子」，但波希米亞風偏偏是我喜歡的樣式，她的日系衣服屬於秀氣拘謹型的辦公女孩，完全和我不搭調。但母親買的衣服，就是她的心意。我收下時，觸摸著美麗諾羊毛面料時，心裡常常是小小的不安，（不知何時才會穿？）心裡又有小小的安慰（感覺母親由衷希望女兒美麗）。

母親在我變成女人時，僅默默地遞給我一條生理褲，一件有襯墊的內衣。然後她嘴巴叨唸著，怎麼時間這麼快，妳看起來還像個囡仔。

那是她買給我最性感的衣服。

美國女詩人安・薩克斯頓穿著母親的衣服自殺，詩人期盼跟母親合體，可見衣服是如此地具有象徵意義，因衣服貼身，衣服會吸氣味，衣服是一種連結。父親過世後，母親保留很多他的衣服，彷彿衣櫥有一天會走出一個父親似的珍藏著。

以往母親和我出門時，每回都叮囑我要穿漂亮一點。有一回在路口遇到一個她的老鄰居朋友，她向老友說，這是我查某囝仔。她的老友對我點頭微笑。我們轉身後，母親邊走邊說，妳今天穿得好看，我才跟她說妳是我女兒。

竟然因為我穿得美才承認我是她的女兒，我心裡真是一驚。如果那天穿得醜，她就要否認我的身分了。我不免失笑起來，低頭看自己的一身打扮。那天穿的是偏英倫風格，米色長外套下面搭靴子，優雅簡潔卻又不失女性。母親喜歡淑女式的優雅風格，絕對不能穿多層次或者禪風之類的中性衣服，她喜歡日式或英式風格。如果我穿太醜，母親會對老友說什麼？我心想著，難道說我是女傭。路上有很多外傭推著老人出來散步，我可能會真的成了女傭也說不定。平常牽著母親出門，若穿夾腳拖和運動服，綁馬尾，我在他人眼中是外傭吧。

母親一直很在意我穿得漂亮與否，但我討她歡喜的時間竟來得如此緩慢，直到她癱倒下來，我才開始以她的目光來打扮自己，以她喜歡的樣子打扮自己和真正的我是不同的，但卻是非常符合當代時尚，她喜歡時尚衣服，不喜歡落伍的樣子。但她又節儉，每一回買新衣都想了又想，不若我沒幾分鐘就可以掏出錢包了。

母親總是太在意別人的眼光，因此她生病後，在醫院流浪八個月時，只有四個人被准許來看她。除此，母親的病房經常是靜悄悄空蕩蕩的，她無法說話，而我說話很小聲。我們彷彿沒有親眷似的家族，只因母親一概不准他人來看她。

母親這一生唯一的制服就是醫院的制服，她說學校制服難看，想必醫院的制服不僅難看還更難過了。

母親生病住院後，我幾度回到她的房間。緩緩地打開衣櫥，每件衣服都整整齊齊，按類別掛上。我摸著衣服，心裡想的是主人穿不到了，這些衣服對中風的母親都太小且太繁複了，我在衣櫥裡徘徊，挑了幾件她年輕時候的衣服，我想保有它們。接著我去採買母親的新衣服，母親手腳如木偶癱掉了，因此衣服必須還有開釦子的才好套入，同時要純棉材質，且大號尺碼。

從Ｌ號買到ＸＬ，花朵與愛心圖樣，總之得挑喜氣的。從醫院走到百貨或者市集，兩極的空間，同樣使用衣物，心情卻差異巨大。一方如此靜默，一方如此喧譁。

母親住院期間反而是我逛百貨公司最密集的一段時間，尋常離開醫院，一時心情還陷落在灰暗無依時，會突然繞去百貨公司閒晃，我以前很怕逛百貨公司，但從醫院來到百貨公司之後有一種奇異的對比。沿著手扶梯一層一層地行過，像是要被那些閃亮的物質吸納，好塗銷醫院那種沉悶沉滯的氣息，或者只是為了聞一聞生之激情，物之勾引。看是否還有一點想要吃或者想要穿美的心情？我常常只是面目呆滯地經過一家又一家的專櫃。後來我仔細回想為何會有這種情形？為了脫離醫院那令人窒息的制服顏色，那代表醫生與病人或者護理人員的顏色都因為空間而充滿了嚴肅，充滿恐懼或者淚水。

在醫院的屎尿氣味之後，我常不自覺地就逛到了美麗之地。

我很茫然地走進人多且燈亮的地方，發現百貨公司走起來最能去除病房的沉寂。百貨公司擠滿了物質的慾望。那些物品是為了讓人妝點色身，讓生活充滿一種渴望的激情。我一層一層地旋繞百貨專櫃而上，只消把物質換成病人，百貨公司也會像醫院，但怪的是即使心理試圖轉換心境以減少物慾，但氣氛影響人心，同樣名為百貨，但醫療百貨都是傷感的，而時尚百貨卻都是亮眼可喜的。

然而我只要想到母親的病體，如此毫無尊嚴地躺著時，我的心痛就能瞬間讓許多物質退後，甚至遺忘美麗。

好幾次在母親面前忍不住流淚，都怕被她看到。她平常都在發呆，睡覺。只有聽見我哽咽擤鼻涕的聲音時，她會抬眼尋我，她會很迷惘地看著我，搖著我的手。

然後我就佯裝上廁所，轉身衝去，開水龍頭，以水聲蓋過。

接著，我又失魂落魄地走到熱鬧的街心，像失去魂魄的人。一想到母親生病無法再穿漂亮衣服，就會心想趁現在趕快穿。或者也會有另一種極端的心情跑出來，為這個肉身色身奔忙是一點意義也沒有的事情。想起母親躺在床上被評估師量著身體的長度時，她一直用手推開量尺，看到她那股堅持不要的模樣，就覺得可愛又心疼。從來不知道母親的腿長，腿長關係輪椅的高度，也不知道她的臀圍，臀圍關係坐墊大小。

母親以前常怪我很少幫她買衣服，我確實不知如何買起，逛歐巴桑的店和逛我心中喜歡的店可說是兩條路線，但現在我卻開始不斷地幫母親買衣服，而她能穿的卻十分有限了。

記得以前母親幫我買的衣服都是粉紅色且裝飾著蕾絲，我從小最討厭粉紅色，也很怕蕾絲，可能以前的蕾絲材質不夠好，比較硬，有時必須瞞著母親偷偷把裝飾的蕾絲邊剪掉才覺得穿起來舒服。沒想到，現在我覺得粉紅色好可愛，幫母親買的衣服必須兼顧喜氣與舒服，視覺與觸覺是最重要的考量。

我不知道母親喜不喜歡，但至少知道我的童年都是被她這樣打扮的。

我喜歡漂亮的衣物，從小就這樣，雖然生長環境窘困，但母親倒都給我打扮得很漂亮。我的黑白照片裡有一張穿著很漂亮的洋裝，參加姑姑的婚禮。母親有一回看著那張照片說這件洋裝是借來的，我聽了感到奇異。母親說因為這款洋裝多半也只會穿在婚禮上，哪有那麼多婚禮可以參加。

母親倒是很早就懂得用租借衣服的方式以省錢卻又不失顏面。

我喜歡陳舊事物，也喜歡時尚物品，華麗與極簡的兩端，容度很寬。母親則不像我可以橫跨各種面向，我喜歡的東西，連起來像是一張世界地圖。而母親喜歡的東西很清楚，當然還有價錢因素，再喜歡的東西如果超出預算，超出她心裡的量尺，就是絕緣品了。

慢慢地，隨著我這個臣子要討好母后，我將一些花色或者紗裙的元素注入衣櫥之後，我的整個衣櫥竟就變了樣。垂墜流蘇珍珠，閃亮的折射，鏤空的編織，花朵樹葉雲彩河流雨滴……再次進駐身體，妝點色身。我以母親喜歡的樣子重新來到她的面前，我看見她難得的微笑。

我的穿著打扮不再常讓母親皺眉頭了。

有好幾年我因在佛學中心上課，上課必須盤腿，且因是學佛之地，也不好穿著太華麗或波西米亞，於是我開始穿全色系的寬大服裝。素雅的手製衣，日本味道的，帶著寺院禪風的寬大腰身與袖襬，把身體徹底中性化的衣服，近乎出家服，不是灰色就是黑色，要不就是白色或米色。線條因講究，故多帶點雕塑般的硬挺，而非柔軟的垂墜，雖有造型，但很難被親近。

以前有幾回來不及換衣服就去見母親，她總是叨唸很久很久，一直說我這樣子很像阿婆，很難看。但我不理會母親的批評，如此這般地當了十年道姑，母親每回見一次說一次，她說醜吱吱的，叨唸我沒結婚就穿得像寡婦。

我卻任憑母親說的什麼老氣橫秋或是不搭不七，就是一逕地沉浸在自以為是的禪風，甚至以為自己快成仙了。

母親生病後，因為長達八個月都和母親在醫院流浪，一開始因不敢穿全黑全白衣服跑到醫院嚇人，因此把衣櫥這些穿了十年的黑白色麻料衣服收起來，只留下幾件供週末去上佛學課時偶爾穿穿。母親生病，讓我改變了穿著，穿母親買的衣服，原來這般幸福。

我永遠記得當我接到聽聞母親昏迷的電話時，我的神識斷電好幾拍，那時我不知為何心裡正好想著我應該要穿母親喜歡的衣服回家，因此我在一家服飾店裡採購母親會喜歡的幾樣衣服，那時我彷彿有預感似的開始想要討她歡心，放棄我這幾年慣穿的中性道姑裝扮，那自以為清心寡慾似的打扮，看在母親眼裡很不舒服。她說妳看起來好老，妳是要出家啊！修行一定要穿披麻帶孝似的布袋衣衫嗎？我總充耳不聞，繼續我自己以為的氣質衣裳。

在服飾店逛衣服，接到電話，忙放下衣服奔出，把店員拋在腦後，迅速走到停車處，火速開到醫院。一路一直跟母親說，媽，等我，我會穿漂亮的衣服回去讓妳看，妳等我。我會穿妳買的衣服給妳看，妳等我。

母親從加護病房再度睜眼看到我時，已經是幾天之後的事了。

母親醒轉，她竟瞬間就摸著我穿的衣服，我旋即知道她清醒了，因為那是她以前對我常有的習慣，她第一眼一定是打量我的穿著打扮。

我開始去醫院時總是穿得亮亮美美的。

母親喜歡亮色，後來我想跟她的眼睛有關。不僅老人家覺得黑色死氣沉沉，可能還因為她眼睛不好之故。

亮色衣服，會使她看清楚我的存在方位。

母親也喜歡鑲有小珠飾的衣服，但必須質感好的，尤其是羊毛料或者喀什米爾的面料上鑲有一些小珠飾一點小亮片，她覺得很美。哥哥結婚時，她買過一件紫色毛料上繡著珠珠亮片的美麗上衣，低調華麗，質感好。我後來想，我那陣子把略帶沉滯的禪風衣暫時收起來，常穿毛料面上裝飾一點華麗珠片和蕾絲花的羊毛上衣，想來是母親那件衣服給我的感受太強烈了。

有時櫃姐看我連逛幾次，且經常在櫃上逗留，或偶也買了幾件打折衣服，櫃姐知道我買這些燦爛美麗的衣服是為了穿給生重病的母親看時，她說我一定是老么，且是獨生女，還是學藝術的。我一聽滿心驚的，心想什麼時候連專櫃小姐都會讀心術，會算命了，她說因為她從年輕時就在中興百貨站櫃，且一直都是站設計師專櫃，本身學美工，還會修改衣服，看過太多五色人了，因此多少都能看出（聽出）客人的家庭背景與人格特質。

就這樣，我開始彩衣娛親，穿母親喜歡的衣服樣式來討她開心，以此詐術來行孝，我想再也沒有這麼貼心的詐術了。

離開母親的病房，我有時也得把討她歡心的美服換下，就像十八歲前返家途中在車站換服裝的情況再現，只是現在我換衣服是為了方便幫母親做事，睽違多年的牛仔丹寧褲，可以從七歲穿到七十歲的牛仔褲再度來到我的生活，把母親接來我住的八里之後，我搖身一變成了家庭主婦，常要機動做很多事，當車夫、當搬運工、當採買工。

我的第一件牛仔褲也是母親買的，小小孩的牛仔褲口袋上繡了米老鼠，我還記得母親就是因為那隻米老鼠而買下那件牛仔褲的，她說很適合妳這隻小老鼠穿，那年我七歲，穿牛仔褲時感覺皮膚被硬硬的布料磨得刺刺的感覺。

現在為母親的勞動而穿上牛仔褲時，我感到一種詩心盎然。以前女兒穿母親買的衣服，現在母親穿女兒買的衣服，這也是一種母女合體，我彷彿是一隻袋鼠，攜帶著母親前進色身的艱難處，航進感情的最深處，那是我年輕時不斷逃避之地。

我重返十八歲，往前彌合分裂的時光。

我感謝母親以其疾病讓我修了生死學分，讓我有機會補償我對她不曾說出口的愛，讓我有機會從女兒變成母親，讓我能以她喜愛的樣子討她歡心，她可以大聲對別人說這是我女兒了（可惜她現在卻失語），但從其眼神我知道她是讚許的，和解的時光來得緩慢，但終究是趕上了。

逆女浪跡天涯多年，順風返家，有母親的家。

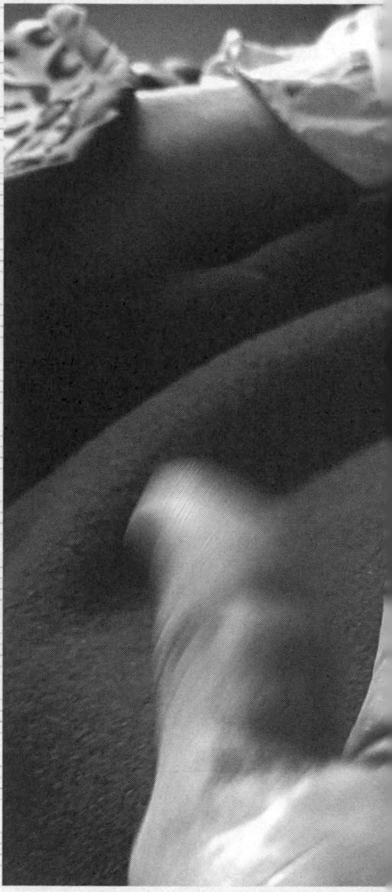

母親，能看顧妳是我的榮耀，比文學桂冠還要
桂冠的榮耀，通過荊棘般的苦痛才能獲致。
不要太愛一個人，跑過雨跑過飛沙跑過樹梢跑
過人群……忽然風神雨師傳來了這句話。
不要太愛我，母親。

CHAPTER 8

有母親的家

我在母親的新病房懺悔或抄經，寫字或回憶。真切的懺憶著一切，經歷層層隧道，挖掘清洗，它指涉的是未來，通過檢視的種種歷程。

我是母親以青春所換取來的孩子，母親是我以懺悔所換取來的菩提子。

目連尊者至地獄救母，實則是尊者的母親成就了祂：瘡穢能忍、雷電霹靂，以其煎熬，以其苦難。

母親不在的房子

母親沒有再回到這間屋子了。

她沒有想到會有這麼一天，我也沒有想過。我一直認為這間老屋不僅是她的安身之所，也將會是她終老的陵寢之地。

伊日時顧厝，暗時顧賊，守著這間屋子終老。

但一切都遲了。

明白無常的速度超過瞬眼一閉時，我在路上走著，荒靜的下午，忽然靜靜地流下淚來。想和母親一起老去的願望，等女兒也老，終究是沒能再走下去。

以往離開這間屋子走到樓下時，我只要一轉頭就能望見母親倚在窗口揮手，直揮到我轉身，直望我至路盡頭的畫面，也已空蕩成灰。

年輕時母親不懂什麼風水之屋，她偏偏買到正對著馬路的所謂路沖房屋，這間連銀行都不願貸款的老房子不只因為老，還因為樓下住了媽祖，銀行不貸款，幾次都更計畫也因鄰居不肯而作罷，於是母親年輕時買的房子就一直杵在窄仄的巷口，背後高樓遮去它的光線，側面的防火巷被侵占至也失去光，而母親的眼睛也早已失去光線很久了。她又節儉，屢屢和我玩著我開她關的燈光遊戲，說來暗與亮似乎都無分無別了，晝夜無分是一種醒夢一如的修行極高境界，母親當然不是因為這樣，她只是覺得人生這輛列車的尾端都是那麼一回事，再在意的事物也由不得自己一個人作主。因此早先母親還屢屢到樓下和廟公說項，廟公則總是回說：媽祖不肯搬家啊，我擲筊好幾拜，伊就是要住這兒啊！

媽祖這一落戶經年，把母親想要賣掉這間老公寓的夢徹底打碎，往後乏人問津，沒有人要買路沖又樓下是宮廟的屋子，鄰居又不肯都更。於是母親注定和媽祖住上下樓，母親童少時在雲林故鄉常拜四媽，或許母親和媽祖有緣，但這回媽祖是否太忙了，而遺忘了與祂最久的鄰人的平安呢。

母親是先搬進這間公寓，爾後媽祖才住進來的。母親曾是最忠實的信徒，連父親病重時她都是去問這位被供奉的黑面媽祖鄰居，但父親過世後她就沒再走進去，也不再和媽祖打招呼，彷彿生氣媽祖沒幫父親似的。但雙方彼此為鄰就是二十幾年過去了，這間公寓曾租人多年，母親靠收微薄租金補貼過往生活。在尚未租出去時，這間公寓也曾是收容我們生活的遮蔭擋風居所。

除了有幾年的時間母親曾和哥哥住到另一間明亮的房子之外，晚年的母親最後又搬回了這間她年輕時買下的老公寓，她喜歡一個人自由自在，即使哥哥有準備房間給她，但她還是喜歡住在這間老房子，她說沒人管，多好，呷老還要被管可真無自在。

只是她老是和媽祖賭誰先會搬離此地，但最終還是母親先離開這棟公寓了，她和媽祖競賽誰會先搬走，母親是輸了，且輸得徹底，她不可能再搬回來，除非降臨神蹟。我常愚癡地想，媽祖應該思念母親才對，母親就像祂的閨密呢，請幫母親返回這間屋子吧。

母親離開這間公寓，鄰居都知道，因為那天救護車風風火火地鳴著聲響且一路逆向地開進這條窄仄的巷子時，許多鄰居從做菜的廚房裡探頭出來，或者拉開前窗好奇地望著母親被救護車抬出來，有人且站到樓下來議論紛紛說，上午才看見伊拎著購物袋返家，下午也看見伊出來走動啊。鄰居說的話讓我們揣測出母親倒下前的時間點，如此可以供給醫生做大腦血栓是否錯過黃金期的判斷，也讓我得以拚湊母親最後可以步行的時光漫步，她當時在想什麼？她有看見死神掠過她的衣角嗎？為何平常她老打電話問我回家吃飯與否卻在那日消弭無聲？她是否胸痛頭痛不舒服？在那樣冷熱極端氣候的交替裡，潔癖的她是否在黃昏的最後一抹天色降下前，跑去沐浴而著涼引起頭痛？

就在號稱帝王級寒流來臨的那天下午，我終於敢一個人回去母親的老窩了。說「敢」不是因為我怕什麼幽靈之類的，是怕承受不住母親不在的空蕩蕩屋子的死寂。那間滿屋子都是她的物件、她的氣味，而卻遍尋不著她的身影的房子，就像童年返家，或者夜晚，她不知去了哪裡的空茫。但童少時，母親離家再晚也終究還是會回家的。那時我會裝睡，看著她掀開紗帳，將給我的禮物擱在床畔，或者她知道我假寐，會掐掐我，或用口水舔我那被蚊子咬的紅腫處……親友都說我母親偏心，最疼我這個女兒，我其實都是信的。

為此，我的心情早早就開始進行自我教育的準備動作，兩種準備：一是準備母親有可能就此離開這八苦塵世，另一種準備是母親要打半身不遂的漫長長期抗戰。但我本以為無論這兩個準備最終指向哪一端，母親終究是會回到這間老房子，臨終末期前或是康復後，豈料兩端卻都很難讓她再次回到這間收容她與我最深記憶的房子。哥哥後來告訴我，媽媽是不可能回到這間屋子了，她不若得末期癌症的人可以估算生命最後時間，因此不可能回家療養，若是未來要打長期戰，她也得住到有電梯的房子。而這間老房子老舊到連樓梯扶把都快腐朽，得放棄她回到這裡的可能。

在要前往那間屋子的前一週我就開始訓練自己，把書架上以前讀過且自以為自己讀明白的生死書離別書宗教書全都再讀一遍，甚至自己之前寫過的什麼送別，愛別離，生死書……都再看一回。理性的明白和感性的苦痛是如此地分據心情的兩端，所謂的同理心原來只是一種岸上觀水隔岸觀火的安全距離，源於安全距離因此同理心說來容易，聆聽別人失去摯愛的苦痛，多不上心而只能言語安慰。

停滯的日曆時間

我拐入巷子時，正午時光，沒遇到任何一個鄰居或者母親的熟人。樓梯很暗很暗，灰色的牆上四處印著藍色搬家公司和修水電馬桶及外籍新娘的電話號碼，等我找到燈的開關，才發現燈也壞了。爬上樓梯，一步一步地往上爬，爬向無光的所在。老式的洗石子地板樓梯如山壁陡峭，手扶著紅漆的鐵杆，這紅漆鐵杆母親的手撫摸過多少年了，我的童年也曾扶過它，一階一階地爬，爬向母親在北部擁有的第一間小小公寓。

鑰匙孔插入木門，旋轉，簡單的動作卻怎麼轉也轉不開鎖似的遲鈍著。屋子內靜悄悄的，再也沒有熟悉的母親聲音在門的另一邊傳來召喚聲了。我打開門，吸了好大一口氣，才關上身後的門。母親確實不在這間房子了，我提醒自己。抬頭客廳牆上掛著的日曆是母親倒下的那一天，新年的日曆還簇新地停在一月八日。

母親的第一間房子

以前這個家常常是南部親眷北上借住的第一站。

那時的房間多毫無個人隱私可言，即使已經搬到所謂的新公寓了，然建材多是用合板薄牆，薄板貼塑膠皮。女人生活在這大雜院以及大市集，逐漸被生活的現實鍛鍊了絕不妥協的頑強內裡，女人逐漸像個男人婆，因為生活提醒她們太嬌弱是無法生存的。那時母親常把房間租給別人，老公寓房客如果突然退租，都是因為女人的男人跑了，付不起房租了，又或者也常發生某夜悄悄搬光東西的奧客。母親以往只知有殺人犯，卻不知也有經濟犯。保人變呆人，票據詐欺偽造文書……種種都會讓房客落跑。好在當時母親就懂得要收兩個月押金，只是押金常常不夠付修理房子的費用。這時她只好能省則省，買油漆和我一起粉刷，買木料要兒子釘製。

這間公寓讓母親最得意的是關於她的品味，她幫這間新房子的客廳買了張油畫。這畫一直掛在這間公寓客廳，許多人到家裡都因為這幅畫而覺得我家頗有氣質。在那個年代知道要用油畫來裝飾客廳的人非常少，這畫讓寒傖的家看起來有了絲溫暖，尤其入晚家裡開燈，油畫跟著發亮，色彩飛舞。買油畫這件事可說是我最喜歡母親做過的其中一件大事。有時母親不在家，我也常一個人玩著開燈關燈的遊戲，看著油畫忽暗忽亮，覺得畫裡騎馬的男人似乎也跟著我一起玩著寂寞的祕密遊戲。

我在空蕩蕩的客廳牆上想著往昔的生活聲色，白色牆壁只掛著日曆。

昔日牆壁一直換物件，最先是掛著母親從地攤買來的拿破崙騎馬戰姿油畫，在拿破崙畫作之前掛的是偉人蔣中正。後來連油畫也讓壞銅古錫的攤販給載走了，當她知道油畫上的英雄有個破輪的名字後，母親就不喜歡他了。

拿破崙公寓，曾陪伴年輕的母親孵夢，她看著男女來來去去，也看著我成長，我們母女在這間房子的騎樓拍下不少照片，那是一個喜歡攝影的房客幫我們拍的，童年的我對於他手中的相機很感興趣，老是頭也跟過去地想要看從鏡頭望過去是何等的風光，他也常蹲下來願意讓我從觀景窗望去，手扶著相機，一直問我看到沒？看到了，我看見鏡頭裡面的母親好小好小，然後我右手突然去按了快門，拍下了總是在鏡頭前很嚴肅的母親的難得笑容。

或許我是那時候喜歡上相機的。

不捨點燈的母親

我回小時候的家，母親在那裡，長而窄仄的老公寓永遠沉淪在沒有陽光的黑暗，母親總也捨不得點燈。

母親眼睛早受了傷，被曬傷的眼睛，像是凹陷的黑缸，裡面沒有水，摘菜的水田反光傷害了她的眼睛。好在我也習慣黑暗了，甚至覺得那時的黑暗如此恰如其分地將我如繭地包裹著。

我覺得自己很像被馬皮裹住的女孩，有靈魂的馬皮將女孩裹住，想要女孩實現嫁牠的承諾。但我沒有任何承諾可以答應或者違背，卻也被裹住了。

母親生病前像是看見預言似的（但她以為自己會死掉）頻頻整理著多年來收集的喜餅鐵製餅乾盒，

義美最多。還有一些是中秋節的月餅鐵盒，嫦娥與月兔印製其上。我跟著母親翻餅乾盒，跟著翻看著不同餅乾盒裡的物件：照片、收據、領據、字條、借據，隨手寫在紙條的電話號碼，牛肉麵店訂蔬菜的訂單，我的准考證，我的獎狀，我的放榜成績單，我的各個時期的大頭照……那一寸大的黑白照片，框住我小學畢業的模樣。短髮，濃眉，嘴角平放，卻瞇著眼。我眼睛不小，但拍起來卻瞇眼，是被攝影機的閃燈嚇到，還是不想看這個世界？

接著，我看見一個很小的電話本，比那種記帳的帳本還要小一半的老派隨身電話本，我翻著翻著，看見裡面寫著很多舊時光的同學電話，一個電話代表一個印記，同窗的時光。

同學為何會叫做同窗？

我想起教室總是有很多的窗戶，我最喜歡看窗外，那像是一個世界的召喚。我常不知道為何要被關在四面都是牆的圍城裡，卻又有很多的窗戶供我們的想像逃逸。但孩子們都不太去看窗外，他們易被聲音吸引，等待鐘聲響起，解放身體的動能。

我看見小學教室的照片，兩層樓，我們五年級在樓上，倒數第二間的邊間。

一些男孩倚靠著欄杆。

我怎會有這些照片？我忘了。

有一張是小學老師帶我們去故宮。我穿著一身奇怪的黃色洋裝，坐在草地。被媽媽取了綽號「愛錢老師」的班導也坐在裡面，其實他是個才子，但就是太愛錢。盒子還有些老照片，照片裡的我都瞇著眼，已經有點近視和閃光，小學的樣子。課堂上因最初沒有補習，所以被老師發放邊陲，之後眼睛就得閃光了，老是被光閃得刺目。後來母親看我竟因此快要變四眼田雞了，她忙掏出錢給我補習去，說不是為了妳的功課，妳的功課已經夠好了，是為了妳的眼睛。補習可以換到好位置，果然，我一交錢，下週即刻調位置，前面中間排。

母親當時邊看這些照片邊回憶著時光溜走得真快而感慨，妳才是小屁孩就突然到處四界玩了。忽然轉頭看著我，妳終於回家了，別曬那麼黑，男人不愛，妳大學也畢業了，要認真想未來。

我苦笑著，一副沒有地方去才回家的模樣。

母親把那發黃老舊的電話本丟到垃圾桶時，我才撿起來，打開來看。一小條一小條橫槓格子裡的最上層印著：姓名，地址，電話和地址大多付之闕如，電話則多是九八二或九八五開頭。

我在這間屋子，彷彿聽見我童年朗讀文章給母親的聲音，聽著母親踩踏勝家牌縫紉機的聲音，聽著她老唱著媽媽請妳也保重、黃昏的故鄉……聽著她午後墜入黑暗打盹眠夢的濃稠鼾聲，聽著沒關的電視映像管傳來嘶吼巴掌的永恆連續劇。

母親是一個矛盾的人，她是在武場做生意打拚的人，意志比別人韌性，十分勤勞，但卻是一個非常怕疼痛的人，即使我幫她按摩都會喊痛。她白天和鄰人鬥嘴，嘴巴伶俐姿勢凶悍，但到了夜裡她常因想起早已往生的父親和自己的兄長與弟弟而偷偷啜泣。在意志與脆弱的兩端，她長養我的奇異想像力，她滋養我的觀察也渲染了我的哀歡。

母親的客廳像個小藥局

老房子的植物花冠已枯萎，荊棘沒有變成桂冠，不知這悲劇的祕儀要喚醒我什麼？

老房子的光線一如以往，且更灰暗。白日的光總是藍灰，母親捨不得開燈，或者該說她覺得開燈和她失去亮度的眼睛也沒有太多關係。我把燈一一按開，希望以光驅走寒冷。然後一個人坐在客廳的長條藤椅上，通常我來看她，她就坐在這個藤椅的凹陷裡。現在換我坐在這裡，藤椅前的茶几和她離開前是一樣的，到處是醫院開的藥包，簡直像個小藥局。還有各種聽廣播買來的保養品，我買給她的保養品（她最常交代出國的我要買給她的銀杏、魚油），滴眼藥水揉眼睛的衛生紙團，小竹籃裡有剪刀、萬金油、指甲剪，還有主人沒辦法去投票的總統投票通知單。幫她收拾一下茶几。

在客廳拜了一下長年母親拜的佛，還有父親的靈位。看著佛像，覺得整個空間好寂寞。客廳的小桌上，藥的氣味撲鼻，母親怕死，又覺得這世間不值得活。看到藥包攤開著，許多還來不及吃的降血壓藥擱在杯子裡。

餐桌上還擱著母親為我煮的最後一碗中藥湯。

母親的化妝台

老房子特別窄長，永遠黑黑暗暗的，走到裡面才會走到她的房間。

坐在她的房間，看得出是一個節儉老婦的傖俗房間，是一個乾乾淨淨卻昏暗的房間，沒老人味之類的氣味，連藥味都沒有，即使她長年吃心臟病與血壓藥，房間氣味除了有些潮濕之外，仍很清新，她的每一件衣服也都十分乾淨，還聞得到洗衣精的味道。

她匆匆忙忙被救護車載走，房間還保留著她離去前的樣子，沒有人動過。撫摸著棉被，棉被都是接收自我所不要的舊款。兩條棉被仍保有母親蓋過肉身的皺褶與凹陷，這使得一向整潔有序的房間頓失了樣。我拉起棉被，上下四邊的摺好，將枕頭歸位。然後在母親的床沿坐著，眼睛轉著轉著，落在前方的化妝台上良久。我用手指滑過化妝台表面，指頭沾滿著時間的塵埃，口紅乳液化妝水香水……化妝台的一大片鏡子旁有兩層小櫃子，下方有三層櫃，可放摺疊好的衣服。拉開第一層是母親的內衣，米白色系的內衣內褲，是她習慣穿的那種多排釦的內衣，訂做的束腹。母親愛美，她以自己的方式去保有這個短暫受苦肉身的美麗。

化妝台還保有我小學時勞作課送給母親的幾朵玫瑰花，紙紮的玫瑰花有點童趣，有些褪色。許多佛牌都被她掛在玻璃櫃門的吊鉤上，她因皮膚易過敏，因此佛牌掛不住。我把被紅線彼此纏繞在一起的佛牌試圖一一清出原本的樣貌，各自拉開糾纏之後，我看見每一面小小的佛像都是以前我祈求來給她的，藥師佛觀世音阿彌陀佛普賢菩薩大勢至菩薩……母親的化妝台竟像是一個小小的壇城。

化妝台的玻璃櫃內擺放著她的許多喜餅盒，盒內有許多存摺簿子。日本導演北野武曾寫過他的母親常跟他需索每個月的零用錢，他本來以為母親因為他成名而貪婪。後來母親過世，他的母親留遺書給他，他才知道母親向他要錢是為了幫他存錢。

母親的存摺簿裡，也都把我們給她的錢存下來了。

拉開大衣櫥，很多毛料大衣成排，櫃子內則多是平常衣物，市場買來的一兩百元廉價衣服卻擺得像是高級貨品般的井然有序。我梭巡到櫃子裡有個角落竟擺放著三個玻璃燭台，旋即伸手拿起燭台撫觸著，我一看就知道是我國中時買給她的母親節禮物，母親當時不浪漫地嫌說我浪費，但她卻一直珍藏著。我像個檢查員，一一打開母親的櫃子，難過地想想母親再也不能回到這間老房子了。我環視房間，到處都是母親獨居生活的痕跡與物品，物品失去主人，突然也沒了生命力。發呆到忽然樓下宮廟在播放歌曲時，我才驚醒過來，隨手挑了幾件母親寬大的衣服與外套後，才按下熄燈號。走到廚房，我們母女以往最常說話的地方，廚房桌上殘留著的菜色已被哥哥先來整理過了，乾乾淨淨的，以往剩菜擺一堆的景象沒了，除了一碗中藥湯。她倒下前正好是新年時間，我回家時說很累，她便煮了一道中藥湯給我，我當時好奇地看著眼睛有一眼幾乎無視力，一眼僅餘一絲視力的她如何煮湯？發現她抓配方是用她的鼻子大力聞著時，我在牆邊暗處滴下感激又傷懷的淚來。

拎著母親的衣物再次走過長長的陰暗廊道，陽台窗戶開著縫隙，冷風隨著門開的對流，帝王級的寒流瞬間吹燙我的臉，「我的天可汗」已無法再回到這間老屋了。

我一個人靜靜坐著，看著茶几上的物品，看著看著，我一個人就在這個寒冷的午後客廳，把自己坐成了雕像，從正午坐到黃昏已來，夜色已降。這間老宅已夠老了，母親打從青春就和這間屋子一起老去，沒想到母親老病的速度竟還快過這間老朽的房子。我在荒靜的午後，把自己坐成回憶的雕像，任時間之屋坍塌於前，任悲傷大海衝垮意志海岸，原來天荒地老海枯石爛是真的，只是非指向愛情，而是意指對母親的愛與情。

母親不在的房子，母親其實無所不在。

我輕輕地關上房門，聽見母親的笑聲朗朗。

病愛一體的新書房

在母親生病的前一年，她自認清楚地知道自己就要跟這一切分開了，尤其是要跟我分開了，因此她開始分配一些僅存的幾樣貴重飾物，我分到金項鍊和她的玉環等物。她自己沒想到的是她竟是鏽而不燬（非燬而不鏽），我有時候在想，我是否不該為她打這場身體的延長賽，因為那時候她本來是要離開的？

但她捱過了好幾場難關。且又捱過了一年。

我不知道答案，因為她留下來了。

彷彿生命有最後的一場局賽尚未結束，或說這場加碼延長賽是我向神求來的。我祈求神給我時間讓我好好懺悔，讓我有時間侍奉我的老小孩。

我同時想母親——妳還沒做好遠航的配備，妳等待女兒幫妳起錨揚帆。而我傾力打這場延長賽，不斷地跨越時區，不斷地說故事拖延，好讓妳回到舊時光。這回我不再閃躲，此地就是天涯，此刻就是未來。

午晝是一場瞑眩時光，下雨的陰天日子，記憶經過換日線，倒回孩童時區，最鬧我心的剪髮時刻，每回都是被拖著去剪髮。母親總說，剪個頭毛，一張嘴翹咚咚，翹嘴可吊豆油罐了。

記憶抵達現在，老小孩也很不安分坐在椅子上。但我的聲線，往往可以撫慰母親，何況送上一朵盛開的香氣玫瑰花，很快就被我的美麗魔法降伏了（玫瑰花可否換成童年的冰淇淋？但買的人往往不會是妳，是父親，或者我自己，妳不會做這類的甜蜜獎賞）。

剪髮後，將母親的髮絲放在餅乾盒，昔日她收藏我，現在我收藏她。

母親躺著睏晝，假寐，母親閉一下眼，睜一下眼。彷彿怕被我遺棄，我得高喊著媽，我在旁邊寫字，放心喔，她雲翳如縫的眼睛才會偶開天眼望著我。

我一直在的，即使我走遠，也不會離開太久。即使我出門，也會帶著妳上路。心裝著的行李是愛。

我在母親的新病房懺悔或抄經，寫字或回憶。真切地懺憶著一切，經歷層層隧道，挖掘清洗，它指涉的是未來，通過檢視的種種歷程。

我是母親以青春所換取來的孩子，母親是我以懺悔所換取來的菩提子。目連尊者至地獄救母，實則是尊者的母親成就了祂：瘡穢能忍、雷電霹靂，以其煎熬，以其苦難。

母親的新病房其實像微縮版「杏一」，迷你小藥局，安養房的切片。

所有的人都動著，為何只有她一個人靜如死海？

母親應是這麼地想著，她一直搖頭，企圖加入移動的群組。她無法開口說話。我一直記得以前鄉下有家餐館小店，去店裡時常聽見黝暗的廊道房間傳來嘶吼咒罵的聲音，老闆邊送餐點過來時邊說，別被嚇到，伊就是嘴巴停不下來。全身只剩下嘴巴可以動的人就在廊道裡以他僅有的力氣呼喚外界，無人回應他。我快速唏哩呼嚕地吃飯，後來就很少去吃了。那廊道傳來用盡全身唯一力氣的怒吼嘶鳴，如馬匹再也無法起身，那人吼的是不如一槍斃了我。

我聽了幾乎落荒而逃。

沿河的屋子

我在一九九七年就住到八里，這完全是因為母親。

上個世紀末，我人在紐約，母親在紐約的大雪天來電，問我浪遊天涯，何時返家？我說，再看看，除非回去有自己住的地方。

母親問我要住哪裡？

我說看得到海的地方。

據說她看了很多海（這一生的海，比眼淚多的海），最後她往既不遠且較便宜的八里尋去。

在紐約初夏，紐約畫室電話又響了。

她告訴我找到了我的落腳處，且她不識找的房子旁邊住的林懷民是何許人也。

這是左岸，母親曾經幫我尋找的房子。

現在換我為母親找房子。

可惜老公寓沒有電梯，不然母親會很想要到我的屋子看看，她參與這老房子至今的年分整整十八年。

我沿著河水，走去尋找為母親從醫院返家要落腳的房子。

有雙腿可以健走時，從來不曾想過需要電梯。已經有十多年不曾找過房子了。新大廈有著歐洲「萊茵」的建案名稱，由於我的心從來沒有關心過經濟，因此連隔壁住家蓋了這麼多大樓也都沒有詢問過價錢，甚至視若無睹。但我住的老公寓和母親的老房子都沒有電梯，為了母親的輪椅進出，必須住到有電梯的房子，台北太貴，哥哥住新莊太遠，於是我說就住八里吧，我希望母親最後看的風景是這片河水山色，有我的風光陪伴。當我提議讓母親住到有風景的八里，獲得哥哥的支持之後，找房子的事就落到我的身上，很順利地在我的老公寓旁邊大樓正好有房子出租，風光美麗，河水蕩漾，新大樓管理好，採光好，最重要是有電梯，電梯帶癱壞的身體上升下地。

在等待母親進駐的期間，我在這間空蕩蕩的屋子，想著該如何布置，該如何裝修，才能符合母親所需。油漆，裝冷氣，購置電動床電鍋烤箱熱水瓶收音機櫃子……

大功告成後，開始搬些不痛不癢的氣氛物品，如燈具、坐墊。

還有佛像，迎神入厝。

這裡是新天新地，還沒有和母親的記憶。

卻因為沒有任何記憶而不知如何安頓自己，有時候就在空屋裡這邊坐坐，那邊走走。

看向同一片海洋

這是我離家多年後，才明白母親在哪裡，家就在哪裡。

以前我說情人在哪裡，我就在哪裡，這根本是虛幻之詞。

寫作者的書房就是靈魂放光之所。一座封閉島嶼但面向遼闊海洋……

我在舊書房創作，在新書房抄經。

母親安居在此，她很放心，之前她在醫院流浪時，她常指著暗處嗚咽。我隨口問說是見到鬼，她竟點頭。我說放心，無形眾生在另一個維度空間，不會傷妳。

現在家裡，到處是神，諸神齊聚之所。

以前曾寫要當藝術的信徒，佛的好孩子。

現在增寫要當母親的看護，媽的好女兒。

也曾考慮將母親送安養院，但好的沒床位，且主要的問題是安養院不能隨時見親人。而在家裡，隨時都可以見，因此在家照料雖未必周全，但至少她安心我放心。

母親只有一個，失去就沒有了。我以前從不信失去她我會很痛苦，我以為我修行修得很好，而且我以前不是一天到晚都想離開她嗎？現在怎麼敢把母親接到八里？不怕麻煩嗎？有哥哥嫂嫂們，其實女兒是可以站在邊界的吧？以後妳就知道看不見的時間成本與體力會落在妳身上，而且妳這種無形的付出很難計算……聽見朋友這樣說，他們好意地提醒，畢竟時間如果拉長，我可能吃不消。但我以為照顧母親不是為了讓別人看見，更沒有時間成本問題，唯一的擔心只是母親會習慣我為她準備的新居所嗎？

我之前想離開的是「以前」的她，以前的她易怒，她可以把我的畫作從樓上往下丟，她可以把我連罵兩三個小時而不鬆口，她可以用很髒的言詞罵我不受教。以前的她被生活淬鍊出如刀的語詞，而今都按下熄燈號了，她像是一個壞掉的機器人，會重複一些奇怪如電腦音的難辨別之詞。

我看到她只剩下疼惜，心痛。（但有時我又會心虛地想著，如果母親沒有傷到語言區，依然在病中朝我怒罵，我會接她回家嗎？我不會逃離嗎？）接母親從醫院返家前，我一方面在母親的新居所一直想著和母親同居的新日子終於要成真了，這對像我這樣長年獨居生活的人來說是一個全新的世界。一方面又擔心母親來得了這間新房子嗎？我總是怕她來不了，怕她在醫院的中途就離開了。

我在這間面海的新居所總是不斷祈求，祈求讓母親來到這裡。我去龍山寺為母親點燈時，就填這個新地址，我也開始搬去這間新房子住，搬母親一些重要物件至此，以示主人在此之意。什麼是母親重要的物件？我在母親老公寓的老房間想著，拉開抽屜看見母親的存摺簿時，我知道就是存摺了，銀行存摺鐵定是母親最重要之物。

我每天在新房子洗刷時，開始有了新的等待。

彼時有兩種等待：等待母親歸返新厝，等待印籍看護到來，彷彿是郵購新娘的未知者也將要住進這間新居所，我們仨是否有同居之緣，命運的河流在眼前流淌，卻不知所向。

我在新落腳的面河窗景看著這新天新地，幾日來的午後雷陣雨，超級豪雨，使得河水泥黃，河水下多少生物洶湧來去。每天都在新房子裡整理東西，每天像螞蟻般的搬東西。從八里舊公寓搬到新大廈。鍋碗瓢盆、電器用品，最重要的是佛像的進駐，要給長年拜觀音的母親心靈撫慰。每天搬點東西過去，焚香，拜地基主。植花、洗刷每天在新房子裡，畏懼的只有一件事：會不會這間房子等不到母親來住？

我的新書房就是母親的新病房。我把租來的大廈最美最大的面河房間當作她的新病房，因為她都希望我在旁邊給她安全感，因此泰半時間我就留在這間病房寫作。旁邊有著母親的呼吸，即使我的靈感常因照顧母親而中斷，但這種中斷無妨，繆思知我心，定會再來訪。但母親在跟時間賽跑，多看一天是一天了。

這座大樓房間雖美，但母親卻不看風景，尤其落地窗的遊船行經時，都是我和看護阿蒂趴在窗前看著。看風景看得著迷的人往往是阿蒂，她說她的家鄉蘇門答臘出外經常要搭船。

家裡的新訪客

母親來到新居所，她再也無法自行離開此地，但很多人會出現在她面前。她就像我在沙漠綠洲杜茲遇見的穴居人，千年來為躲避羅馬人，即使狼煙已消，仍住在洞穴。母親在家安養，有好幾「師」相伴，首先是馬偕的居家護理師的到訪，每個月定期來幫母親換鼻胃管，直到母親換了胃造口之後，如有抽血或其他需求仍是打給她，溫柔又專業的護理人員，讓母親的居家安養點燃希望之光。因為她的協助，後續就會發生許多骨牌效應，比如家庭醫師來訪檢視母親是否可以拔尿管，打流感疫苗等。接著，居家復健師來協助母親運動，從關渡醫院到居家服務的按摩師也來了，再來是願意到家診療的中醫師也來了。

「師師」果然有好幾種，有的為名為利，有的只想到病人。

居家護理師、居家復健師……還有我這個不是老師卻常被叫老師的女兒。「師師」有兩種，在醫院等著病人上門的，親自訪視病人的。復健師第一次來已然是十二月中旬，他每回打給我時，母親都在住院狀態，一拖時間就來到年底，長照居家服務額度將罄。

家庭醫師來則是為了打流感疫苗或者肺部疫苗。復健師來的時候，他遞給我名片時，我立即知道他幫母親復健過，因為名片寫的是關渡醫院復健師。未等我開口，他就說對，我之前服務過妳母親。

母親在關渡醫院超過三個月，復健師非常好，細心緩慢，和母親說話就像在和一個嬰孩說話似的輕聲細語。我媽媽在醫院應該是很難訓練的病人，我說。他點頭，她都不配合。但這回我看她在家裡好多了，復健師將她的身體像煎魚似的翻來翻去，她僅僅掙扎一下下。

按摩師來就很不一樣，媽媽總是痛得哇哇叫。而且因他有一眼近盲，所以每回叫媽媽時，他都頭低到快把口水噴到母親臉上了。他看起來也是半個老人了，但他叫媽媽阿嬤，兩人對看的樣子很好玩，變得非常可愛，彼此都用唯一還可近距離目視的那一眼梭巡彼此的方位，按摩師眼盲心不盲，他能在黑暗中辨物、摸骨，甚至有著敏感體質，好多回他去別人家按摩時說病人旁邊還有看不見的無形眾生，但在我們家他說媽媽的旁邊只有神佛。然而在他的眼睛裡偶爾會閃過幾絲痛苦的陰影，當這陰影在某種靜默中被顯露出來時，瞬間空氣變得有點凝重。因為他是那樣多話的人，突然靜默，會把空氣都吸走。每個人的背後都有故事，他的故事和他其中一眼的盲有關，我只能靜靜地等故事自己流轉而出。或許我的想像力已然抵達，他不屬於這個文本，他屬於我筆端的未來。

再次交會的母女列車

母親因肺炎急診和開胃造口手術，再次從這個新屋離開前，我都會幫母親癱掉的手高舉，在佛像前合掌，祈求母親平安歸來。就像我以前出門流浪時，母親在她的老屋佛桌前焚香祈求一樣。

急診之後住院和復健時住院不同，因穩定才復健，而急診後住院往往都在搏鬥狀態，再次住院或因疾病或因新手術。就像以往母親在醫院流浪時，看見許多從安養院被送來醫院的壞掉娃娃。為此每回從醫院探訪母親結束後，一個人再回到新屋時，再次置身無人的新屋，會讓我掉入童年時放學返家的傍晚灰色空氣，無人在家的傍晚，對一個小孩而言有一種奇異的蒙昧，似乎有人在和我玩著寂寞的遊戲。心裡空蕩蕩的，灑掃除障，我總是如巫婆似的開始持咒，焚香祭祀，跪拜祈福。直到母親再度安然返家。

母親來到這間新居所，無法言說她對這新空間的想法，但我知道她一定覺得奇怪，什麼時候多了這個房子？把她推到新居所的隔壁巷道，以前她和我一起去買的八里老房子，她似乎才想起這裡是八里。母親無法說話，所以也不知道究竟她的感想，唯一我能判讀的是，只有跟她說是自己的房子她才願意住下來。

這是我從沒想過的母親晚年生活，我曾試想多回，卻總沒想到母親會和我住在一起，但或許是我逃避了母親的疾病，總以為母親不死。就像母親看我天涯獨行，老對我說妳以為媽媽不會死喔，媽媽老了。她沒說出口的是，妳不多陪老媽，以後就見不到了。後來因此就減少出國，僅參加短期五、六天或最多十來天的短暫之旅。但東想西想，也想不到母親會落腳八里。

母親和這條河有緣。

多年來，我和月亮同進退，從沒想過會在晨起時和母親相逢，相逢在一條河流上。

晨起的窗邊山景水色很清透，可以膜拜神且會得允諾的一種好神采天色。沒有一片雲，漣漪般的小片雲朵皆無，過度的亮，藍色的亮足夠讓烏雲沉澱下來。颱風前的巨風把四周的塵霾與灰霧都吹散了，吸乾水氣，天色乾淨至可以在觀音山這方目視到對岸大屯山的彎曲小山路，連小山路上的汽車都是肉眼清晰可見，有時汽車頂上反射的日光還讓我瞇了一下眼。淡水河跨觀音與大屯的兩岸，但因天光一片清晰無雲，以至於對岸聲色全兜攏至窗前。我在窗邊啜著咖啡，感到不可思議。我瞬時有了對岸若正巧有晨起沐浴的裸體，我也可以見到的幻覺感產生。

不用再想了，時間已然來到無須預想未來的光景，因為母親走或留，都會沿著這條河前去，落腳在此，離我很近很近。

十八歲後分離的母女列車又交逢了，她那年輕時的老照片早已恍如隔世，和母親流浪在各醫院大半年的日子也已終結。

我寫字的此時此刻，母親就在旁邊，呼吸危脆，如夢似幻。經常一口痰卡住，咳得驚天動地，度過每一天驚險的日與夜。

把母親接到八里後，我常每天夜裡要醒好多次。阿蒂往往睡至打鼾了，聽見我幫母親換濕掉的尿布才醒來。我不忍心叫她，就自己幫母親換了，在換時她有時候會聽見聲音而醒轉，既已醒，就交給她。也順便提醒她說天氣冷了，阿嬤尿片這麼濕，小心阿嬤感冒。

「有了母子這樣的牽扯，世間才洋溢著燦爛的光華。」《奔跑的母親》，已故小說家郭松棻筆下的燦爛光華。黑夜與海連著一片遼闊。沒想到母親也落腳這片海。

流淌的潮水一一收攬，逝去的潮水也一一送別。

半年的醫院流浪終於結束，母親回到家裡，不是她的家，而是新的家。

望向同一條河。我在她耳邊說，媽，這裡就是妳餘生的居所，不要再到醫院了，妳終老之地，有山有海。回到這片新天新地，何其艱難，頂過加護病房以及頂過病危。頂過淚水，頂過哀號，頂過傷心。

我有一本很早年寫的書《美麗的苦痛》，當時書寫現在看彷彿隔一層紗，寫父親死亡的葬禮、寫同業作家的自裁哀傷、寫祖先撿骨的家族悲愁等等。我以為自己已經了解苦痛且以為自己能轉化了，於今才知道苦痛一點也不美啊。苦痛的美是結果，但往往還沒有結果就已經被苦痛的大浪或大火吞噬殆盡。孔雀嗜毒，遂羽翼璀璨，現實的苦是餵養作家的毒，能轉化者，挺進煉爐而成精，挺進魔鬼盛宴而成詩。林黛玉受苦因此她的詩比其他人好，但我常覺得自己是一個嗜毒而無果的人。

常常一個人靜靜地流著淚，從自己的房間透過門簾偷偷望母親是否察覺，有時候必須偷偷回到自己的房間流淚。將淚流乾才回到母親的房間。

母親的病房現在就是我的新書房，我在她的病床旁擺上小書桌，一邊掛著母親的尿袋，一邊擱著我的咖啡。這樣的苦楚兩端，興風作浪著寫作者的心靈大海。

在面河的美麗居所，河邊有騎腳踏車與散步遛狗的人不斷行經，他們跑啊跑的，誘使著我也跑啊跑的。我彎腰穿起運動鞋，走出門外準備去河岸慢跑。這是母親生病後開始的跑步，倒非因此貪生怕死，而是發現慢跑或者散步可以過濾許多雜蕪。就在河邊門口遇見對門鄰居雲門舞集林懷民老師，他那長年練舞的身體非常精瘦結實。我心裡想，作家這個職業是以身體長期的靜止力度與靈魂作連結，而舞蹈家則是以身體的不斷轉動和靈魂對話。

站在沿河樹下的小巷，白色燈管的光暈打在他長年穿黑色衣服的外緣。他問我何時去台東駐村？我說因母親生病可能暫時不會成行。林懷民給了我一個溫暖的擁抱，他抱起來非常扎實，像是一根實木，一種溫潤感帶著清楚的線條紋路。他和我說起他的父母前後經歷中風的時光很多年，我聽了一驚，這是何等停滯的漫漫光陰。我說我的母親要長期臥床了。他吁嘆了一晌說，唉，輪到妳了吼。意思是像我這樣長年浪遊的自由人（好在年輕時有不顧一切的上路），於今也終於被親情的十字架釘在原地了。然而母親給我的功課，比十多年來浪遊的感受更深更廣，她把我釘在原地和浪遊是兩個人生的極端，兩種人生的功課，有的功課我已穿越，有的才剛剛開始。不用去找境界，大千世界隨時就是境界。我苦笑著，人子已老，母后更老，健康成了奢望，於今等待好走，期待極樂國相逢，若無此期盼，現在的每一刻都難熬。

醫院長照中心時刻都有病人在呻吟哀號，哭聲埋在城市的高樓大廈裡，像是一個被遺忘的廢墟。懷民長者的屋子客廳一隅，永遠都有光明燈點在其父母的肖像上，這是人子的懸念與心意。

不管離開多久，只要召喚愛，就會目光濕潤。

我們倆都眼睛濕潤地轉身。母親躺成一具標本姿態，而我為了排憂解苦，開始從靜態的寫作轉成動態的慢跑。我登上河岸，跑過樹林，跑過榕樹，跑過船屋，跑過漁港，跑過風，跑過月亮……慢跑，很慢很慢。我轉上小巷，跑過歡樂，跑過傷心，跑過苦楚，跑過母愛，跑過親情，跑過執著，跑過回憶……最後我蹲了下來，頭埋在兩膝之間。

是輪到我了。

謝謝母親沒讓我閃躲這個巨大的無常功課。母親，能看顧妳是我的榮耀，比文學桂冠還要桂冠的榮耀，通過荊棘般的苦痛才能獲致。

不要太愛一個人，跑過雨跑過飛沙跑過樹梢跑過人群……忽然風神雨師傳來了這句話。

不要太愛我，母親。

妳也不要太愛我，女兒。

留下時間卻摧毀了尊嚴

當「好走」成了難題，時間變成摧毀尊嚴的最大元凶。

母親病倒後，我有過幾回鮮明的夢，滿屋子閃著流光似的璀璨，彩色的魚在屋子裡，有的甚至飛到天上，美豔異常。但很快地天上就飛來大鵬金翅鳥，長長的嘴喙想要衝下來叼魚，一條肥胖的魚眼看就要被叼走時，我頓時醒了。

這段時日心裡經過很多層次的變化，母親剛中風倒下來時，我的內心很掙扎，且母親一直搖頭說不要活下去，我在心裡祈求的是母親早日得解脫。但母親還是撐過了許多的難關，她開始和我互動時出現可愛俏皮或者往日的習慣時，相處的時日卻又增長我的執著，竟使我執著更甚，更害怕失去。本想通過執著來了解執著，在過程中卻不斷照見自己的恐懼，因而滋養了執著。

這一年，心都懸著，不敢出門太久，不時看手機，回家第一件事不管多晚就是先奔去看母親，夜裡醒來也先跑去看母親。每個腦海的空檔都成了母親的回憶，甚至當時想著往後的週日都要和母親過，往後的新年都和母親過，往後的情人節都和母親過，往後的七月我也會結夏安居和母親過……如果時間願意等等我。

我祈求時間等等我，這是何等的幻想。

於是我又開始繪畫、抄經，從藝術中走出苦痛，畫著身心受傷的人，畫著每一張床躺著不同的人與不同象徵的事物，嬰兒床是可愛小鴨子、新娘床是喜氣的燈籠、電動床是束縛的乒乓球手套與鼻胃管、安寧床是握著經書或十字架、臨終床是擺著一只貼身物……母親的貼身物是一只緬甸翠玉，從來沒有拿下來，直到她做胃造口手術時才取下，後來就沒再幫她戴上，我說給我，她點頭。母親倒下前不久，我戴了快二十年她給的玉環竟斷裂了，之前靜坐時我想去除束縛將之拔下都不可得，卻忽然斷掉時，我心裡就有了微恙。

修行要去找境界，而我根本不用找境界，境界就直闖大門了。境界之多，實難想像。一剎那都可能讓心頓時從晴天轉為陰霾。心情轉化尚能調整，很多是一時難以消化的陳年習氣與苦痛。

母親倒下來後，我只要看到人就會問你有失去摯愛的苦痛嗎？你當時是怎麼走出幽谷的？當我準備送別人一對耳朵時，發現每個人都有很深的傷痛，只是沒有被搖晃開來，只是沉澱在悲傷大海，禁不起晃動。因此一問，眼前人就開始眼眶都紅了，即使母親離開都二十年的人，眼眶也會瞬間因為回憶而勾傷了心。

有人想像這些摯愛只是躲起來不被他找到而已。

有人想像他們還是住在那個地方，只是他不需要再去拜訪罷了。

他們遠離了世間八苦的折磨，應該替他們高興才對啊。

生死自在，他們只是移到另一個空間。

然後我問我自己。不是沒有過生離死別，是那樣多次的生離死別了，為何此次最懼怕？

父親走的時候，我正青春。連父親的遺照都是我在暗房洗的。我高中就喜歡攝影，未料那幾年在暗房沖洗的肖像卻是親者照片，我在暗房看著親眷與父親的肖像在水中逐漸顯影。在搖晃的顯影液裡看著父親的頭髮眉毛耳朵鼻子嘴巴脖子逐漸地顯影在我的眼皮下，那時我的淚水豆大地落在顯影液裡。然後我就開始依然過著青春自我的日子，因此我沒有讓父親走後的悲傷占據我心太久，很快地我就投入閱讀書寫攝影，以及像直布羅陀水手式的愛情生活，每天都很忙碌，沒有機會停下來悲傷。很多年後我才知道，我那時都胡亂在外頭忙，也鮮少回家，因此沒有觀察到母親其實承受很大的悲傷。聽說她每天都在夜裡哭泣，哭太久了（我想那時候她的眼睛就哭壞了），後來還長了皮蛇。

憂傷向誰傾訴。

有人向他的菩薩。

有人向他的主。

有人和閨密說。

有人對海吶喊。

有人在夢中喃喃自語。

有人在臉書討拍拍。

契訶夫小說裡的馬車夫在遍尋了一夜，發現無人聆聽他失子的憂傷後，黯然地回到馬廄，對馬訴說了憂傷。而我對誰說？以上我都對祂們傾訴過，諸神的耳朵應該很癢。

只要能救妳，母親。

請等等我，時間。

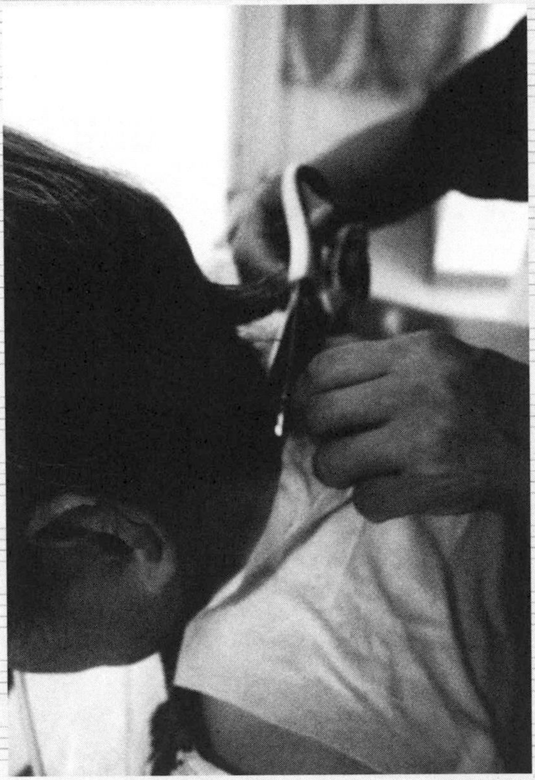

在病愛一體的房間幫母親剪髮，寫字。

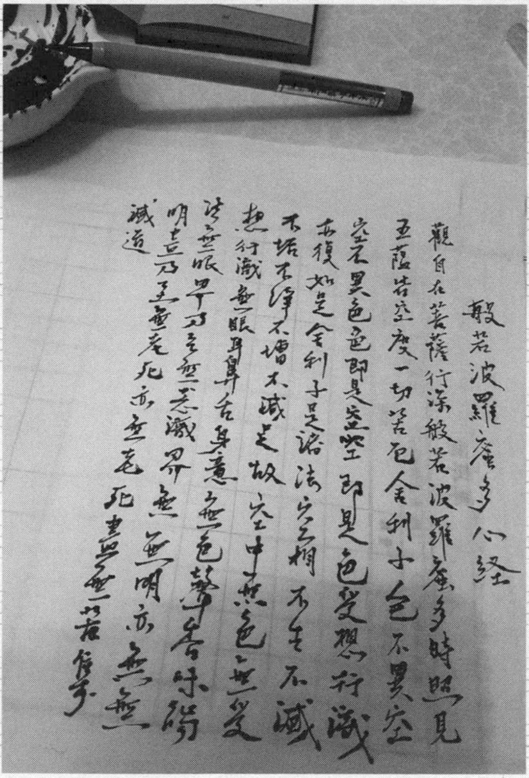
般若波羅蜜多心经
觀自在菩薩行深般若波羅蜜多時照見
五蘊皆空度一切苦厄舍利子色不異空
空不異色色即是空空即是色受想行識
亦復如是舍利子是諸法空相不生不滅
不垢不淨不增不減是故空中無色無受
想行識無眼耳鼻舌身意無色聲香味觸
法無眼界乃至無意識界無無明亦無無
明盡乃至無老死亦無老死盡無苦集
滅道

我一直在的，即使我離開，很快就回來；
即使我走遠，也不會離開太久；
即使我出門，也會帶著妳上路。
心裝著的行李是愛，是妳。

CHAPTER 9

只要能救妳

神農氏與花女巫

在面河的美麗居所，河邊有騎腳踏車與散步遛狗的人不斷行經，即使生命的花園有朝一日會被沙漠化和被廢墟化，色身仍像擺渡人的船，行駛在人生兩岸的名與利、苦與樂而毫無覺醒。我像是一個臨窗幽魂，吐息著希望的靈藥。

遙想如果母親醒來，她就會走路、會說話的奇蹟幻想。

在馬偕和母親住同病房的台籍看護對我說，有時候疾病是冤結未解，她建議我幫母親供燈施水，而我也相信這類無形的祈福力量，也相信緣分，更相信所有的可能都不放過的一線希望，只要能救母，我都願意試。偏方、正方、祕方……

花女巫在小小的陽台植栽，植物不為我眼我心的觀賞而來，這些植物都具有除障淨化功能，茉草、玫瑰帶刺花莖、仙人掌、芙蓉……兼買一些看起來會開心的花，像是飄著香氣的百合、很應景的金桔及彷彿無處不絕地逢生的小菊花，還買了金錢樹，好需要財神眷顧。

一切到位，獨缺圓仔花。尋著花市一攤又一攤地問去，有神似的雞冠花，就是沒有不知醜的圓仔花。有阿桑還笑問是否家有嫁娶喜事？因季節已過，夏日才有。後來得知可以用榕樹初開的綠新葉代替，小榕樹好買多了，連買好幾盆，因為綠新芽葉一盆很少，三葉一組，一次要七組，我在攤位上喃喃自語，想著要買多少盆才夠，攤販都以為我是開花店的老闆，大戶來了，朝我笑咪咪。不知道我是為孰行救母計畫而來，一盆盆地抬上車內，跑了好幾趟，採買足夠分量。

至少要連續沐浴七天，在日落前。看護阿蒂瞧我忙進忙出，手持剪刀，朝植物謝了又謝，然後將每種植物各剪七片置入臉盆，她說小姐小姐，要拜拜嗎？她把所有對神鬼的儀式都說是拜拜，她僅會的兩個字。植物之外還要加入米粒、鹽巴、蒜頭之類的，然後混著熱水與冷水的陰陽水幫母親沐浴。連續沐浴七天，母親從癲癇的混沌中確實清醒甚多，不再嗜睡，且會掐我捏我時，我知道母親從太虛返回人間。

這已是神蹟了，就像荼蘼，已到花事終點。

花事寂寞已終，但人事才上路。

一週兩次的針灸，一次中醫師派他的助理來家裡，一次是我們載母親到中醫師診所。母親的感覺神經回來了，針灸的痛感也就明顯了。就像我們明知這是好情況，但病人感覺愈強烈，痛感也轉為敏感。

還有按摩師也一週來幫母親按一次。這些都是我們自費請的，因為新北市長照的居家按摩師一年只能六次，他們以教導為主，但要阿蒂做不是難事，做得有效才是難，且母親一揮手一捏她，阿蒂就不敢再前進母后的領地了。而按摩師才不管，他就是一直按下去，任母親狂叫。我們聽得心驚膽戰的。

針灸按摩復健泡腳……中西醫療持續進行，我持續膜拜我的神，虛實並進。

但等母親康復說話或者自行起身的這個願望是已然成妄想了，等了一年多，連佛也笑了，母親身體依然癱軟如無重力太空人時，我開始逐漸替母親既修此世安然好走，也修下一世福德，持咒誦經煙供燃燈助印齋僧行善捐款外，並力求以一己之力幫助母親。而抄經與繪圖是學美術的我最能實踐的，於是在時間的零碎夾縫中，我畫荼蘼花，荼蘼是屬薔薇科變種，傳說此花是天上開的花，潔淨柔軟，「見此花者，惡自去除。」畫烏巴拉花，藍罌粟，有目眩神迷之美。罌粟是最特異的花，是藥也是毒，就像愛情。伏曇婆羅花，如此異國，一生未見，僅在佛像裡遙想，即使到了高原也未覓得。

只要能在高原遊蕩幾年，我就心滿意足了。我在畫烏巴拉花時，想起了高原遊晃生活，我曾說過的話。我的小說異鄉人系列將定錨於此。度母手上持烏巴拉花，藏人眼中的仙丹之花。葉片開在底部，如神佛蓮座，藍如虛空，回擋高原紫外線，保護著花朵不被陽光曬傷。就像菩薩保護眾生，藍色在筆墨中暈開，我最愛的藍在手中成形。

我畫著母親，畫著她的肚皮長出一個時鐘，時鐘滴答滴答，愛慾成灰，肉身有時盡。

人希望複製技術複製所愛，期盼習得延遲別離之術，或上天入府，或觀落陰知命盤，但往往無法往前更改生命既存的設定。之前姊姊重病時，我老是安慰母親，別傷心，肉體壞了就要換，就像旅館住久了還是要退房。姊姊換另一個身體又可以是好漢一條了。

伊換了身體，我就不識伊。

好務實的想法，直接繞過輪迴路徑。

如何指認換一個身體之後的那個妳？

癡心人如是多，失去才知愛，死亡剝離了生前的不快或者背叛，使倖存者僅擷取餘存的愛，落陷在以為永恆失去的苦痛憂傷，就像母親思念父親，但生前他們明明是冤家，老罵膨肚短命，為何不飲死？就像有朋友在婚姻裡不軌多回，突然妻子過世，彷彿天塌下來，十年走不出來，是愧疚還是思念，已然混雜。陪妳到最後，臨終之眼融化所有的怨懟。「他對即將逝去的妻子不離不棄。卻又無法停止外遇。

這樣的愛，到底算不算愛？」愛是什麼？不是忠貞與否，愛是臨終之眼的深情對望，有那麼一刻的對望，一切冰釋。愛讓人不想告別，但愛又讓人有了告別的勇氣。幫所愛之人送終，愛有了延續的力量。於是倖存者回到日常生活，卻總在各種暗示或空間裡，想著亡者或許幽魂來訪了，或許另投胎他地了。每個人都想再度擁有換取的孩子，換取的情人，換取的吾父吾母，換取的毛孩子。但輪迴並非如此，六道輪迴相見也會不相見，人見不到阿修羅，人見不到餓鬼道，可能吃了變成豬的親人，人可能抱著前世是仇敵的孩子，人可能踢著前世是父母的流浪狗，人可能捏死曾經是老師的螞蟻，人可能踩死曾經是兄弟的小強……人如此不善待其他萬物，人又見不到神與鬼，完全自私手冊，人就是我要我愛我想我恨……人以為只有自己這一「道」，但卻非常癡心妄想所愛再次變現出來。

癡心，妄想。還是母親務實，「阮不識伊了！」那怎麼辨？輪迴之後，復活之後，會有什麼徵兆？約好的胎記？約好的密語？似曾相識的習慣？喜好的身形？或天雷勾動地火的一見鍾情？或覺得彼此非常有緣的抽象感覺？或對某項前人物品特別著迷？

法王臨終前，寫好自己下一世的父母名字，出生地點，徵兆。而我們凡人一無所知，荼蘼開到花事了，也只知眼淚，只知心痛，只知懊悔，只知掛記。

疾病如果有隱喻，那麼就是讓我明白每天都更靠近死神一點，生朝向死的存在，所以愛要及時，一切要及時。

父親驟然離去，關於這樣有如狂風的驟然，我已然有過一次。因此對於母親，我心裡一直很矛盾，不斷用各種方法希望能延緩母親的離去，但一方面我又深切知悉活著對她是痛苦的，於是我陷入延長她的生命是愛她還是緣於我的自私？

直到我的老師告訴我業報受盡，苦路也盡。難忍之忍，這娑婆世界難有幾人撐得過緩慢的行刑式苦痛。為讓母歡，我常和阿蒂兩人一搭一唱表演雙簧，母親有時會笑，微微笑，已經無法大笑。有一回我戴了一頂男生帽子，她覺得有趣，也笑了。

我開始會注意一些搞笑的道具，使母親開心是女兒該有的道德。雖然我以前常讓母親暗地流下不少眼淚（她說的），而我也在母親生病這回把眼淚償還給她。

母親妳得跟上來

聽聞一個成就者修的法等於三千個凡人修的法，因此除了佛學中心修法外，當朋友的出家朋友從印度達蘭薩拉回來時，我也請他的寺院幫忙母親修法，也許因為這樣，我癡心認為，母親做胃造口手術時還滿順利的，除了快出院時發生癲癇外。但不可能一切都順順利利的，人如果一味只求趨吉避凶也是一種貪，所以大致安好即可，除此還是得承受，一帆風順者豈有逆風頂浪之體驗。如果祈福儀式沒有靈驗，也得返聞自性，冥思自己是否做得不夠，或者福德不足。如是而為，我並不再求母親逆時復返，但求苦痛減低。

七月鬼節其實不該叫鬼節，七月是孝親月，也是佛教與所有宗教差異最大之處，菩提心不僅是對人，上對天，下對地，螻蟻昆蟲在七月溽熱時期爬行，出家人於是當月不再托缽，結夏安居，以免誤踩螻蟻。又因有目連尊者入地獄救母，因而被稱鬼月。佛陀十大弟子目連尊者有神通，但卻改變不了母親的業力。小時候和母親看過的電影用幾根指頭就算得出來，那是在她極為疲倦時，走進電影院的，不是為了浪漫或者為了想看電影之類的渴望。只有我心裡樂極了，她在黑暗中打盹，我則睜著發亮的眼睛望著大銀幕的人生。除了瓊瑤的愛情片，印象最深的是演目連救母的故事，那時候我看完還覺得甚為傷心，對母子相逢卻無力回天之苦落淚（一如我旅行耶路撒冷，經過苦路十四站時，最傷心的一站即是人子告別母親）。目連尊者以神通力到達餓鬼道，看見母親在餓鬼道受苦，一口痰對餓鬼道都是美食，但細小如針的喉部卻連痰都吃不到，餓鬼爭搶，卻一無所獲，哀號四起。童年時望著這些電影畫面，耳聞母親濃稠的打盹呼吸聲，我悄悄地把手伸向母親倚在座位旁的手，偷偷和她在暗中搞親密，唯恐她失去氣息（我在小說《從今而後》，曾描寫小說人物華枝的母親暗地和情人去看電影時突昏倒在黑暗電影院的情節，想來是童年時看電影的恐懼再現）。

目連尊者最終藉眾僧威神之力，使母親得以解脫餓鬼道，往生天道。故事說佛陀指示七月十五日得供養阿羅漢僧人一缽水與一楊枝，楊枝淨水廣施餓鬼，然後將一切的所有功德皆迴向給母親。進行此救母儀式，承蒙得道僧人的加持，才能脫離餓鬼道。最吸引我的故事片段是，目連尊者的母親並非一下子就飛升天道，而是先到畜牲道輪迴成一隻黑狗，接著目連尊者為母親說法七天，母親再轉生為三十三天的天神。原來向人傳道布施說法的功德殊勝，法施甚大。自此，目連救母的故事就深入我心。以往每到中元節鬼門初啟，我和母親就開始拜祖先，祭拜她僅看幾眼的無緣母親，祭拜她的亡夫，祭拜她的亡兄亡弟，母親很忙碌。我想童年我跟她看完電影，她問我電影在演什麼時，我大略有跟她說這些故事，她聽得目眶泛淚，直說人生真苦，死了還要再當餓鬼，死了還不罷休，這究竟是怎麼回事？

目連尊者入地獄，他廣施到處化緣來的食物給母親，但他的母親看得到卻吃不到，受苦的母親一張嘴，食物即化為火焰，更添母親之苦。目連見狀，嚎啕大哭（每回看見成就者如凡人般痛哭流涕時，我就感到安慰，斯人也有斯疾），佛陀對目連說，快到地獄，去救你母親脫離苦海。若要樹不倒，和我學砍樹，若要進地獄，和我學佛法。盂蘭盆經也就此和我們母女結緣。

修法、齋僧、唸經，梁皇寶懺、藥師寶懺、佛誕日、盂蘭盆會……忙碌如星幻閃逝，如點火即吹，忽就走了完整的一年。

母親躺了一年，有時如木乃伊，有時如木偶，有時如標本，有時如嬰孩。四季流轉，四季進行的救母儀式使我活得像是女巫。通神鬼界，以前有人讚美我的文字很有自己的「神」，而我多想不是文字很有神，而是我的母親很有元神，神幫幫忙，我常胡言亂語。諸神同來，佛來迎佛，魔來繞道（誰敢佛來佛斬，魔來魔斬，把木頭佛當柴燒？沒有解脫者誰能行此之難行），五體投地，痛哭懺悔，祈求冤解。藥師寶懺云：忍辱柔和是藥，不動聲色是藥。

母親入住馬偕醫院，日日行經傳道者往昔黑白照片與「耶穌聖手」牌樓，時時不忘在廊道的福音機抽祈福文字，那些文字才真的有神：放逐的，我必領回；受傷的，我必纏裹。如收集塔羅牌似的收集福音紙條（雷射感光紙日久會褪色），無字天書也是祝福。

看護阿蒂則祈求她的阿拉幫忙阿嬤，她知道我是最好的雇主，不僅多半只有一個人在家，且時時家裡不是蛋糕香就是咖啡香，還會教她英文中文。而阿嬤是最好的被照顧者（不言不語，外加冗長瞑眩時光），阿蒂真心害怕離開母親，至少也得等她做滿三年才好功德圓滿。

禮敬十方諸神，挺進眾鬼盛宴，我如天女散花，亦如風神雨師。

這一年，四季儀式流轉如花季，母親時好時壞，好時我想有神佛加被，不好時我想母親在消業障。但怎麼想，心痛的感覺老揮之不去，想來痛已在心口生根如植被，時不時得竄戳我一下，好提醒我色身無常，此是母親給我的最後禮物，如蝸居在山洞的母親的無言教誨。

在存摺山窮水盡時，申請國藝會長篇小說得到補助的消息來到母親的病床旁。那是我一直想寫的異鄉人系列長篇小說，首部曲以馬偕傳道者之妻與淡江女孩的命運複沓為故事基底，小說還在修改路上，母親就已然住進了小說的現場，使得小說現場多了條真實。

故里與異鄉這兩條交錯列車二十年來不斷地擦撞著我的生命板塊，我遇過無數的異鄉人，遭逢無數人與人的故事，高原平原冰原草原……地景如列車上不斷退後的模糊風景，最後自己也成了故里的異鄉人，列隊的失語者，時光的背對者。所到之處是異鄉，往事也是異鄉。

往事如異鄉，整個世界都是異地。

生命的異域，感情的異地，錯置的靈魂，如雪絮飄飛，如鏡面倒映。

帶妳上高原，過去的旅途經驗轉為文字的所思所想，轉為替母親輪迴畫下路線之旅。輪迴的馬蹄噠噠，布下天羅地網，閉鎖六道之門，別後之書，小說的未竟。

千年業主，一念冤消。雨夜拉薩的天神看著大昭寺外的八廓街上，石板路上回音處處，五體投地的懺悔者敲響啼音，為累世的母親之苦上路再上路。昔年在高原描繪唐卡，終至眼睛流血不止。

在岩壁畫上天梯，直至母親爬上天堂。

我將帶妳上高原（小說家開始啟動預言能力）。

暗夜寺院我能宿，陡峭高山我能爬，無底天河我能渡，但母親妳得跟上來。

彷彿生命有最後的一場局賽尚未結束，或說這場加碼延長賽是我向神求來的。

我祈求神給我時間讓我好好懺悔，讓我有時間侍奉我的老小孩。

我想是母親——妳還沒做好遠航的配備，妳等待女兒幫妳起錨揚帆。而我傾力打這場延長賽，不斷地跨越時區，不斷地說故事拖延，好讓妳回到舊時光。這回我不再閃躲，此地就是天涯，此刻就是未來。

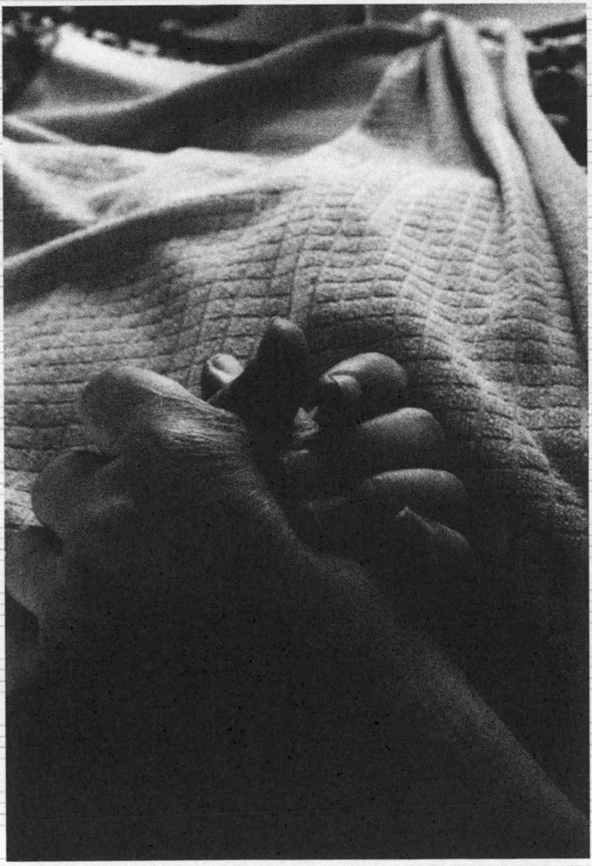

CHAPTER 10

一個業餘看護者的備忘錄

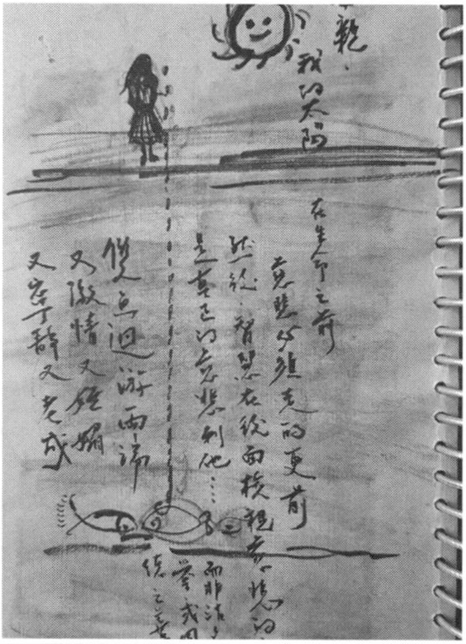

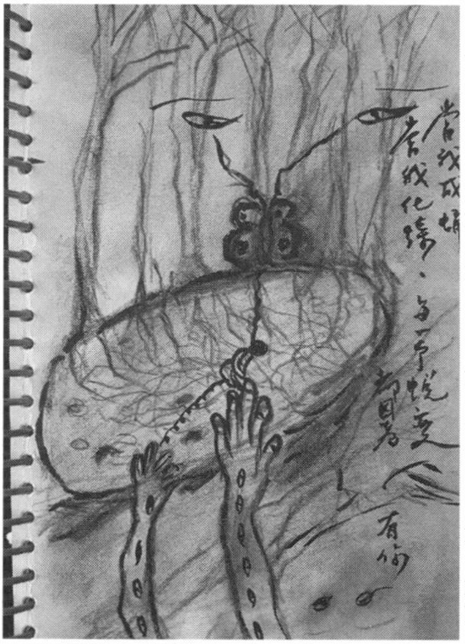

記憶的繩索。記憶揪心，面對病體的艱難。記憶鈎招痛楚，這條韁繩緊緊束縛著心。隨著時間愈拉愈緊，含氧量已達危險值。面目清晰地看見捨不得的執心之苦。寫作者賦予回憶重現，懷抱純粹的詩意抵達病苦之境，明白人生不同於書寫這般，人生的殘酷讓書寫追不上。人間聲色塵勞歷歷，母親的這本生命書，我閱讀再閱讀、經歷再經歷。以智慧為前行，以慈悲為底蘊，以無常為心戒，以放下為導航，以愛語為撫慰，以佈施為擁有，以創作度日常。隱鋒芒於鋒芒，藏天下於天下……母親給我的最後備忘錄。

燃燈供天地。年輕的母親是天是地，是世上絢爛的花火。因她的深愛才存在我的獨特美麗，因深信才打贏生活對我們的逆擊。她燃燒自己的青春，換我日夜供燈的燭淚。母親是真心的，連罵我都是真心的。她被迫關在房間度晚年，我自願關在房間度書寫。漫長的征戰，淚水洗刷過去洗滌傷痕，洗淨臉龐洗去苦楚才敢回到她的身旁。每一天都掙扎如斯，掙扎在既盼她留在身旁卻又不忍看受苦肉身被延長，唯一所能是將痛苦降至最低。我的出現，往往瞬間就能減輕母親的苦痛。我是母親的安慰劑。生命安寧的臨界點何在？我知道這把丈量的尺。謝謝母親信任我。

我們每個人都是孩子。女兒人生的許多第一次都給了母親〈除了情與慾〉：我的出生、我的開口說話、我第一次拍照、我第一次畫人像、我第一次在市集流浪、我第一次穿上洋裝、我第一次得獎、我的第一篇小說、我的長篇小說第一次改編成電視劇、我第一次當看護工……母親卻只將她微少的第一次給女兒：她第一次喝咖啡、她第一次摸到文學書、她第一次搭高鐵、她第一次逛東區〈其餘她都和義結金蘭的姊妹伴完成〉。最後，母親卻一口氣將她晚年的全部交到了女兒手中。

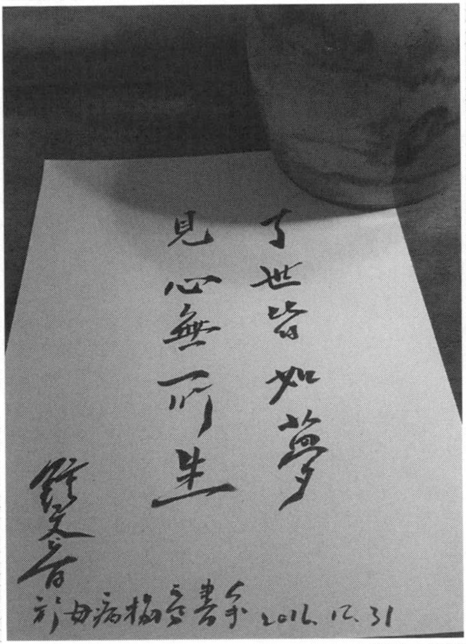

我行花未開。母親不知道她是怎樣成就女兒的，她只是如狼如豹地守著貓女兒，她曾揚言就是變鬼變獸也要為女兒抵禦外險入侵。於是，貓也被她養成了豹，看守著受傷的王。經歷母親臥床 499 天的那一日，我告訴自己，提筆吧。當潮騷與悲傷降低了它的劇動，當苦痛如懸浮物沉澱，當刺傷的光調暗了，守夜人開始以靜筆回望這病老之地。書寫是否有療效？或只是一場空夢？或者以寫作治病，卻加重病情？當生命雜草叢生，披荊斬棘之必要。把粗糙現實磨礪成發亮鑽石，把自己從荊棘中開成一朵花魁。文字是時光的紀念品，筆墨是感情的悼亡物。如此母親不只是我的母親，她已成象徵性的母親，文學的公共財。

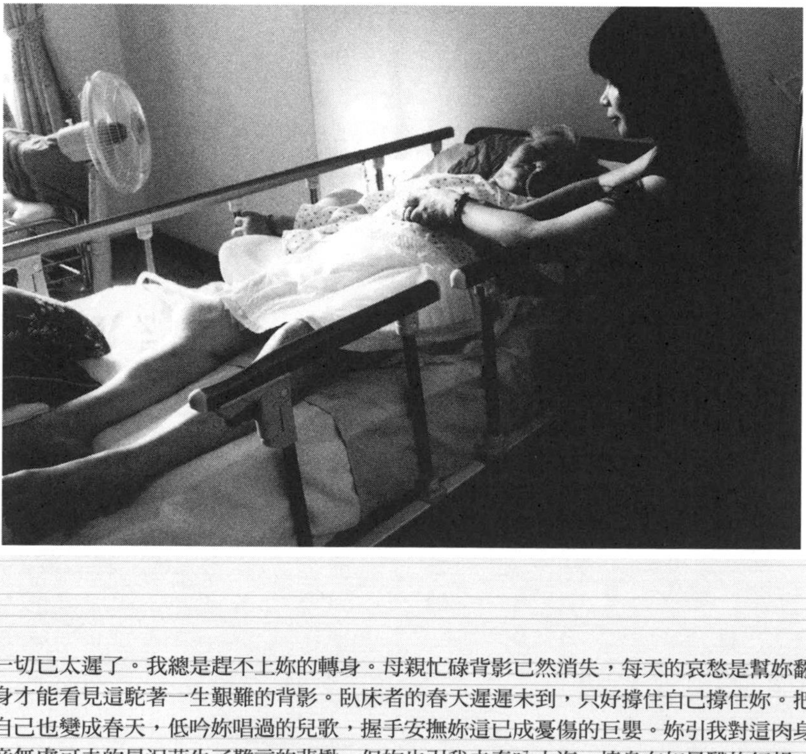

一切已太遲了。我總是趕不上妳的轉身。母親忙碌背影已然消失，每天的哀愁是幫妳翻身才能看見這駝著一生艱難的背影。臥床者的春天遲遲未到，只好撐住自己撐住妳。把自己也變成春天，低吟妳唱過的兒歌，握手安撫妳這已成憂傷的巨嬰。妳引我對這肉身竟無處可去的景況萌生了難言的悲慟，但妳也引我去春吶大海，棲身在如星翳的幻想，囈語著這一切能否只是夢。我跪在妳的床旁如溫馴少女，夢想黎明微光下，循著妳的氣味找到回家的路。餵食剪髮縫衣沐浴按摩……寫妳長長的一生。我總是做不好這份工作，我偷偷流淚、我緊張，我憂愁、我胃痛、我暈眩、我胸悶、我懸念、我為妳祈福而經常失眠……我其實什麼都不是。

錐心刺骨的青春現場。第一次搭高鐵的母親，在暈眩的速度中，看著倒退的鄉野風光，忽悠說起當年她用賣了三頭豬的錢北上打拚的遙遠日子，說話時幽闇的瞳孔染上夕霞的奇異光彩。買小豬換大豬，大豬換現金。母親倒下後，我的腦子也裝上一台計算機，人生第一次如此喜歡數字，看懂數字，常幻想著年輕時不曾想過的財神爺到來。母親賣了三頭豬北上，三頭豬換成不受飢餓威脅的食糧，換成遮風避雨的小屋。古老的計量單位，換成嬰孩一眠一寸的長大。現在我用手敲出的文字，近乎神話的計量單位，也想換成母親一眠一寸的養老。

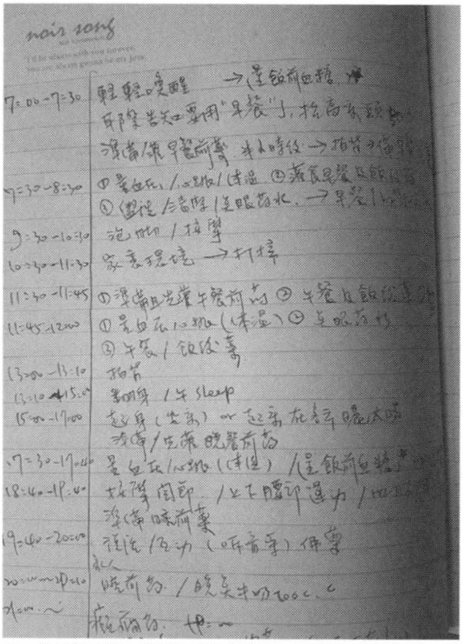

就這樣哭乾了眼淚。她曾呼風喚雨，她曾火燒燎原。她曾是星星，朝著虛空銀河前進。而我是野蕩的靈魂，呼吸著自以為是的雲遊空氣。現在我看到了她身後的一切，如此慈眉善目。這間有著白鎢絲燈的房子，刻印著神的腳步，傳道者抱住她纏裹她。如果有人注視母親的眼睛，會看見一個女兒，會看見我的溫度，看見我看護母親的手工藝，看見那比文學還強的初心。不知沙漏何時將盡？每一天擁有母親是如此地強大著我的心。她的存在不是失能失語的病人名詞，她的存在是無言的力量，是生命與愛的示現。

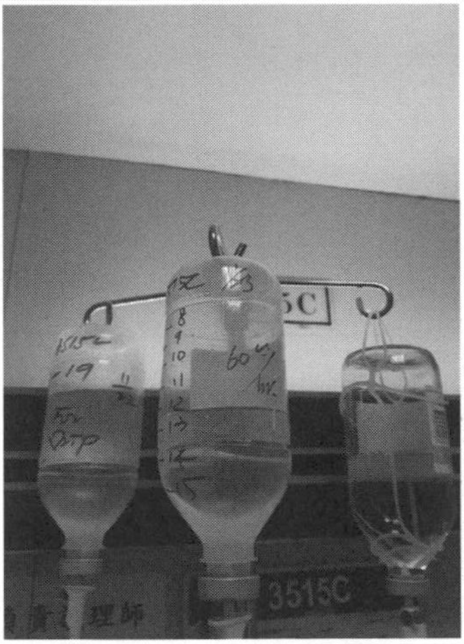

點點滴滴在心頭。點滴，滴滴沿著微血管爬行。食道，關閉了。那流奶與蜜的土地，也荒蕪了。優閒，母親的抗癲癇藥名。蜜妥斯，母親管控糖尿病的藥名。所有的藥都躲藏著甜蜜之名，以文字療飢，比如百憂解，百憂絕對不解。聽過最美的毒品名字是〈緬甸的豎琴〉，詩意之名卻是毒，如罌粟花的狂麗之美。有一天咳嗽不已，心想母親有很多咳嗽藥化痰藥，試著吃一顆。當晚喉嚨有如被人掐住，呼吸不過來，難過許久才緩解。藥性之強，讓我吃驚。凡藥都有三分毒，而心毒是最強的，必須減緩劑量才能橫渡悲傷大海。

保留一個地方想念妳。窗外，是我們的山盟海誓。在我們的海，看著不老的父親上岸，看著父親未竟的海，看著母親遲暮的海。年輕的母親很少看海，海讓她憂愁。在晚年靜止的時光，母親開始看海。她的心流動著一座海，海底有未知的謎，有沉睡的愛情風景，有湧動的相思潮波。在我們的海，險象環生，美麗而危險。但我知道我天生就適合當妳的女兒，故事從妳開始。故事從我結束。

愛到不能愛，走到不能走。沿著這條馬路，就可以找到母親從少婦到老年的路。在回憶之地尋妳，我喜歡看妳快樂的樣子，那很稀有。那裡面藏有愛的神祕奧義。妳的腳踏車自此沒有再被踏出門一步，而歲月已逝。我想像妳那有力的雙腳是如何癱下來的？這病老的過程怵目驚心，這讓妳置身彷如地獄的苦痛，如此靜默無言。妳是我的黃粱一夢，我攜夢前進白日。妳是我的刺鳥，妳最後只為將愛狠狠插進我的胸膛。等待夏天，騷夏蟬蛻。舞台燈滅，等待換景。等待重逢，等待妳再度快樂的樣子。與母親妳這般親密的日子，是上天給我的補考安排。

國家圖書館出版品預行編目資料

捨不得不見妳 / 鍾文音著 . ——初版——
臺北市：大田，2017.08
面；公分 . ——（智慧田；107）

ISBN 978-986-179-496-9（平裝）

855 106008638

智慧田 107

捨不得不見妳

鍾文音◎著

出版者：大田出版有限公司
台北市 10445 中山北路二段 26 巷 2 號 2 樓
E-mail：titan3@ms22.hinet.net http：//www.titan3.com.tw
編輯部專線：（02）2562-1383 傳眞：（02）2581-8761
【如果您對本書或本出版公司有任何意見，歡迎來電】
法律顧問：陳思成

總編輯：莊培園
副總編輯：蔡鳳儀 執行編輯：陳顗如
行銷企劃：古家瑄 / 董芸
校對：金文蕙 / 黃薇霓 / 鄭秋燕
印刷：上好印刷股份有限公司（04）2315-0280
初版：二〇一七年（民 106）8 月 1 日 定價：380 元
國際書碼：978-986-179-496-9 CIP：855/106008638

From：

地址：

廣　告　回　信
台北郵局登記證
台北廣字第 01764 號

平　信

To：台北市 10445 中山區中山北路二段 26 巷 2 號 2 樓

大田出版有限公司　／**編輯部　收**

電話：（02）25621383　傳眞：（02）25818761

E-mail：titan3@ms22.hinet.net

意想不到的驚喜小禮等著你！

只要在回函卡背面留下正確的姓名、
E-mail和聯絡地址，並寄回大田出版社，
就有機會得到意想不到的驚喜小禮！
得獎名單每雙月10日，
將公布於大田出版粉絲專頁、
「編輯病」部落格，
請密切注意！

編輯病部落格

大田出版

大田出版 讀者回函

姓　　名：____________________

性　　別：□男 □女

生　　日：西元______年______月______日

聯絡電話：____________________

E-mail：____________________

聯絡地址：____________________

教育程度：□國小 □國中 □高中職 □五專 □大專院校 □大學 □碩士 □博士

職　　業：□學生 □軍公教 □服務業 □金融業 □傳播業 □製造業
□自由業 □農漁牧 □家管□退休 □業務 □ SOHO 族
□其他 ____________________

本書書名：0702107 捨不得不見妳

你從哪裡得知本書消息？

□實體書店 __________ □網路書店 __________ □大田 FB 粉絲專頁
□大田電子報 或編輯病部落格 □朋友推薦 □雜誌 □報紙 □喜歡的作家推薦

當初是被本書的什麼部分吸引？

□價格便宜 □內容 □喜歡本書作者 □贈品 □包裝 □設計 □文案
□其他 ____________________

閱讀嗜好或興趣

□文學 / 小說 □社科 / 史哲 □健康 / 醫療 □科普 □自然 □寵物 □旅遊
□生活 / 娛樂 □心理 / 勵志 □宗教 / 命理 □設計 / 生活雜藝 □財經 / 商管
□語言 / 學習 □親子 / 童書 □圖文 / 插畫 □兩性 / 情慾
□其他 ____________________

請寫下對本書的建議：

※ 填寫本回函，代表您接受大田出版不定期提供您出版相關資訊，
大田出版編輯部 感謝您！